9.5

어서오세요 실력지상주의 교실에 2학년편
Welcome to the Classroom of the Second-year

키누가사 쇼고 ✕
토모세 슌사쿠

계속 주변을 살폈었는지
지금이 절호의 타이밍이라고 판단한 듯,
이치노세가 내 팔에
팔짱을 끼고 셔터를 눌렀다.

"첫 사진은 스마트폰에
안 남길 거니까…… 괜찮지?"

"지금 아무도 안 보니까."

시카야나기 아리스

시이나 히요리

9.5

어서오세요 실력지상주의 교실에 2학년편

Welcome to the Classroom of the Second-year

어서 오세요
실력지상주의 교실에
2학년 편 9.5

키누가사 쇼고 지음 / 토모세슌사쿠 일러스트 / 조민정 옮김

소미미디어

contents

커버, 본문 일러스트 : 토모세슌사쿠

○더없이 소중한 일상

2년 차.

두 번째로 맞이하는 고도 육성 고등학교의 겨울방학이 막을 올렸다.

특별히 뭔가를 할 필요는 하나도 없다.

다만, 그래, 많은 학생이 경험하는 휴일을 구가할 수 있다면 그게 최고다.

충실한 시간.

하지만 내게 남겨진 시간은 조용히, 그렇지만 확실하게 줄어들고 있다.

거기에 조바심이 나진 않는다.

오늘, 이 순간까지 자유로이 보낼 수 있었던 것만으로 이미 충분히 채워지긴 했으니까.

친구.
연인.
선배와 후배.

만남.

다양한 사람들이 지내는 이 학교에 나 또한 계속 머무르고 있다.

　지금부터는 연장전.
　나에게 허락되는 한, 학생으로서의 시간을 마지막 1초까지 보낼 뿐.

　그리고 언젠가는 찾아올———.

　이별.

　오늘은 당연한 날이 아니고.
　내일도 당연한 날이 아니다.

　하루하루는 더없이 소중한 일상임을 알아야 한다.

○외로움의 SONG

12월 24일. 겨울방학 첫날.

아침, 나는 조금 기묘한 감각으로 잠에서 깨어났다.

"……이상한 꿈을 꿨네."

그렇게 중얼거리면서 천천히 상반신을 일으켰다.

자면서 땀도 조금 흘린 것 같다.

평소에는 꿈을 이 정도까지 의식하진 않는다.

좋은 꿈이든 나쁜 꿈이든, 경향은 달라도 꿈은 꿈일 뿐 현실이 아니다.

그리고 사람은 기본적으로 꿈을 잊어버리는 생물이다.

세상에 예외가 존재해도 놀랍지는 않지만, 나도 잊어버리는 사람 중 하나.

잠에서 깨어난 직후에는 기억할지 몰라도 순식간에 휘발되어 버리는 법.

"담임이 바니걸이었던 것 같은데……."

생각해내려고 발악하는 것도 기본적으로는 쓸데없는 짓이다.

제삼자가 들으면 고개가 갸우뚱거려지는 말이었을지도 모른다.

아니, 꿈의 주된 내용은 바니걸이 아니었던 것 같지만.

괜히 꿈 내용을 떠올리려고 계속 노력한들 헛수고겠지.

나는 꿈이 뭐였는지 떠올리기를 일찌감치 포기했다.

학교에 가지 않아 지나치게 여유로운 시간 속에서 아침 단장을 하기 시작했다.

세면대에 놓여 있는 다른 색깔의 커플 칫솔과 컵.

쭉 함께 지내던 케이와 거리가 생기면서 원래의 생활로 돌아와 있었다.

그렇다고 우리 관계가 끝난 것은 아니다.

사이가 어긋나면서 생긴 연인의 냉전 기간 같다고나 할까.

그 일이 내게 미친 정신적 변화는 전혀 없다.

물론 설계자로서 의도한 전개이기 때문인데, 그게 아니라 만약 뜻하지 않게 일어난 일이었다면 조금이나마 동요를 맛볼 수 있었을까.

"……어땠으려나."

결국 감정에 변화가 찾아오려면 상대방이 나에게 꼭 필요한 존재여야 한다는 대전제가 깔린다. 그렇지 않다면 감정이 움직일 일은 없을 것이다.

가령 내 존재 의의가 걸려 있는 상황에서는 필요에 따라 연인을 괴롭게 만들거나 버리는 것을 주저할 필요가 없다. 당연히 그 반대도 마찬가지로, 상대방에게도 그렇게 할 자격이 있다.

하지만 감정과는 별개로 연인으로서의 책무는 있다고 생각한다.

같은 시간을 공유하는 이상, 그 시간을 기분 나쁘게 만드는 건 연대 책임이다.

게다가 인생에서 어쩌면 가장 소중할 시간을 보내게 해 줬으니, 역시 불행하기보다는 행복했으면 한다.

물론 이건 인간 사회의 도덕 등을 바탕으로 한 발상이다.

언제까지나 내 실험에 동참하게 해서 정신적 불안, 부담 을 계속 가하는 것은 별로 좋은 방법이 아니다.

아무 생각도 없이 냉전 기간에 들어간 것은 아니고, 다 계획을 세워두었다.

관계가 나빠지기 전부터 약속했던 크리스마스 선물을 사러 가는 것.

그 자체는 취소하지 않았기에 이야기는 아직 유효한 상 태다.

원래라면 아침부터 케이와의 데이트가 잡혀 있었던 오늘.

바깥은 공교롭게도 곧 비가 쏟아질 것만 같은데, 이 우 중충한 날씨는 겨울방학 전부터 내내 이어지고 있다. 조금 아쉽긴 하지만 내일 크리스마스도 종일 비가 예보되어 있 으니 맑은 날씨는 기대할 수 없겠지.

날씨야 어떻게 통제할 수 있는 게 아니니 어쩔 수 없는데, 그보다도 계획하지 않았던 일이 생겼다.

나는 방에 놓인 탁상달력을 쳐다보았다. 12월 달력. 분 홍색 펜으로 그린 하트가 24일, 25일 숫자를 감싸고 있었 는데──.

그것은 2학기가 끝난 어젯밤에 있었던 일이다.

24일에 만나기 위해 케이에게 직접 전화를 걸었지만 받지 않았다.

잠시 기다리다가 메시지를 보내고 반응을 기다렸는데도 계속 읽지 않았다.

어떻게 할지 한 시간 정도 고민하는 차에 드디어 전화가 왔다.

미약하지만 심하게 기침하는 케이에게서 들은 첫 마디는 『독감』이었다.

계절성 독감은 나이에 상관없이 감염, 발병하는 유행성 감기.

11월 후반에서 12월 무렵에 급증하는 질병이라 이 시기에는 그리 드문 일도 아니다.

운 나쁘게 걸려서 갑자기 앓아눕게 되었다는 모양이다.

몸이 약해질 대로 약해진 케이지만 아마 기어서라도 24일 약속에 나오고 싶었을 터.

하지만 독감은 사방으로 튄 침방울을 통해 감염된다. 무리하게 케야키 몰에 갔다간 이기심에 남까지 휘말리겠지.

독감이 확실해지기 조금 전부터 몸에 이상은 느꼈던 모양인지, 케이는 몸 관리를 제대로 못 한 것을 제일 먼저 사과했다.

물론 독감에 걸린 것을 비난할 수는 없으니 일단은 안정을 취하고 건강 회복을 최우선으로 생각하라고 전해두었다. 다만 약속은 여전히 유효하다고 하니, 다른 날에 다시 보기로 했다.

약속 당일 전까지 케이에게서 『역시 약속을 취소했으면 해』라는 말을 듣는다면 그대로 무산될 가능성이 있지만, 현재까지 봐선 그렇게 되지는 않으리라.

만약 심경에 변화가 생긴다면 그건 제삼자의 훈수 때문이겠지만, 강한 의존 성향인 케이가 그런 말에 귀 기울일 가능성은 없다.

관계를 회복할 희망이 있다면 그 활로가 될 선택지를 내버리지는 않겠지.

독감이 빨리 나을지는 몰라도 지금으로서는 올해 안에 만나는 방향으로 짧게 이야기를 정리했다. 우리의 관계와 지금 상태 등 확인하고 싶은 부분이 많이 있다는 건 쉽게 짐작이 가지만, 케이 본인이 고열인 상태에서는 만신창이의 몸으로 제대로 된 대화를 나누는 것도 불가능하니 일단은 쉬라고 하고 짧은 통화를 끝마쳤다.

그 후 자세히 알아보니 몸져누워 있는 동안 필요할 듯한 물품들은 친구가 구해줘서 괜찮다고 했다. 한밤중에 있을지도 모를 긴급상황에도 대응할 수 있게 미리 다 준비했다고 하니, 통금이라는 문제도 있는 만큼 그 부분은 마음이 좀 놓였다.

이것이── 어젯밤, 그러니까 23일에 일어났던 일이다.

오늘 아침에야 안 사실인데, 똑같이 독감에 걸린 학생이 학년을 불문하고 여러 명 확인되었다고 한다. 2학년은 특

17

별시험을 무사히 끝냈다는 것이 불행 중 다행이리라. 그중에는 남에게 말하지 않고 시험 내내 아픈 몸으로 고군분투한 사람도 있을지 모르겠지만.

지난 며칠간 케이를 가까이하지 않아 내 몸에는 아직 이렇다 할 변화가 없다.

이제 문제는 오늘 하루를 어떻게 보낼지로 넘어갔다.

이브인 오늘 그리고 내일 크리스마스의 일정이 완전히 백지화되고 말았으니.

『안녕, 아야노코지. 카루이자와가 독감에 걸렸다고 들었는데 괜찮아?』

스마트폰에 이치노세의 메시지가 도착했다. 메시지는 더 이어졌다.

『아픈 사람이 몇 명 더 있는 것 같아. 아야노코지는 별일 없어?』

과연 정보망이 넓은 이치노세, 소식이 빠르군.

케이의 몸 상태도 이미 파악한 듯했다.

『안타깝지만 당분간은 누워 지내야 할 것 같더라.』

『그렇구나…… 걱정되네. 혹시 도움이 필요하면 언제든지 말해줘.』

『고맙다.』

그런 대화를 몇 차례 주고받다가 오늘은 뭐 할 거냐는 질문이 돌아왔다.

원래는 케이를 위해 비워둔 하루였는데……. 케야키 몰

에 들러서 어떤 물건을 받아 올 일이 있기에 외출 계획은
변함이 없다.

『헬스장이나 갈까 싶어.』

그런 일정을 생각하고, 게다가 누구를 만날 기분도 아니
어서 그렇게 대답했다.

『아, 그렇구나. 음, 몇 시쯤에?』

『할 일도 없으니까 점심 전에는 갈지도 몰라.』

『그렇구나. 나도 점심때 갈까 했는데, 그냥 안 가는 게
좋을까?』

『왜?』

『꼭 만나기로 약속하고 가는 것 같잖아? 물론, 정말 그
냥 우연이지만.』

각자 헬스장에 가려고 생각했고, 그 시간대가 우연히 겹
쳤다.

그런 걸 일일이 의식해봐야 아무 소용도 없다.

여자친구인 케이를 배려하는 건지도 모르겠지만, 지나
치다.

오히려 굳이 다른 시간으로 바꾸는 게 더 이상하지 않나.

『그렇게 신경 쓰지 않아도 괜찮을 것 같은데. 난 일단은
원래 생각한 대로 가려고. 만약에 헬스장에서 마주치면 그
땐 잘 부탁해.』

그렇게 답장하자 바로 읽음 표시가 떴고, 『OK』 간판을
든 느긋한 캐릭터(?) 같은 이모티콘이 찍혔다.

자, 그러면 일단 환복이랑 머리 세팅 등 외출 준비는 뒤로 미뤄야겠군.

시간은 이제 막 9시를 지난 참이다.

빨래와 청소 등을 하면서 오전 시간을 느긋하게 보내야겠다.

1

오전의 케야키 몰은 크리스마스이브 분위기가 한창 무르익고 있었다.

어제보다 더 화려한 장식품들이 실내를 다채롭게 꾸몄다.

기분 탓인지 몰라도 놀러 온 손님층 역시 남녀커플의 비율이 높아 보이고.

이치노세에게도 말한 대로, 최근에 등록한 헬스장에 얼굴을 내밀었다.

아직 등록한 지 얼마 되지는 않았지만, 한 달 회비를 냈으니까 최대한 잘 다니고 싶다.

혹시 아무도 없는 거 아니야?

그런 생각도 하면서 카운터에서 입장 체크를 마쳤다.

운동복으로 갈아입고 트레이닝 룸에 들어가니 사람이 있었다.

드문드문 남학생, 여학생도 있고 어른의 모습도 보였다.

특히 시선을 끈 것은 벤치프레스를 하려고 준비하는 인물이었다.

2학년 A반 담임 마시마 선생님이었다.

체격이 크고 근육질에 운동복이 이상할 정도로 잘 어울렸다.

"안녕하세요, 마시마 선생님."

"음? 아야노코지? 너도 여기 회원이었어?"

몸을 눕히려고 할 때 말을 걸자, 살짝 놀라면서 대답이 돌아왔다.

"며칠 전에 등록했습니다."

"그래, 그렇구나, 그것참 잘했다. 환영한다."

꼭 자기 아이가 대학 시험에 합격하기라도 한 것처럼, 마시마 선생님이 무슨 까닭인지 심하게 기뻐하면서 고개를 끄덕였다.

그냥 학생 한 명이 헬스장에 등록했을 뿐인데, 너무 반가워하는군.

"그런데 무슨 계기라도 있었나?"

"체력이 예전보다 떨어진 걸 실감해서, 원래대로 돌아가보려고요."

"학생답지 않은 이유로군."

"그래도 오래 갈지는 잘 모르겠어요."

"뭐 어때. 나도 좀 느끼는 바가 있어서 운동을 시작했는데, 지금은 완전히 단골이야. 학생들과 같은 환경에서 땀

흘리는 것도 나쁘지 않구나."

평소보다 텐션이 높은지, 그렇게 말한 마시마 선생님은 나를 환영하는 듯했다.

"그리고 겨울방학 첫날부터 헬스장에 오는 그 자세를 높이 평가한다."

"선생님은 오늘 이브인데 약속 없으세요?"

"응? 아니, 아쉽지만 종일 헬스장에서 땀 뺄 예정이야."

별로 막힘없이 대답했다. 그렇게 생각했는데…….

"아마도 말이지."

아마도? 자기 일인데 왜 그런 말을 덧붙였을까.

"왜 그러세요?"

"아니, 뭐. 헬스장에 처음 다녀서 뭐가 뭔지 하나도 모르겠지?"

"뭐, 그렇죠."

기구 사용법이야 이미 알고 있지만, 쓸데없는 발언이라고 생각해서 삼갔다.

신입은 신입답게 아무것도 모른다는 전제로 있는 게 왠지 편할 것 같았다.

어쨌든 나도 이제 슬슬 시작을——.

"그럼 마침 잘됐군."

"네?"

"모처럼 온 기회니까. 내가 어떻게 운동하는지 잠깐 보는 게 좋겠다."

"네? 아, 네⋯⋯."

나도 운동을 시작하려는데 마시마 선생님에게 막혔다.

벤치에 누운 마시마 선생님은 바를 눈 위 위치까지 맞추었다. 그리고 힘을 줘서 가볍게 바를 몇 차례 들어 올려 세팅을 끝낸 다음, 양쪽에 있는 안전바를 자기 가슴보다 조금 높은 곳에 걸었다.

"벤치프레스를 할 때는 이 안전바를 절대 잊어선 안 돼. 만에 하나 깔릴 뻔하더라도 받쳐주니까."

"도움이 될 것 같네요."

이미 알고 있지만, 말하지 못하고 계속 지켜볼 수밖에 없었다.

다만 아무 대답도 없이 있으면 분위기가 나빠질 것 같아서 나는 흔히 할 법한 질문을 굳이 던졌다.

"선생님은 몇 kg까지 드실 수 있어요?"

"음⋯⋯ 오늘은 80kg인데, 100kg도 하려면 할 수 있어. 100kg을 들 수 있는 건 백 명 중 한 명 정도라더군."

으스대지는 않았지만, 자신감이 흘러넘쳤다. 일부러 몸을 강조하듯이 힘을 잔뜩 줬다.

백 명 중 한 명이라. 나는 그런 말을 들어본 적이 없는데, 과연 그게 사실일까?

그냥 어디서 주워들은 말 같은데.

"하지만 무리하면 몸이 상해. TV 기획 같은 데 나오는 것처럼 한번 들어 올리고 끝이 아니니까. 여러 세트를 반복하면서 대흉근을 단련하는 거다."

TV로 열심히 공부한 건지, 그렇게 말하고는 실제로 선보였다.

남자의 거친 숨과 쏟아지는 땀을 억지로 보면서 나는 허무한 기분이 들었다.

모처럼 오전부터 헬스장에 왔건만, 나도 모르는 사이 견학 코스에 붙잡히고 말았다.

그렇게 잠시 지켜보고 있는데, 세 세트를 끝낸 마시마 선생님이 몸을 일으켰다.

"후우. 뭐, 대충 이렇게 하는 거야."

"아주 많이 참고되었습니다."

"그거 다행이구나. 겨울방학 동안에 난 목요일만 빼고 주 6회 다닐 계획이야. 3학기에도 밤에 올 수 있겠지만, 그 방침은 당분간 바뀌지 않을 거니까 운동하다가 힘든 부분이 있으면 언제든지 물어봐라."

뭔가 굉장히 구체적이군. 오히려 확실하게 빠지는 목요일에는 무슨 일이 있는 것일까.

"필요하다면 내가 가르쳐줘도 되는데——."

"아니요, 괜찮습니다. 마시마 선생님을 매번 번거롭게 할수는 없는 노릇이니까요. 당분간은 다니는 걸 위주로 가볍게 트레이닝하려고요."

살짝 빠르게 말해서 딱 잘라 거절한 나는 일단 이 자리를 뜨는 걸 우선했다.

"그래? 힘든 일 있으면 언제든 말해라. 나는 겨울방학 동안 가능한 한 헬스장에 나올 예정이니까."

교사의 감사한 말씀을 들은 후, 나는 혼자 적당히 땀을 흘리기로 했다.

30분 정도 운동을 이어가고 있는데 갑자기 실내 공기가 변했다.

기구와 씨름하던 일부 학생들이 일제히 고개를 돌리는 게 느껴졌다.

뭘 그리 보나 싶어서 시선을 따라가니, 우리 반에서는 익숙한 인물, 코엔지가 와 있었다.

주목을 한 몸에 모으고 있건만, 정작 본인은 신경 쓰는 기색 없이 운동을 시작했다.

뭔가 기상천외한 행동이라도 해서 다들 쳐다보나 싶었는데, 그건 아닌 듯했다.

근처에 있던 다른 학년 남학생들의 대화가 어렴풋이 들려왔다.

"역시 코엔지 녀석, 대단하다."

"고등학생 수준에서 저게 가능하다니, 보통은 안 되잖아……."

고등학생답지 않은 신체 능력은 헬스장에서 운동하는 모습으로도 파악할 수 있는지, 특출난 회원으로 시선을 모으는 눈치였다.

하긴 언뜻 봐도 신체적으로 높은 완성도를 엿볼 수 있다.

세련된 근육 그리고 유연함.

동작에 군더더기가 없고, 평소의 괴짜 같은 모습에서는 상상도 할 수 없는 성실함이 보였다.

생각해 보면 코엔지는 어디서든 자기 몸을 단련하는 데 여념이 없는 인상이었다.

그럼 헬스장을 다니는 것도 전혀 이상하지 않다. 오히려 제일 잘 어울리는 남자가 아닐까.

마시마 선생님도 그런 코엔지가 한 수 위임을 인정하는 지, 하던 운동을 멈춘 채 넋을 잃고 응시했다.

객관적으로 봐도 역시 코엔지는 학생의 영역을 아득히 뛰어넘었다.

원래부터 타고난 체격에, 신체를 유지하기 위해 노력을 아끼지 않는 평소 단련.

학교생활을 하면서도 코엔지가 시간과 장소를 가리지 않고 멋진 육체를 추구하기 위해 애쓴다는 사실을 새삼 실감했다.

마시마 선생님처럼 초보자와 별반 다르지 않은 수준인 운동을 보여주는 것과 달리, 코엔지는 정말로 사람을 매료시키는 운동을 했다.

심지어 주목이 쏟아져도 긴장, 불안, 초조함을 느끼기는 커녕 더 잘하는 타입이라는 건 굳이 말할 필요도 없다.

"늘 인기가 대단해, 코엔지는."

그렇게 코엔지가 주목받는 게 오늘만의 일이 아님을 뒷

받침하는 말이 들렸다.

"안녕, 아야노코지."

그리고 인사를 건네왔다.

"안녕."

"오늘도 비가 쏟아붓네. 아야노코지는 언제 왔어?"

"30분쯤 전에."

"그래? 실은 나도 그 정도에 도착할 예정이었는데, 친구랑 얘기 좀 하다가 늦어졌어."

그리 말하며 옆으로 다가온 이치노세가 근처에서 나를 빤히 올려다보았다.

"오늘 이브인데, 아쉬워서 어떡해?"

"뭐, 괜찮아. 꼭 오늘을 고집할 일도 아니고."

"여자애는 그렇게 생각 안 할걸?"

"그렇군…… 그건 부정 못 하겠다."

내가 남자인 이상, 특별한 날을 향한 여자의 집착이 어느 정도인지는 정확하게 알 수가 없다.

가벼운 잡담을 나눈 후, 이치노세가 같이 러닝머신을 뛰고 싶다고 해서 둘이 나란히 머신 위에 섰다.

그리고 30분 정도 대화 없이 자신에게 맞는 페이스로 맞춰놓고 뛰기 시작했다.

"휴우, 역시 같이 뛰어주는 사람이 있으면 동기부여가 다르다니까."

"확실히. 지금 생각하면 아미쿠라랑 같이 시작한 게 좋은 선택이었어."

생긋 웃은 이치노세가 수건으로 이마의 땀을 닦았다.

그 후에도 나는 추가로 한 시간 정도 더 이치노세와 함께 운동을 즐겼다.

그리고 아미쿠라가 헬스장에 온 타이밍에 이만 돌아가 겠다고 말하자, 이치노세는 잠깐 아미쿠라와 이야기하고 가겠다고 해서 이만 헤어지기로 했다.

"벌써 돌아가나?"

내가 트레이닝 룸에서 나가려 하자 마시마 선생님이 운동을 멈추고 말을 걸었다.

벌써라고 했지만, 이래 봬도 두 시간 정도는 헬스장에 있었기 때문에 충분히 오래 했다.

"네, 뭐. 이제 힘들어서요. 두 시간이나 지났는데, 선생님은 괜찮으세요?"

"두 시간? 어, 그래? 벌써 시간이 그렇게 됐다니."

무아지경으로 운동에 빠져 있어서 몰랐던 건가.

"마시마 선생님도 쉬엄쉬엄하시는 게 좋을 듯한데요. 거의 쉬지 않고 세 시간 정도 계속하셨잖아요. 보이지 않는 부분에서 피로가 쌓였을 것 같기도 하고, 그러다 다치실 수 있어요."

초보가 뭘 안다고 말하냐고 혼날 수 있다는 것을 각오하고 그렇게 조언했다.

하지만 마시마 선생님은 화내기는커녕 깜짝 놀라면서

팔짱을 꼈다.

"……듣고 보니 그렇구나. 한심한 나를 버리고 훌륭한 교사가 되기 위해 투지를 불살랐는데, 역효과였을 수도 있겠어."

지금까지 주위에서 마시마 선생님에게 그런 충고를 해 준 사람이 아무도 없었겠지.

그리고 반드시 빠른 성과를 얻고 싶었을 것이다. 강한 몸을 갖고 싶었을 것이다.

그런 마음 때문에 힘든 것도 잊고 운동에 열중했으리라.

"좋아. 나도 오늘은 그만해야겠다."

그렇게 말하면서 내 충고를 순순히 받아들였다.

"그럼 전 이만 가보겠습니다."

꾸벅 인사하고 나가는데, 마시마 선생님이 바로 뒤쫓아 왔다.

"잠깐만 이야기 좀 나눠도 될까?"

"네? 물론이지요."

헬스장과 관련된 이야기인가 생각했지만, 선생님은 이 곳이 아니라 휴게실로 가자고 했다.

"헬스장에서 제가 선생님을 언짢게 하기라도 했나요?"

불러낸 이유를 알 수 없어서 그렇게 물어보았다.

"설마. 그런 얘기가 아니야. 넌 헬스장에서 아무 문제 없이 있었어."

꼭 내 활동을 자세히 지켜보기라도 한 것처럼 말하는

데……

의심스러운 내 눈초리를 보고 마시마 선생님이 눈을 내리깔았다.

"……내 운동에만 푹 빠져서 주변을 보지 못했어. 순순히 자백하지."

내가 꿰뚫어 보고 있다는 걸 알았는지 미안해하며 눈썹을 찌푸렸다.

그런 진지한 반응이 돌아오니까 오히려 내가 잘못한 것 같은 느낌이다.

교사도 겨울방학. 이 부지 내에서 뭘 만끽하든 자유고, 학생을 감시할 의무는 없는데. 어른의 책무를 이용하는 식으로 사과를 유도하고 말았다.

"그래서 저한테 하실 말씀은요?"

사과를 지워버리려고 내가 얘기를 재촉하자, 마시마 선생님은 주위를 한 번 살펴 아무도 없는 것을 확인했다.

"사실은 너한테 긴히 부탁할 것이 있어서."

"네?"

자세를 바르게 한 마시마 선생님이 뭔가를 말하려고 하는 순간, 타이밍이 나쁘게도 누군가가 들어왔다.

길고 아름다운 웨이브 머리를 한 여성이었다.

이 헬스장에서 일하는 직원 중 한 명이었는데, 우리를 알아보고 생긋 웃으며 인사했다.

"마시마 씨, 오늘도 열심히 하시던데요."

"아니, 그 정도는 아닙니다."

가벼운 인사로 마시마 선생님이 대답했다.

아무래도 나보다 오래 다닌 만큼, 직원이 이름을 기억하는 듯했다.

"그쪽은……."

"아야노코지입니다. 제가 맡은 반은 아니고, B반의 우수한 학생이지요."

인사하라면서 내 등을 세게 때렸다.

본인은 살짝 칠 생각이었겠지만, 잘 단련된 몸에서 나온 한 방은 꽤 강력했다…….

"아야노코지입니다."

"카운터에서 몇 번인가 봤었죠. 이치노세랑 같이 있었던."

역시 직원이다. 아직 다닌 지 며칠 되지도 않는 내 얼굴도 조금은 기억하는 모양이었다.

"아, 죄송해요, 쉬시는데. 필요한 걸 가지러 온 것뿐이니 전 이만 가볼게요."

부드러운 말투로 고개 숙여 인사한 직원은 종업원용 선반에서 타올 몇 장을 꺼내 가슴에 안고는 카운터로 돌아갔다.

마시마 선생님은 아무도 없는 순간을 기다리는지, 내게는 눈길도 주지 않고 직원의 모습이 사라질 때까지 지켜보았다.

…….

끝까지 지켜본 후에도 마시마 선생님은 움직이지 않았다.

"선생님?"

"아, 왜, 아야노코지."

"아니, 그게 아니라…… 저한테 뭐 하실 말씀 있다고 하셨잖아요?"

"그랬지. 그랬는데 그 이야기는 그냥 다음에 하자."

"네? 뭐, 그러면—— 저는 돌아가 보겠습니다."

"잠깐만."

등을 돌린 내 양어깨를 뒤에서 꽉 움켜잡았다.

"……대체 왜 이러시는 거예요?"

아무래도 오늘 마시마 선생님의 상태가 좀 이상하다.

평소 냉정하고 차분했던 교사의 모습이 오늘따라 유달리 흐릿했다.

"……이것도 운명인 듯하니 자백하지."

"자백할 일이 많으시군요."

그래도 드디어 본론을 들을 수 있어서 다행이다.

"그, 방금 여기 왔던 직원 말이다만, 아키야마라는 이름이거든?"

"저는 몰랐는데 명찰을 달고 있었나 보네요. 그런데 그게 왜요?"

"……그녀에 대해 좀 알아봐 주면 좋겠다. 최대한 정중하면서 신중하게."

"네?"

무심코 뒤돌아보려고 했지만, 선생님이 엄청난 힘으로

어깨를 계속 붙잡고 있어서 그럴 수 없었다.

"난 지금까지 이성 문제를 학교에 끌어들인 적이 단 한 번도 없어. 그런데 헬스장에 다니기 시작하면서 상황이 완전히 바뀌었다. 자세히 말하지 않아도 너라면 무슨 뜻인지 알지?"

"뭐, 무슨 말씀을 하고 싶으신 건지는 잘 알겠습니다. 그 아키야마라는 분한테 호감이 있으신 거죠?"

"……그렇다고도 말할 수 있겠지."

아니, 그렇다고밖에 말할 수가 없는데.

"어딘지 앳된 얼굴이 남아 있으면서도 똑 부러지고 성숙하고 아름다운 여성이야."

"음……."

그야 성숙하고 아름다운 여성이긴 하지만, 그 표현에서 조금 걸리는 부분이 있다.

"그렇게 치면 호시노미야 선생님과 차바시라 선생님도 해당하지 않나요? 꼭 교사 사이에 연애가 금지된 것도 아닐 텐데요."

"규칙으로 금지되어 있다."

"아, 그래요? 하지만 몰래 사귀는 교사도 있을 것 같은데."

"없다고는 하지 않으마. 하지만 어차피 금지가 아니어도 그 두 사람이 후보에 들어올 일은 없어."

단호하게 딱 잘라 말했다.

"이유를 여쭤봐도?"

33

"미안하지만 대답해줄 생각 없다. 나와 아야노코지는 교사와 학생이야. 굳이 할 필요 없는 얘기지."

"그럼 저는 돌아가겠습니다. 지금 하시는 말씀 자체가 할 필요 없는 얘기이기도 하고."

"호시노미야는 성격이 너무 가벼워. 차바시라는 성격이 너무 무거워. 이상이다."

단적이면서도 실로 이해하기 쉬운 대답이 돌아왔다.

두 사람에 대한 미적 평가가 동등하다는 가정하에, 호시노미야 선생님은 사랑에 너무 잘 빠지는 여자. 연인이 된 후에도 다른 남자를 쉽게 만날 것 같은 이미지다.

반면 차바시라 선생님은 학생 때 했던 사랑을 여태 놓지 못해서, 지금까지 다른 그 누구와도 사귀지 않았다. 만약 이성과 사랑에 빠진다면 아주 무거운 연애가 될 것 같다.

"하지만 아키야마라는 직원은 안 그렇다는 보장도 없잖아요?"

겉모습만 봐서는 모르지만 사귀다 보면——.

"그건 절대 아니야."

근거도 없으면서 확신의 힘으로 강하게 부정했다.

"그리고 학생 때부터 그 두 사람을 알고 지냈지만, 이성으로 느낀 적은 한 번도 없어. 단 한 번도 말이야. 무엇보다도 절친이자 라이벌인 두 사람 중에 한쪽으로 치우쳤다간 학교생활에 아주 큰 영향을 미치게 될 거다."

그것만은 절대 사양이라고 마시마 선생님이 단호하게

말했다.

"하긴 그건 그러네요."

"그래서 너한테 부탁하고 싶다."

"왜 하필 저인가요?"

"이런 일을 다른 교사한테 부탁할 수 있다고 생각하는 건 아니겠지?"

"그야 그렇지만……."

"헬스장에 다니면서 입이 무겁고 믿을 수 있는 인물은 너밖에 없어."

"설마 오늘 저를 보자마자 기뻐하셨던 이유가……."

"물론 같은 회원이 생겨서 그랬던 거지."

아니, 새빨간 거짓말이다.

분명히 이 일에 써먹을 수 있는 학생을 찾아냈을 때의 눈이었다.

지금이라면 그렇다고 확실하게 말할 수 있다.

"내가 알고 싶은 게 뭔지는 알겠지?"

"짐작은 가요. 남자친구가 있는지 없는지. 이상형은 뭔지. 더 추가하자면 취미나 뭘 좋아하는지."

"정확하다. 널 데리고 있는 차바시라가 부럽군."

이 사람이 늘 보던 그 마시마 선생님이 정말 맞나?

근무 중일 때와 사적인 시간은 분리해서 생각해야 한다지만 그래도 너무나 의외인 일면을 보고 있다.

그래도 목소리는 쭉 차분하고 표정도 눈 뜨고 못 봐줄

정도는 아니었지만.

"당장 움직여 달라고는 말하지 않을게. 오늘은 아키야마 씨가 나랑 있는 모습을 보기도 했으니. 겨울방학이 끝난 직후도 좋고 언제든 상관없으니까 천천히 다가가서 좀 알아봐 주라."

정중하면서 신중하게. 마시마 선생님이 원하는 대로 말이지.

"일단 노력은 해보겠지만, 너무 기대는 하지 마세요."

"알아."

"아키야마 씨의 근무일은 말이지——."

"목요일 빼고 주 6일, 이죠?"

"……맞아. 알고 있었어?"

알고 자시고, 마시마 선생님이 목요일만 빼고 헬스장에 나온다고 위화감 들게 단언했으니까 그렇지.

몸을 단련할 생각에 등록한 건 틀림없겠지만, 지금은 완전히 아키야마 씨가 목적이 되어버렸군……. 딱히 근력 운동을 소홀히 하는 것도 아니니까 비난할 일은 아닌가.

그제야 마시마 선생님의 속박에서 해방된 나는 도망치듯 그 자리를 빠져나왔다.

2

헬스장에서 나오자마자 다음 일정을 생각했다. 들르기로 정했던 가게에서 물건을 받은 다음 케야키 몰을 좀 걷다가 돌아갈까.

마시마 선생님이 부탁한 일은 본인도 말했듯이 천천히 시간을 들여서 하기로 하자.

어떻게 물어볼지 고민하는 사이에 본인들끼리 알아서 해결해주면 좋겠다.

아직 이른 오후. 이대로 돌아가 봐야 방에서 시간을 주체 못 하고 있을 뿐이다.

스마트폰을 꺼낸 나는 일단 주소록을 열었다.

가끔은 친구를 불러내서 노는 것도 나쁘지 않다.

"……없네."

목록을 가볍게 훑은 후 화면을 껐다.

기억을 더듬을 필요도 없이 자발적으로 동성 친구를 불러내서 놀았던 경험이 거의 없다.

『혹시 지금 시간 되면 같이 놀지 않을래?』

그렇게 제안했다고 쳤을 때…….

『지금 좀 바빠서.』

이렇게 단칼에 거절당하면 너무 충격받을 것 같다.

요스케 같은 애는 내 기분을 내다보고 받아들여 줄지도 모르지만, 그렇게 신경 써주면 써주는 대로 또 마음이 복잡해진다.

요컨대 상대에게 제안하는 행위는 굉장한 수고가 들고

힘들다는 뜻.

결국 아무에게도 민폐 끼치지 말고 혼자 있는 게 낫다는 결론에 도달한다.

"친구란 뭘까."

2년 차도 후반으로 접어들었건만, 그 부분은 여전히 어렵다는 것을 새삼 실감한다.

에스컬레이터를 타고 1층까지 내려왔다.

낮이라서 그런지 학생들의 모습이 많았다.

먼저 말을 걸 수 없다면 다른 방법은 없을까.

이를테면 우연한 만남.

의도치 않게 나를 발견해서 같이 놀지 않을래? 하고 먼저 말 걸어주는 게 좋다.

그런 생각으로 주위를 둘러보았지만, 꼭 이럴 때만 우리 반 애들은 보이지 않는다.

같은 학년은—— 아니, 같은 학년조차 없지 않은가.

괜히 찾는다고 주위를 계속 두리번거려봐야 수상한 사람으로 오해만 받을 것 같고.

그래서 나는 여기서 만나는 계획은 일찌감치 포기했다.

오늘은 텄다고 판단하고 혼자 즐기는 방향으로 전환했다.

케야키 몰 곳곳에 설치된 플로어 안내도 앞으로 갔다.

가게의 종류와 위치는 파악하고 있지만, 새로 오픈한 가게가 있을지도 모르니 확인해보기로 했다.

하지만 별로 바뀐 가게도 없고 새로운 발견은 하나도 하지 못했다.

그러다 눈에 들어온 한 가게.

"가볼까."

그런 생각이 든 곳은 평소에 개인적으로 별로 갈 일 없는 대여점이었다.

이곳에서는 영상, 그러니까 영화나 애니메이션 등을 신작, 구작 상관없이 DVD와 블루레이를 빌릴 수 있다. 그밖에 음악 CD도 취급하고 있다.

다만 학교의 허가 아래 인터넷, 그러니까 월정액제 OTT 서비스로 영상 콘텐츠를 언제든 자유롭게 볼 수 있는 만큼 수요는 그리 높지 않았다.

영상을 자주 보지 않는다. 보고 싶은 영상이 딱 정해져 있다.

그런 학생들만 이용하기 때문에 필연적으로 손님이 별로 없는 가게였다.

그래서 이번 겨울방학을 기회 삼아 가보기로 한 것이다.

시간은 남아도니까, 가끔은 이런 날도 괜찮겠지.

아까부터 계속 변명을 늘어놓고 있는 느낌이 드는데, 절대 외로워서 그런 게 아니다.

혹시 몰라서 내 마음을 향해서도 다시 한번 다짐했다.

계획했던 가게에 가서 물건을 받은 다음 대여점에 도착했다.

대여점은 다른 가게와 비교하면 좁은 편이었다. 그 좁은 공간에 빼곡하게 다종다양한 CD가 전시되어 있었다. 원래 CD는 상자나 케이스에 들어 있기 마련이지만, 이 가게에서는 전부 검은색 또는 투명한 OPP 비닐에 들어 있었고, 패키지 표면 인쇄로 보이는 종이 한 장이 동봉되어 있었다. 그걸 보면 어떤 작품인지 알 수 있는 시스템이다.

컴퓨터나 태블릿으로 볼 때는 우선 재미있어 보이는 제목인지 아닌지, 섬네일을 보고 흥미가 생기는지 어떤지 살펴본다. 그런데 이렇게 하나하나 손으로 고르는 환경이라면 평소에 눈길을 주지 않을 법한 것도 왠지 손이 가게 된다.

자신도 모르게 줄거리를 꼼꼼히 살피는 것이다.

OTT 서비스는 무수한 작품을 쉽게 시청할 수 있는 반면에 좋은 작품을 알아보지 못하고 그냥 지나칠 수도 있다는 걸 생각하면, 가끔은 이런 식으로 수수하게 찾아보는 것도 나쁘지 않을지 모르겠다.

대여점을 찾는 빈도가 앞으로 늘어날 것 같기도 하다.

다만, 역시 문제점은 남아 있다.

흥미로운 작품을 찾았다고 해도 굳이 여기서 빌릴 필요가 없다. OTT에 없는 희귀 작품이라면 모를까, 기숙사에 돌아가면 반납일을 신경 쓰지 않고 언제든 자유롭게 볼 수 있다.

그런 서비스가 발전할수록 이런 대여점은 운영이 점점 더 어려워지겠지.

가전제품 판매점도 마찬가지다. 가게에 가서 실물을 본

다음 가격이 더 싼 인터넷에서 사는 흐름이 점점 정착되고 있다고 들은 적 있다.

나는 잠시 영상 관련 코너를 돌아본 후 이번에는 음악 코너로 향했다.

평소에는 음악을 별로 듣는 편이 아니다.

TV를 보다가 최신 인기곡이라든지 왕년의 명곡을 들을 때는 있어도 그게 전부. 직접 음악을 사서 들었던 경험은 없고, 지금도 별로 관심이 없다.

그렇기에 해보는 탐험. 뭔가를 만날 수 있다면 좋겠는데.

대여점 안에 아무도 없는 줄 알았는데, 먼저 온 손님이 있었다.

체구가 아담한 그 학생은 내게 등을 보인 채 헤드폰을 끼고 있었다.

심지어 가게 안에 BGM까지 흐르고 있어서, 내 기척을 조금도 알아차리지 못했다.

처음에는 누군지 몰랐는데, 가까이 가니 차츰 누군지 알 수 있었다.

이치노세 반의 시라나미 치히로였다.

그녀와 별로 말해본 적은 없지만, 접점은 몇 번인가 있다.

제일 최근이라면 무인도 시험. 그리고 그 후 배 위에서도 거리가 가까웠었다.

무슨 곡을 듣고 있을까.

순수하게 일본 음악(이라고 단정할 순 없지만)에 대한

지식이 별로 없기도 해서 호기심이 생겼다.

하지만 시라나미는 음악 감상에 집중하고 있으니, 작은 목소리로 말을 걸어도 알아차리지 못하겠지. 그렇다고 내가 보이게 억지로 거리를 좁힌다면 십중팔구 깜짝 놀랄 것이다.

음악이 끝날 때까지 기다려도 되겠지만, 그 후에 말을 걸어서 대답을 듣기도 쉽지만은 않기에 나는 가까이 다가가 곡을 엿듣기로 했다.

누가 봤을 때 수상한 사람 같지 않게, 진열된 상품을 무심히 구경하는 척하면서.

"으앗……?!"

망했다. 놀라게 해버렸다.

어떤 곡을 듣고 있는지 궁금한 마음이 앞서 조심성 없이 너무 가까이 간 모양이다.

소녀가 당황하면서 헤드폰을 벗었다.

"아, 아야노코지?!"

"미안해. 놀라게 할 생각은 아니었는데."

헤드폰을 귀에서 뗀 바람에 음악이 선명하게 들려왔다.

어쩐지 구슬픈 기타 선율과 함께, 여자의 가성과 가사가 들렸다.

『상처받은 마음, 낫게 해주는 건 시간뿐. 이제 그 사람은 다른 누군가의──』

실연 노래인가. 그런 가사였는데, 재빨리 정지 버튼을

눌러서 곡이 도중에 끊겼다.

"무, 무무무, 무슨 일이야?!"

여전히 놀라움이 가시지 않는지 소녀가 당황해서 물었다.

"아니…… 용건이 있는 건 아니고, 그냥 뭐 듣는지 궁금해서. 그것뿐이야."

솔직하게 대답했지만, 과연 상대방이 그대로 받아들였는지는 또 다른 문제다.

다른 반이고, 딱히 친하지도 않으며, 우연이 아니면 말할 일이 없는 사이.

게다가 남자와 여자라는 차이까지 더해지면 그냥 수상한 사람이나 다름없을지도 모른다.

"방해해서 미안하다. 난 이만 갈게."

계속 아무 의미도 없이 시라나미 옆에 있어 봐야 그녀를 곤란하게만 할 뿐.

지금은 1초라도 빨리 가주는 게 내가 유일하게 해줄 수 있는 일이다.

"저기── 그게."

뭔가 할 말이 있는 듯한 시라나미.

적어도 그녀는 친하지 않은 사람과 거리낌 없이 말할 수 있는 성격이 아니다.

그렇다고 말을 재촉해버리면 목구멍까지 올라온 말이 도로 쏙 들어가 버리고 말겠지.

그래서 나는 시라나미의 눈을 보지 않으면서 너무 멀지

도 않은 곳에 시선을 고정했다.

당황하지 않고 말할 수 있는 환경을 최대한 만들어 주고 때를 기다렸다.

"저기…… 지금 잠깐 시간…… 돼……?"

그렇게 해서 나온 말은, 이야기를 좀 더 하자는 예상치 못한 제안.

"별로 상관은 없는데 여기서 말하기는 좀 그렇지?"

음악에 관한 화제라면 모르겠지만 보아하니 그런 느낌도 아니다.

대여점에 손님이 막 북적거리는 것은 아니지만, 그곳과 전혀 무관한 대화를 계속 나누는 것도 모자라 뭘 빌려 가지도 않는다면 적어도 환영할 만한 손님은 아니니까.

"그렇지……. 저기, 어디든 좋으니까, 시간도 많이 안 들거고."

"그러면——."

"아아, 하지만 그게, 눈에 띄는 곳은, 좀 그래. 괜한 오해를 사고 싶지도 않고……."

적당한 카페 같은 데는 어때, 하고 제안하려는데 먼저 그렇게 못을 박았다.

"그럼 어떻게 할까. 시라나미가 원하는 곳도 상관없는데."

"……아야노코지한테 일임할게."

어느 정도 제한을 두고서 일임이라.

앞뒤가 좀 맞지 않는다는 생각도 들었지만, 애초에 먼저 접촉한 건 나였으니.

어떻게든 요구에 맞는 곳을 생각해내야겠군.

3

나는 후보 몇 군데를 떠올리면서 시라나미와 움직이기 시작했다. 겨울방학에 들어간 학교 부지 내, 비가 오니 실외는 어렵다.

그렇다고 실내는 또 실내대로 많은 학생이 여기저기 있으니까.

그나마 다행인 건 시라나미가 나를 멀리하는 경향이 강하다는 거겠지.

대체로 이럴 때는 친하지 않아도 같은 그룹인 척 나란히 걷거나 한두 걸음 앞 또는 뒤에서 걷기 마련인데, 앞에서 걷는 나와 뒤에서 따라오는 시라나미의 거리가 꽤 멀었다. 아마 누가 보더라도 일행이라고 생각하지는 않으리라.

아무리 크리스마스이브라도 혹시 커플이 아닐까 하는 소문이 날 걱정은 안 해도 될 것 같다.

"······왜?"

"아무것도 아니야."

뒤를 너무 의식하면 시라나미가 괜히 더 멀리 떨어져서 걸을 것 같다.

내가 얘기 더 하자고 제안한 것도 아닌데 참 난감하네.

하지만 내가 먼저 말을 걸어서 시작된 일이니, 어쩔 수 없나.

정처 없이 돌아다니다가 도착한 곳은 휴게 공간.

자판기가 여러 대 늘어서 있고, 등받이 없는 나무 벤치가 두 개 정도 놓여 있는 곳이었다.

이 장소를 이용하는 학생은 의외로 적다. 오늘도 예외는 아닌지 아무도 없었다.

"뭐 마실 거——."

"난 됐어."

"벤치에——."

"안 앉을 거니까 괜찮아."

연속으로 거절당하자 나는 많은 것을 포기했다.

"이야기, 들어볼까."

시라나미는 거리를 좀 두고 정면에 서서 두 손을 비볐다.

물어보기 힘든 이야기지만 꼭 물어봐야 한다, 뭐 그런 건가.

"아야노코지는…… 그러니까, 호, 호나미 짱이랑 무슨 사이야?"

"무슨 사이, 라니?"

"그냥 단순한 동급생? 아니면 친구? 아니면…… 그 이상의 관계인가 싶어서."

말 한마디 한마디는 소극적이었지만, 물어보고 싶은 게

무엇인지 극명하게 드러나 있었다.

말투를 봐도 내 대답이 시라나미에게 아주 중요해 보였다.

물론 이유는 잘 안다.

처음에 내가 이치노세와 관계를 구축하게 된 하나의 사건이었으니까.

작년, 아직 입학한 지 얼마 되지 않았을 무렵 이치노세는 눈앞에 있는 이 시라나미한테 고백받았다.

단순한 친구와는 다른, 원래라면 이성에게 품는 연애 감정.

아니, 그 표현은 적확하지 않다.

요즘 시대에 성별이 같은지 다른지를 문제 삼는 것은 잘못되었겠지.

시라나미라는 한 인간이 이치노세라는 한 인간에게 호감을 품었다.

단지 그뿐이다.

그리고 시라나미는 이치노세가 나에게 호감을 느낀다는 사실을 좋게 생각하지 않는다.

되물을 것도 없이 단순하고 알기 쉬운 도식이다.

"뭐라고 대답해야 정답일까. 좀 망설여지는데——."

"날 배려하지 말고 솔직하게 대답해줘."

"배려하는 게 아니야. 나한테 친구라고 부를 자격이 있는지, 판단하기가 어려워서."

"……무슨 뜻이야, 그게."

시라나미가 의아한 표정을 지으며 이해 못 하겠다는 듯 눈썹을 찌푸렸다.

"난 친구가 별로 없어. 애당초 어디서부터가 친구인 건지 구분도 잘 모르겠어. 그냥 대화를 나누기만 하는 사이는 친구라고 부르지 않잖아? 그냥 아는 사람과 친구, 그 구분을 어떻게 하는 거야?"

"그건…… 음, 그렇게 물어봐도 대답하기 난감하네."

"시라나미가 난감한 것처럼 나도 난감해. 일단 내 개인적인 시점으로 대답하자면 친구의 관계성이라고 판단하고 있어."

"뭔가 잘 알 수 없는 표현이네……. 일부러 얼버무려서 말하는 거야?"

나는 꽤 진지하게 대답한 건데.

"어쨌든 그럼 그냥 친구인 거지? 서로, 그러니까, 좋아한다거나 그런 감정은 없다고 봐도 되는 거지?"

직접 물어보진 않았지만, 이치노세의 감정을 시라나미가 모르고 있다고 보긴 어렵다. 서로, 라고 말했어도 실제로 알고 싶은 건 내 감정이겠지.

"당연히 그렇겠지? 왜냐하면 아야노코지는 카루이자와랑 사귀니까."

내 대답을 기다릴 수 없었는지 시라나미가 그렇게 말을 덧붙였다.

"여자친구가 있는지 없는지가 상관있나? 이치노세에 대

한 내 감정의 대답이?"

"당연히 상관있지. 좋아하는 사람은 한 명이어야 하니까."

로맨틱하다기보다 순수한 소녀의 대답이 돌아왔다.

절대 의심하는 게 아니라 정말로 그렇게 믿는 눈치였다.

"동시에 여러 명을 연애 대상으로 보는 것도 가능하지 않나?"

남자든 여자든 그런 사례를 충분히 생각해 볼 수 있다.

"아, 아니지!"

하지만 시라나미는 강하게 부정했다.

작은 손을 꽉 움켜쥐고 있는 모습을 봐도 화난 게 분명했다.

"미안. 이번 일이랑 상관없는 얘기였군. 아무튼 나랑 이치노세는 지금은 시라나미가 그렇게 신경 쓸 만한 관계가 아니야."

"……지금, 은?"

당연하다면 당연하지만, 내 말 한마디 한마디를 예민하게 받아들이는 시라나미는 혹시 몰라서 내가 붙인 일종의 보험 같은 말을 놓치지 않았다.

"앞날은 아무도 모르는 거니까."

"그렇다고 하더라도 그냥 평범한 관계라면 지금은 같은 말을 안 붙일 것 같은데……."

하긴 시라나미의 말이 맞을지도 모른다.

만약 이치노세가 아니라 이를테면 아미쿠라처럼 가까운

여학생을 가정하고 이야기했다면 지금은, 이라는 보험을 들진 않았겠지.

단순한 친구 관계로 그 이상도 그 이하도 아니라고 딱 잘라 대답했을 것이다.

"만약에…… 만약에 호나미 짱이 호감을 느낀다고 해도 아야노코지한테 그럴 마음이 없다면 지금은, 이라고는 붙이지 않았겠지. 그런데, 붙였어……. 카루이자와랑 헤어지고 호나미 짱이랑 사귈 생각이 없다면 나오지 않을 말이라고."

하고 싶지 않았을 말을 쥐어 짜낸 시라나미.

눈은 분명 내 코를 보고 있지만, 용기가 담긴 말이었다.

"난 호나미 짱이, 그러니까, 다른 사람을 좋아해도 괜찮아……. 하지만 불성실한 사람이랑 만나는 걸 잠자코 보고만 있을 순 없어……."

"단 한 번이라도 누군가랑 사귀었다가 헤어지면 불성실한 사람이 되는 건가?"

"그건…… 그건 아니지만……."

이치노세와 같은 반인 시라나미에게는 이치노세의 상태를 말할 수가 없다.

이미 변화를 느꼈을지도 모른다고 생각했는데, 그건 아닌 듯하다.

새롭게 보여준 이치노세의 얼굴. 그것이 어떻게 작용할지 판단이 서기 전에는 괜히 나서서 그 누구에게도 영향을 미치고 싶진 않은 게 솔직한 나의 심정이다.

그렇기에 시라나미의 마음에 검은 그림자가 지더라도 지금은, 이라고 덧붙이고 얼버무리는 수밖에 없었다.

"시라나미를 곤란하게 할 의도는 없어. 하지만 이 상황에서 내가 뭐라고 말해도 이성적으로 못 받아들일 가능성이 있는 이상, 보험 같은 느낌의 표현이 나와도 어쩔 수 없는 거지."

지금은 좀 냉정하게 들리더라도 확실하게 말해두는 편이 좋다.

그렇지 않다는 식의 표정을 순간 지어 보였지만, 자신이 상상 이상으로 흥분했다는 걸 자각한 듯했다.

"미안해. 뭔가, 내가 말이 너무 지나쳤던 것 같은……."

자기가 얼마나 깊이 파고들었는지 본인도 일시적으로 모를 만큼 필사적이었다. 그뿐인 이야기다.

"그만큼 이치노세를 걱정하고 있다는 거겠지."

친한 친구로서. 그리고 그 이상의 감정을 가졌던 상대를 염려하는 것은 당연하다.

"저, 저기…… 저, 정말로 미안해!"

이성을 되찾을수록 자신이 무슨 짓을 했는지 몹시 강하고 무겁게 받아들이기 시작했다.

"요즘 들어 아야노코지랑 호나미 짱에 대한 소문을 너무 많이 들어버려서……."

"소문은 소문일 뿐이야."

"그렇지……. 시험공부는 뒷전이고 단둘이 있으려고 같

이 헬스장을 끊었다고 하질 않나, 아야노코지한테는 여자 친구가 있는데도 자기 방으로 끌어들였다고 하질 않나, 그런 말도 안 되는 소문을 멋대로 믿어버리다니…….

어……으음?

"왜, 왜 그래? 계속 냉정하더니 갑자기 표정이 이상하게 굳었는데?"

"그런 말도 안 되는 소문, 아니 소문이라기보다 별일도 아닌 사실에 꼬리가 어디까지 붙어서 퍼진 걸까 싶어서."

"말이 좀 이상하네. 소문이랑 사실은 아무 상관 없잖아?"

"물론 아무 상관 없는 것도 많지."

"……뭐라고?"

"응?"

"단둘이 헬스장 다니는 거 아니……잖아?"

"아니야. 헬스장에 다니긴 해. 거기서 이치노세를 우연히 만날 수도 있는 거잖아?"

바로 오늘이 그랬다.

연락도 받긴 했지만, 딱히 헬스장에서 만나기로 약속한 게 아니다.

"그건, 그럴지도 모르지. 마코 짱도 헬스장에 다니고. 아아, 하지만 아야노코지의 방으로 끌어들이다니, 그건 분명 틀림없는 악질 소문이겠지?"

"그래. 이치노세를 내 방으로 부른 적은 없어."

세 번 정도 비슷한 일은 있었지만, 한 번은 1학년 때 반 내부 투표 특별시험을 치르던 도중. 두 번째는 학년말에 비 내리던 날. 세 번째는 바로 얼마 전인데, 그건 어디까지나 이치노세가 자기 발로 내 방 앞에서 기다렸던 것뿐.

아마도 세 번째, 이치노세가 나를 기다렸을 때 누가 그 모습을 봤던 거겠지.

"……믿어."

주저하면서도 시라나미는 그렇게 말하고 오늘 가장 밝은 표정을 지어 보였다.

다만 난감하게도, 앞으로 시라나미가 받아들이기에 따라서는 배신당했다고 생각할 수 있을 것 같다.

혹시 모르니 말을 보충해야 할까.

하지만 여기서 괜히 변명하듯 말했다간 겨우 나아지던 이 아이의 마음에 다시 그림자가 지게 된다.

"나도 한마디만 해도 될까?"

"으, 으응. 뭔데?"

"이치노세가 누구를 좋아하게 되든, 누구를 좋아하고 있든, 지금의 시라나미의 가치가 떨어지는 것은 아니야. 하지만 이치노세가 바라지 않는 행동을 한다면 꼭 그렇다고도 말할 수 없겠지. 내 말 무슨 뜻인지 알지?"

"……응."

자기가 좋아하는 사람과 함께할 수 없다. 그게 마음에 들지 않으니 방해할 것이다.

그런 생각을 그 사람이 알게 되면 기뻐하지 않을 것은

당연하다.

"뭔가, 기분 나쁜 애 같아, 나."

이성을 찾으면서 시라나미는 자기가 오늘 했던 말을 되돌아보기 시작했을까.

"아야노코지한테 화풀이하듯이 불만만 늘어놓고……."

장소를 옮겨서 얘기하고 싶다는 말을 들었을 때부터 느끼고는 있었다.

그렇다고 해서, 내가 놀라게 했다는 걸 차치하더라도 시라나미를 비난할 마음은 처음부터 없었다.

"정작 아야노코지는 여름에 무인도 시험 때도 길 잃은 날 도와줬었는데……."

그녀는 입학한 뒤 줄곧 이치노세에게 특별한 감정을 품어왔다.

그리고 지금은 감정을 억누르고 소중한 친구로 이치노세를 뒤에서 응원하고 있다.

나 같은 존재에 혐오감을 품고, 반쯤 무의식적으로 적대하는 것도 무리는 아니다.

"난 신경 안 써. 오히려 내가 너를 방해하고 설교 같은 것도 늘어놓아서 미──."

"정말로 미안해."

내 사과가 끝나기도 전에 시라나미의 사과가 겹쳤다.

"저기, 저기, 나, 아야노코지를 싫어하는 게 아니라…… 정말로, 그런 게 아니라……."

다 알고 있는데, 그런 줄 모르는 시라나미는 변명을 시작했다.

말려도 받아들이지 않을 것 같으니 잠시 들어줘야 할까.

그렇게 얼마간 시라나미는 사과 8할 설명 2할로 두서없이 이야기를 늘어놓으면서 계속 내게 용서를 구했다.

○약간의 예감

사두고 한동안 입지 않았던 사복 소매에 팔을 꿰고 컵에 따뜻한 물을 따랐다.

그 와중에, 창문으로 비춰 들어오는 햇빛이 신경 쓰여 커튼을 걷었다.

"꽤 쌓였군……."

밤까지 내리던 비는 어느새 눈으로 바뀌어 밤새 내렸다.

지금은 단발적으로 내리고 정오 무렵에는 일단 그친다지만, 밤부터 다시 눈보라가 칠 것이라고 한다.

게다가 방송에서는 당분간 눈 오는 날이 이어질 예정이라고 보도했다.

"어쩐지 점점 더 춥더라니."

뜨거운 커피가 맛있는 계절이 본격적으로 왔군.

부엌 앞에 서서 방금 끓인 커피가 담긴 잔을 오른손에 쥐었다.

그리고 왼손에는 스마트폰. 화면에 비치는 것은 상품과 가격들이었다.

최근까지 몰랐던 사실인데, 케야키 몰은 이 학교에서 생활하는 사람들을 대상으로 한 WEB 광고도 하는 모양이었다.

크리스마스 판매 경쟁도 오늘 25일로 마지막, 그에 맞춘 대규모 할인 행사에 들어간다는 것.

이 사실은 어젯밤에 뜬금없이 알게 되었다.

반 그룹 채팅에서 이브에 무엇을 했는지, 혹은 어떻게 보내고 있는지 열띤 대화가 오가는 걸 구경하다가 알아냈다.

처음에 그룹 채팅에서 화제에 올랐던 것은 이케와 시노하라 커플.

그룹 채팅방에 들어와 있긴 하지만 채팅이 시작된 밤 9시 이후부터 두 사람 모두 읽지 않아 반 아이들 사이에 한바탕 난리가 났었다.

우연일까 아니면 같이 있는 걸까.

물론 거의 모두가 후자라고 생각했겠지.

그중에는 질투 반 놀림 반으로 전화를 거는 짓궂은 용자도 있었는데, 두 사람 모두 스마트폰 전원이 꺼져 있어 연결되지 않았다.

하지만 전원이 꺼진 것을 우연이라고 생각하는 사람은 없었고, 채팅창이 더욱 후끈 달아올랐다.

그 후로도 여러 가지 화제로 계속 채팅이 오가면서, 몇 시간씩 대화가 잘도 끊기지 않는다며 감탄했다.

그러던 중 내 안테나에 걸려든 것이 대규모 할인 행사였다.

"오…… 가전제품도 할인하려나."

데이지 않게 커피를 천천히 입으로 가져가면서 손가락으로 화면을 내렸다.

게임기, 게임 소프트 등 남자에게 인기 있는 상품을 비롯해 헤어드라이어, 전동칫솔 등 일용품. 믹서기와 슬라이서 등 조리기구까지 폭넓었다.

최근 들어서는 예전보다 요리하는 빈도도 늘어난 만큼, 눈에 들어오는 게 적지 않았다.

특히 요거트 메이커가 혹했는데, 심지어 WEB 광고에서는 재고 한정 대특가 상품 쪽에 분류되어 있었다.

이건 그냥 사라는 말이 아닌가.

프라이빗 포인트는 아낄수록 좋겠지만, 앞으로 요거트 메이커를 유용하게 활용하는 것으로 만회하면 된다.

다만 남은 학교생활에서 과연 요거트를 몇 번이나 만들어 먹을지, 시판 요거트보다 싸게 치려면── 아니, 그건 헛된 생각이다.

난 그냥 이 요거트 메이커를 사고 싶다.

그래서 써보고 싶다.

아마, 그 이유밖에 없다.

가성비만 따져서 검토한다면 망설일 필요도 없이 사지 않을 게 분명하다. 고민하면 할수록 요거트 메이커는 구입과 멀어지기만 할 뿐이다.

그래서 나는 고민을 그만두었다.

특별가에 파니까 산다, 그것뿐.

남은 문제는 이 재고 한정이라는 부분이다.

케야키 몰은 주요 고객층이 학생이니 아마 재고를 많이 보유하고 있는 구조는 아닐 것이다.

몇 대밖에 가져다 놓지 않았을 가능성도 있다.

무엇보다도 이 대규모 할인 행사는 학생들에게 인기가 상당한 모양이었다.

작년에는 아무 관심도 없었는데, 모르는 곳에서는 인기를 얻었고, 또 모르는 곳에서는 완판되었다는 것(반 그룹 채팅 참조).

"한번 구경 가볼까……?"

사실 이런 할인 행사와는 그동안 인연이 없어서 사정을 모른다는 게 솔직한 심정이지만.

뭐든지 경험해보는 게 중요할까, 아니면 상황을 지켜볼까.

망설이고 있는데, 손에 쥔 스마트폰에 메시지가 왔다.

『안녕. 지금 전화해도 돼? 곤란할까?』

어제 헬스장에서 함께 있었던 이치노세의 메시지였다. 아프다지만 혹시라도 케이가 옆에 있을 가능성을 고려한, 소극적인 확인 방법인가.

아니, 그건 아닌가. 그녀가 독감에 걸렸다는 사실을 이치노세는 이미 알고 있다. 하루 이틀 만에 다 나았다고는 생각하지 않겠지.

어디까지나 형식적인 행동이리라.

나는 통화 가능하다는 의미까지 담아 바로 전화를 걸기로 했다.

『안녕. 지금 통화 괜찮아?』

"어. 무슨 일 있어?"

『그게, 오늘 낮에, 아야노코지의 일정이 궁금해서.』

"일정? 아니, 특별히 아무 계획도 없는데."

"역시 카루이자와가 아직 다 안 나은 거야?"

"독감이다 보니 시간이 더 걸릴 것 같아."

"그렇구나…… 병문안이라도 가고 싶은데, 학교에서 주의하라고 공지 왔지?"

"응. 부주의한 접촉은 피하래."

별생각 없이 병문안 가거나 독감이 유행인데도 개의치 않고 밖에 막 돌아다니지 말라고 학교 측에서 학생들과 학교 관계자들한테 메일을 보냈다.

"일단 상태는 확인하고 있어."

『그렇구나. 그렇다면 다행이야.』

형식적인 게 아니라 진심으로 안도하는 느낌이었다.

『힘든 시기에 물어보기 좀 그렇지만…… 오늘 케야키 몰에 갈 계획은 없어?』

"글쎄…… 뭐, 이따가 밖에 나가볼까 생각은 하고 있는데. 나한테 할 얘기 있으면 시간 정해서 케야키 몰에 갈까?"

『그건 안 돼. 억지스럽게 들릴지도 모르겠지만, 만나자는 말도 약속을 정하자는 말도 아니야. 그냥 아야노코지가 오늘 케야키 몰에 가는지 어떤지 알고 싶었을 뿐이야.』

"아마 갈 것 같아, 라고 대답하면 되는 건가?"

『응, 그걸로 충분해. 고마워.』

그렇게 말한 이치노세가 다시 한마디 덧붙였다.

『혹시 무슨 힘든 일이 생기면 말해줘. 나, 카루이자와한 테도 도움이 되고 싶거든.』

전화는 그 후 곧바로 끊겨서 이치노세의 용건이 뭐였는 지는 결국 모른 채 끝났다.

뭐, 그건 그렇다고 치고, 시간을 확인한 나는 결심했다.

"좋아──."

현재 시각은 9시 45분.

케야키 몰이 여는 시간에 맞춰 기숙사에서 나가기에 알 맞다.

지금은 이치노세의 말도 마음에 걸리니, 작심하고 돌격 해 보자.

곧장 최단 루트로 케야키 몰에 도착해서 가전제품 판매 점으로 향하는 거다.

그리고 요거트 메이커만 딱 집어 들고 다른 쓸데없는 데 에는 일절 눈길도 주지 않을 것.

괜히 추가로 이것도 사고 저것도 사버린다면 판매점의 전략에 놀아나는 셈이니까.

나는 다 마신 커피잔을 그대로 싱크대에 두고 현관으로 향했다.

그럼 미션을 시작해볼까.

1

같은 날 오전 9시 55분, 케야키 몰에 도착했다.

기숙사와 제일 가까운 입구에 이미 학생 일곱 명이 개점을 기다리고 있었다.

성별은 여자 다섯에 남자 둘. 그중에 여자는 3인 그룹 하나와 2인 그룹 하나. 두 쪽 모두 대화에 열중하고 있어서 앞으로 전쟁터에 나간다는 기색은 느껴지지 않았다.

한편 남자 쪽은 1학년과 3학년으로 학년도 다르고, 뒤를 보아도 누군가가 다가올 낌새 없이 저마다 스마트폰을 보고 있었다. 아마도 각자 따로 온 것 같다.

가전제품 판매점으로 향할 가능성도 충분하지만, 요거트 메이커를 노린다고 보긴 어렵다.

1학년 남학생은 약간 비만 체형이고 안경을 썼는데, 스마트폰을 가로로 들고 있었다. 손가락을 바삐 움직여 화면을 밀거나 때리는 것을 볼 때, 게임 중일 가능성이 높다.

그렇다면 게임기나 게임 소프트를 노리는 층일 확률이 높겠군.

하지만——.

나는 한 가지 기묘한 위화감을 느꼈다.

왜 우리 반 애들은 보이지 않는가.

스마트폰을 꺼내, 어제 불타올랐던 그룹 채팅방을 다시 열어보았다.

채팅에서는 남녀 불문하고 내일 가전제품 판매점에 가서 원하는 상품을 살 거라고 단언한 사람도 적지 않았다.

그중에는 전부터 쭉 갖고 싶었던 것이 광고에 나와 있다면서 흥분하던 혼도의 메시지도 분명 남아 있다.

그 상품은 나랑은 아무 상관 없지만, 경쟁률이 절대 낮지 않을 것 같았다.

문을 열자마자 뛰어가도 살 수 있을지 모르겠다고 불안해하는 목소리도 많았고, 절대 늦잠 자지 않게 조심해야겠다고 다짐하는 사람도 있을 정도였다.

스마트폰 시계는 계속 흘러가 이제 9시 56분.

점점 개점 시간이 다가온다. 그런데 혼도도 보이지 않고, 같은 학년의 모습 역시 찾아볼 수 없었다.

채팅의 흐름상 몇 명 정도는 모습을 드러내지 않으면 이상한데.

"……어떻게 된 거지."

보여야 할 학생들이 보이지 않는다는 위화감.

여기 있는 일곱 명 중에 그 누구도 두근두근 초조해하는 모습을 보이지도 않았다.

원래 같으면 입구에 찰싹 달라붙어 1초를 경쟁할 각오를 하고 있어야 하지 않나.

느긋하게 게임이나 해서 원하는 걸 살 수 있나?

나는 놀란 마음에, 용기를 쥐어짜 내서 확인해보기로 했다.

다행히 게임에 열중하는 듯한 학생은 후배였다.

"저기."

"⋯⋯네?"

살짝 귀찮다는 듯 고개를 든 1학년은 역시 게임 중이었다. 정지 버튼을 눌렀는지 화면이 멈춰 있었다.

선배가 말 걸어서 불편하다는 기색이 역력했지만, 나도 확인해야 하니 어쩔 수 없다.

"너는 케야키 몰에 뭐 하려고 온 거야?"

"네? 뭐예요, 무슨 방송 따라 하는 거예요⋯⋯? 왜 그렇게 물어보는지 모르겠는데."

"⋯⋯어?"

혹시 겁먹을까 봐 최대한 자연스럽게 말을 걸려고 한 건데, 오히려 후배의 경계심이 세 단계 정도는 올라간 것 같다.

하지만 여유 부릴 시간이 없어서 별수 없이 본론으로 들어갔다.

"오늘 그러니까, 가전제품 판매점 할인 행사를 보러왔나 싶어서. 게임기 같은 것도 싸게 파는 모양이던데."

최대한 잘 전달되도록 게임 부분을 강조해 보았다.

그러자 무슨 뜻인지 이해했다는 듯 아아, 하고 알겠다는 반응이 돌아왔다.

그런데——.

"게임기도 최신 하드라고 말하면 듣기에는 그럴싸하지만 오래된 액정 타입이고, 컨트롤러도 망가지기 쉬워서 말이 많았던 버전이거든요. 아무리 대규모 할인이라고 해봐야 떨이 처리 느낌이어서. 게임 소프트도 평가도 좀 모자라는 구작을 정가에서 고작 2, 3할 할인해서 팔아봤자 말이죠. 그리고 저는 다운로드판을 사는 타입이라."

"……."

——그렇군.

후배가 말한 내용은 이해되면서도 이해가 되지 않았다.

한 가지 확실한 건 할인 행사에 전혀 관심 없다는 사실.

"오늘은 사고 싶은 만화 발매일이라서 서점에 가려는 것뿐이에요. 아아, 왜 게임은 다운로드파면서 책은 전자책이 아니라 종이책을 사는지 궁금해요?"

"그게, 아니……."

"물론 전자책은 날짜가 딱 바뀌자마자 살 수 있고 스마트폰이나 태블릿으로 언제든지 볼 수 있는 것도 매력이죠. 하지만 저는 책을 만졌을 때의 질감을 좋아하거든요. 만화와 소설은 꼭 종이책으로 소장하고 싶은 파, 라고 말하면 될까요. 다만 말했다시피 만화랑 소설만 그렇고, 의외로 나머지는 전자책이라도 저항감이 적어요. 예를 들어서 그해의 베스트 제품을 정리해서 소개한 책이라든지 사진집 같은, 그런 종류는 허용하고 있죠. 뭐, 중학생 때까지는 그것도 종이책으로 사봤지만. 이 학교에 입학한 뒤부터는 스마트폰이랑 태블릿을 만질 기회가 많아져서 그렇게 바꿨어요. 아, 이제 됐을까요? 게임, 지금 이벤트 중이라서 던전 주회에 집중하고 싶은데."

열심히 듣는다고 들었는데도 벌써 2할 정도는 머리에서 쏙 빠져나가고 없었다.

미묘하게 발음이 나쁘기도 해서 뇌가 기억하기를 거부한 느낌이 든다.

후배는 물어보지도 않은 것까지 말을 무섭게 쏟아낸 후 다시 스마트폰을 만지기 시작했다.

더는 나에게 눈길도 주지 않았다.

시간은 9시 58분.

이쯤 되면 진짜로 아는 얼굴이나 할인 행사를 노리는 학생이 나타나야 하는데.

어쩌면 생각했던 것보다 별로 주목하지 않는 건가?

이 후배가 말했듯이 대규모 할인 행사라는 이름의 떨이 처분이어서일까.

하지만 작년에는 대성황을 이루었다고 들었고, 적어도 혼도를 비롯한 반 아이들의 반응만 봐서는 잔뜩 기대하고 있는 눈치였었다.

설마 내가 날짜를 착각했나?

채팅창에서는 『내일』이라고 했는데 틀렸을 수도 있을까.

아니면 날짜가 바뀌기 직전에 나눈 대화였으니까 혹시 오늘 기준으로 내일인 거였나? 그런 생각이 들기 시작했다.

서둘러 스마트폰을 꺼내서 다시 WEB 광고에 접속했다.

"……오늘 맞는데."

착각이었을 가능성은 바로 사라졌다.

개점이 점점 다가오고 있건만 학생은 한 명도 늘어나지 않았다.

뭐가 어떻게 된 거야…….

아니, 그냥 생각하지 말자.

문을 열면 바로 가전제품 판매점에 가서 요거트 메이커를 사는 거다.

그럼 되는 거잖아.

"그러고 보니까 말이야, 아까 유코가 사진을 보냈더라고, 북쪽 출입구에 줄이 어마어마하다면서. 이것 좀 봐."

"우와. 나도 작년에는 갔었는데. 하지만 재고가 아예 없어서 원하는 걸 못 샀지. 그런데 이번엔 왜 북쪽 출입구인 거야?"

"작년에 문 열자마자 동시에 뛰다가 다친 애가 있었잖아? B반에."

"아~, 있었지, 있었지, 그런데 다들 서두르느라 그냥 무시해서 힘들었었나 보던데."

"맞아, 맞아. 그래서 올해부터는 북쪽 출입구에 모여서 직원 안내에 따르는 걸로 바뀌었대."

듣고 싶으면서도 듣기 싫은 현실이 내 귀에 들어왔다.

진실을 알게 된 순간 무정하게도 케야키 몰은 오전 10시를 맞이했다.

2

　많은 학생과 학교 관계자로 쉴 새 없이 북적대는 가전제품 판매점.

　나는 그런 가게를 한 발짝 먼발치에서 지켜보고 있었다.

　개점 30분 전부터 모여 줄 섰던 손님들부터 입장해 특가 인기 상품을 쓸어갔다.

　일반 입장객은 좋은 제품을 얼마나 건질 수 있으려나.

　그래도 이상하게 불안하지는 않았다.

　요거트 메이커를 원하는 학생이 있겠어? 그렇게 생각했기 때문이다.

　아니, 분명히 없을 거야. 그러니까 걱정할 필요 없──.

　뒤늦게 입장한 나의 그런 기대는 허무하게 무너지고 말았다.

　광고에 있었던 요거트 메이커가 이미 품절된 것이다.

　누가 다 사 가버렸다는 현실이 밀어닥쳤다.

　그것을 보자 자포자기하는 마음이 되어 신제품 요거트 메이커로 손을 뻗었는데, 특별 할인 제품보다 가격이 두 배 이상 비쌌기 때문에 간신히 참고 빈손으로 가게를 빠져나왔다.

지금도 그 가게에서 원하던 물건을 사는 데 성공한 학생들이 희희낙락하며 나오고 있었다.

"아쉽다……."

나는 솔직한 심정을 말로 토해냈다.

할인 행사의 판매 패턴을 미리 알아보지 않은 내 통한의 실수.

정보 수집을 게을리한 패배자의 말로인가.

돌아가는 길에 눈에 들어온 몰 내 마트. 마치 홀린 듯 안에 들어가 바구니도 들지 않고 곧장 유제품 코너로 향했다.

여러 회사에서 판매하는 우유와 요거트. 조금만 더 노력했어도 우유를 요거트로 바꾸는 마법의 힘을 얻었을 텐데.

시험해보고 싶었다. 그 마음이 점점 더 커져 올라왔다.

늘 아무렇지 않게 손을 뻗어 골랐던 우유팩과 요거트의 거리가 너무 멀다.

아니 단지 거리의 문제가 아니다.

마치 눈에 보이지 않는 유리가 막고 있는 것 같다.

쇼케이스 너머에 진열된 트럼펫을 갖고 싶은 소년의 마음이 분명 이랬겠지. ……아닌가?

그러는 동안에도 남녀 불문하고 하나둘 우유와 요거트를 골라 갔다.

나도 마침 요거트를 다 먹어서 없는데.

하지만 지금 사 가는 건—— 지는 느낌이다.

나 자신에게 그렇게 들려주고 이만 가려고 했지만, 발이 떨어지지 않았다.

왜냐하면——

우유가 평소와 다르게 특별가에 판매되고 있었기 때문
이다.

심지어 요거트도 평소보다 20엔 정도 쌌다.
요거트 메이커 사건만 없었어도 분명 사 갔겠지.
"…………."
가위에 눌리기라도 한 듯 나는 유제품 코너에서 꼼짝도
할 수 없었다.
"달걀도 요즘치고 좀 싸네……."
인플레, 세계정세와 더불어 물가가 점점 올라가고 있다.
이 학교는 사회와 조금 격리된 독특한 규칙이 있지만,
그래도 본질은 바깥 세계와 다르지 않다.
졸업하고 나면 눈앞의 가격을 마주하면서 지갑과 상의
하는 나날이 시작될 것이다.
그런 나날을 시작할 예정도 없는 내가 이렇게 말하는 것
도 우습지만…….
뭐, 어쨌든 지금은 일반인이니까 그런 생각을 해도 괜찮
겠지.
상황이 어떤지 잠깐 보기만 하자는 생각으로 와버린 게

모든 실수였다.

어쨌든 계속 그 자리에 머물러 있어도 의미는 없다.

무거운 발을 억지로, 반쯤 질질 끌듯 이 자리를 벗어나려고 했다.

"무슨 일 있었어? 그렇게 풀 죽은 얼굴은 처음 보는데, 아야노코지."

"……키류인, 선배."

돌아갈 마음을 키우던 내게 키류인이 말을 걸었다.

이상하게 무거웠던 발이 갑자기 가벼워져 쉽게 그 자리에서 벗어날 수 있었다.

어차피 미련 때문에 진열된 요거트를 보러 들른 거지, 무슨 목적이 있었던 것도 아니니까.

빈손으로 가게를 빠져나오자 키류인도 뒤따라 나왔다.

거기서 나는 오늘 있었던 일을 술술 털어놓았다.

아마 누구든 좋으니 들어주길 바랐던 것 같다.

요거트 메이커를 사지 못한 원통함을 공감해줬으면 했겠지.

어젯밤에 싸게 판다는 사실을 알게 되었던 것.

개점하자마자 달려갔지만, 줄 서는 장소를 잘못 알았던 것.

그 결과 다른 사람이 다 사버리는 바람에 구하지 못했다는 것.

모든 상황을 다 들은 키류인이 재미있다는 듯 웃었다.

"너한테는 흥미가 떨어지질 않는다니까, 아야노코지. 정말로 특별한 남자야."

"그래요? 자칭 어디에나 있는 평범한 고등학생인데."

"유니크한 농담이네. 아니, 실제로 일부 그런 면도 있긴 하지만."

부정했다가 다시 긍정으로 고쳤다.

"네가 너무 평범한 고등학생처럼 행동해서 더 웃겨. 요거트 메이커에 집착하는 건 특이하지만, 다른 물건으로 바꿔서 생각해 보면 그렇게 이상한 얘기도 아니고."

"그렇군요……."

"그런데 그렇게 요거트 메이커가 갖고 싶었어? 그냥 파는 요거트가 더 싸게 치이고 맛있고 안전할 것 같은데."

그렇게 말하며 점점 멀어져가는 마트 쪽을 뒤돌아보았다.

"직접 만들어 먹는 것에 의미가 있다고요. 그 기회를 날린 겁니다."

"얼굴에 표정은 없는데 열의가 느껴지네."

"선배는 요리 안 하세요?"

그렇게 묻자 키류인은 조금도 머뭇거리지 않고 당당하게 고개를 끄덕였다.

"어렸을 때 부모님을 기쁘게 해드리려고 도전한 적은 있지만, 그 이후로는 전혀."

"결과물이 처참했나 봐요?"

"아니? 하지만 뭐라고 표현하기 어려운 결과였어. 특별히 맛있지도, 맛없지도 않은. 부모님은 내 정성에 기뻐해주셨지만 말이야. 보통은 그렇게 기뻐하는 얼굴을 또 보고 싶어서 요리가 점점 늘게 되기 마련인데."

그런 전형적인 길을 걷지 않고 요리에서 완전히 손을 뗀 모양이었다.

"평소에는 편의점 음식으로 때우거나 학식을 먹지. 마트에 들러도 반찬 코너에 가서 완제품을 사는 습관이 배어 있어."

왠지 요리도 할 것 같았는데 그 정반대로, 전혀 하지 않는다고 했다.

오히려 안 한다는 말을 듣고 나니까 갑자기 수긍이 가는 게 신기하다.

"너는? 어쩌다가 요리를 좋아하게 된 거야?"

"고등학교에 올라와서요. 혼자 사는 것도 처음인 데다 D반으로 시작한 것도 있어서 반 포인트가 완전히 바닥난 적 있었거든요."

"직접 해 먹어서 식비를 아끼려고 생각했다는 거군."

"공짜로 먹을 수단이 마련되어 있어도 그것만 일 년 내내 계속 먹는 것도 고통스러우니까요. 게다가 요리는 할수록 늘고, 효율도 점점 좋아지죠. 최대한의 가성비로 가보고 싶다는 생각이 요즘 부쩍 들기 시작했어요."

새로운 한 단계 위로 올라갈 가능성이 숨어 있었던 요거트 메이커.

손에 넣지 못한 게 또 원통해진다.

"그래서? 꼭 갖고 싶었으면 그냥 사지 그랬어."

"특가 인기 상품이랑 가격 차이가 너무 심해서요. 기능은 여러 가지 더 많아 보였지만 저는 우유만 발효시키면 돼서 그런 기능은 필요 없다고 판단했어요."

자포자기한 마음으로 비싼 상품을 산다면 그것이야말로 가게의 의도대로 되는 일이기도 하다.

"인터넷에 검색은 해봤고?"

"아뇨, 그건 아직."

"그럼 실망하기 전에 찾아보는 게 좋을 거야. 의외로 싸게 살 수 있으니까. 내가 추천하는 사이트가 몇 군데 있어."

스마트폰을 꺼내든 키류인 선배가 검색 키워드를 입력했다.

우리는 사람들의 통행에 방해되지 않도록 길가로 가서 상품을 찾아보았다.

그러자 오늘 나온 특가와 거의 같은 가격에 판매하고 있다는 것을 알 수 있었다.

"의외네요."

"특가라고 했지만 이런 거야. 모델 번호가 똑같은 상품이 팔리지 않아서 재고 처리하느라 애먹는 건 비단 이 학교의 가전제품·판매점만이 아니지. 요새 애들은 다 아는 상식인데."

"공부가 되었네요."

"인터넷으로 안 살 거야?"

"같은 가격에 살 수 있다는 건 알았지만 그래도 새로운 발견도 했으니까. 방에 돌아가서 좀 더 단순한 걸로 찾아 사기로 마음먹었어요."

알아보니까 할인하던 요거트 메이커는 나에게는 과분한 기능이 있었다.

더 기능이 단순한 제품을 그 가격보다 더 싸게 살 수 있다는 것을 알았다.

"무엇보다도 같은 걸로 사면 꼭 지는 기분이 들어서. 그런데 키류인 선배는 뭐 안 사세요?"

"난 너의 그 움츠러든 등을 보고 재미있을 것 같아서 따라온 것뿐이야. 마트에서 딱히 살 게 없었어."

아무래도 마트 자체에 용건은 없었던 모양이다.

"군이 신기한 제 모습을 보려고 말을 걸었다니 특이하시네요."

겨울방학에 할 일이 너무 없어서 심심한가.

"네가 무슨 생각을 하는지는 알아. 하지만 미리 말해두는데 한가한 사람이어서 아무래도 상관없는 일에 참견한 건 아니야."

"그럼 다행이지만, 좀 수상한데요."

솔직하게 생각을 말하자 쓴웃음을 지은 키류인이 다시 설명했다.

"다른 사람이 아니라 아야노코지, 너라서야."

"높게 평가할 만한 인간이 못 되는데요."

"이제 와서 새삼스럽게 겸손 떨어도 별 의미 없다는 거 너도 알지? 무인도에서 너와 그들이 대치하던 모습을 보면 싫어도 뇌에 새겨진다고."

여름에 내가 츠키시로와 마지막 결착을 지었던 해변에서의 장면.

키류인도 나를 도와 츠키시로의 부하로 보이던 시바와 한판 붙었었으니까.

신체적인 면뿐만 아니라 그 이상했던 장면, 보통은 일어나지 않을 상황에 있던 나를 특별하게 보는 것도 무리는 아닌가.

"그래서 너무 아쉬워."

"아쉽다니요?"

줄곧 가슴에 혼자 간직했던 마음을 고백하기 전의 소녀처럼 키류인이 깊은 한숨을 내쉬었다.

"이 학교에 유급 제도가 있었다면 좋았겠다고, 여름 무렵엔 그런 생각을 할 때가 많았지."

"유급이요?"

A반으로 졸업할 수 없는 학생이 괴로운 나머지 한 번쯤은 해볼 법한 생각이다.

하지만 이내 단념한다.

애당초 이 학교는 기본 규칙으로 유급 제도를 인정하지 않으니까.

"바보 같은 생각이지?"

"틀림없어요. 대부분의 학생은 정해진 교칙을 어기려고 하지 않죠."

규칙을 어기는 것 자체는 누구나 할 수 있다.

저항하고, 뒤집는 것. 납득하게 만들고, 변하게 하는 것. 그게 어렵다.

"그래도 내년에 남는 선택지를 검토해보고 싶었어. 만약 그게 이루어진다면 네가 걸어갈 1년을 가까이에서 지켜볼 수 있을 테니까."

"그런 생각을 하는 학생도 있군요. 역시 특이해요."

다른 사람도 아니고 키류인이니까 단순히 머릿속으로 한 망상에 불과하진 않겠지.

"프라이빗 포인트로 살 수 없는 건 없어. 그 기준을 바탕으로 선생님에게 확인을 구해보기도 했는데, 돌아온 대답은 노였어."

"일단 물어보겠는데, 최고 금액인 2,000만 포인트를 마련해도 말입니까?"

유급을 인정하지 않는 이 학교에서 규칙을 뒤집을 방법이라면 막대한 대가를 치르는 것 정도.

물어본 것까지는 좋았지만 키류인의 표정만 봐도 대답을 굳이 들을 필요도 없다.

"이 학교에서 살 수 있는 것 중에 최고는 어느 반이든 이동 가능한 권리야. 웬만큼 유별난 사람이 아닌 이상, 졸업을 코앞에 둔 순간 A반으로 올라간다면 지난 3년간 꾼 꿈을 이루는 거니까."

"그렇죠. 그보다 더 사고 싶은 건 없겠죠."

A반 확정 > 유급 권리라는 힘의 균형은 절대 변하지 않는다.

누가 좋다고 2,000만 포인트를 위험성이 큰 유급 쪽에 투자하겠는가.

"그럼 왜 거금을 마련해도 유급을 허용하지 않는지. 이상하다는 생각 안 들어? 퇴학을 막거나 무효로 돌리거나 반 이동이 가능한 권리는 학교의 룰북에 있으면서, 유급이라는 시스템은 처음부터 제외했어."

하긴 그 말대로다. 못 사는 게 없다고 해도 과언이 아닌 프라이빗 포인트의 가치. 거기에도 살 수 없는 게 존재한다는 사실.

앞에서 말했듯 의도적인 유급 자체는 학생에게 같은 학년의 A반으로 이동하는 것보다도 가치 있다고 판단할 수 없다.

그런데도 인정해주지 않는 이상, 그 이유가 반드시 있을 것이다.

"유급을 희망하는 학생은 1년 이상 오래 이 학교에 있던 만큼 특별시험 등에 관한 지식을 많이 갖추고 있지. 정보라는 관점에서 보면 다른 반에 불공평하다고 판단할 수 있을 것 같긴 한데."

정보라. 물론 그렇게 생각해 볼 수도 있겠지만, 정보 공유는 꼭 유급하지 않더라도 얼마든지 가능하다. 친절한 선배가 후배를 위해 정보를 최대한 많이 남기는 것쯤 일상생활 속에서 쉽게 할 수 있는 일이다. 그리고 정보라는 어드밴티지는 그렇게까지 유리하게 작용하지도 않으리라.

1년 위 학년은 기본적으로 치르는 특별시험이 다르니까.

필기시험 등에서는 우위로 작용할지 몰라도, 그게 많은 사람에게 크게 영향을 줄 가능성은 적다.

"학교의 가치 하락으로 이어질 염려가 있기 때문은 아닐까요?"

"호오? 그건 무슨 뜻이지?"

"이 학교는 A반으로 졸업한 사람에게 큰 혜택을 주죠. 기업도 A반으로 졸업한 학생이 우수하다고 판단하고 합격 또는 채용해요. 그런데 거기에 유급생이 섞여 있다면 학교의 가치에 의문이 생기지 않겠어요? 외부에서 결과밖에 못 보는 진학처, 취업처 입장에서는 A반으로 졸업하긴 했지만 무슨 이유인지 유급한 사실을 직접 확인하게 되는 거니까. 키류인 선배의 경우를 적용해 봐도 좋겠군요. 비효율적인 행동을 해서 그해에 A반으로 졸업하지 못하고 유급한 괴짜. 실력은 있지만 채용하는 측 입장에서는 그게 흐릿하게 보이겠죠. 평가하기 아주 힘들어져요."

학교로서도 내보내고 싶은 학생은 아니게 되겠지.

"성가신 패턴을 배제하기 위해서 유급 제도를 넣지 않았

다는 건가."

"제일 그럴듯한 이유가 아닐지."

"충분히 말이 되는 얘기네. 내가 나를 면접한다면 채용을 보류할지도 모르겠어."

자기 능력에 자신 있으니까 할 수 있는 셀프 디스로군.

"변덕스러운 마음으로 유급을 생각할 바에야 차라리 나구모 반으로 가시죠."

"그건 별로 관심 없는데."

"수중에 자력으로 모은 2,000만 포인트가 있어도 말인가요?"

"응, 그래도. 난 어느 반으로 졸업하든 상관없거든."

"키류인 선배는 A반으로 졸업하든 D반으로 졸업하든 별로 큰 차이가 없다고 판단하시지만, 보통은 A반으로 졸업할 수만 있다면 하는 게 제일 낫다고 생각해요."

누군가 불행해지는 전제가 없다면 A반으로 가는 게 최고다.

"졸업하고 나면 프라이빗 포인트를 실제 현금으로 바꿔주는 제도가 있으니까. 난 그게 더 중요해."

그게 얼마가 됐든 고등학교를 막 졸업한 학생에게는 소중한 자금이다.

다만 그래도 장차 큰 도움이 될 가능성이 있는 A반 졸업과는 비교할 바가 못 된다.

"프라이빗 포인트는 학생이 원하는 것 대부분을 이루어

주지만, 그래도 모든 소원이 다 가능한 건 아니다. 그런 의미까지 포함되어 있는지도 모르겠네요."

"그렇지. 안 맞는 교사를 자르는 것도 불가능하고."

히죽 웃은 키류인이 어마어마한 말을 입에 담았다.

"꼭 시도하려고 했던 것처럼 들리네요."

"후후, 그건 노코멘트할게."

"정말로 A반에는 관심이 없나 보군요."

"그리 놀랄 일도 아니잖아. 물론 신기한 부류에는 속할지 몰라도 내가 최초일 거라고는 생각하지 않아. 그리고 머지않아 아야노코지도 그럴 거라고 생각했는데?"

과연 난 A반으로 졸업하는 것에 별로 큰 고집이 없다.

왜냐하면 최대 혜택인 학교 측의 든든한 지원을 어차피 못 받으니까.

"물론 키류인 선배와 저는 그리 다르지 않을지도 몰라요. 하지만 지금까지 저처럼 A반에 흥미 없는 학생이 있었더라도 역시 키류인 선배와는 큰 차이가 있어요."

"무슨 차이?"

"반에 하는 공헌이요. 보통은 자기한테 불필요한 일이라도 반을 위해서 움직이기 마련이죠. 능력이 뛰어난 키류인 선배라면 B반에 도움을 줘서 나구모 전 학생회장과 경쟁할 수도 있었을 거예요. 성격이나 생각 차이는 있어도 같은 반 학생들이 선배를 의지하려고 한 적이 한두 번이 아닐 텐데."

그렇지. 하고 키류인이 꼭 남 일처럼 맞장구를 쳤다.

"하지만 선배는 지난 3년간, 바로 지금까지도 일관적으로 오로지 자기를 위해서만 행동하고 있잖아요."

"뒤에서 나 나름대로 공헌했을 가능성도 있지 않아? 단지 나구모의 적수가 못 된 것뿐일 수도 있지."

"같은 반 키리야마 선배를 보면—— 아니, 3학년 전체를 보면 알 수 있어요. 키류인 선배는 자기를 위해서만 움직이지만, 또 반에 걸림돌은 되지 않는다는 거. 그래서 적도 아군도 선배를 그냥 없는 셈 치고 있다는 거."

같은 편에게도 적에게도 공기나 다름없는 존재.

유능 무능과 상관없이 공기가 된다는 건 그리 쉬운 일이 아니다.

"온갖 악감정을 쏟아낸 사람들도 있었는데, 어느 순간부터 나에게 말을 걸지 않더라고."

그런데도 어쩔 수 없이 인정받아왔다는 사실은 성적 자체를 보면 알 수 있다.

학력도 신체 능력도 학교에서 높은 수준으로 평가받고 있다는 것은 필기시험과 운동 관련 수업, 대회에서 일정한 성적을 거두고 있다는 뜻. 우리 반의 누구처럼(물론 나도 포함되지만) 보이는 부분에서 대충하지 않았다.

"나도 질문 하나 해도 될까?"

"뭐 궁금한 거라도 있어요?"

"질문이 어리석네. 궁금한 거야 엄청 많지. 하지만 열 개

스무 개 질문해봐야 곤란하게 하기만 하지 진실이 돌아온다는 보장도 없잖아."

나도 분수는 안다고, 그렇게 서론을 깐 다음 질문인지 뭔지를 꺼냈다.

"여러 가지로 있었을 네 문제는 해결되었다고 봐도 되나?"

포괄적으로 말했지만 뭘 가리키는지는 깊이 고민해볼 것까지도 없다.

"덕분에. 지금은 평온한 일상을 보내고 있어요."

지금도 이러듯이, 하고 몸을 움직여서 이곳을 걷고 있다고 강조했다.

"몇 번을 다시 생각해도 그때 해변에서 본 너의 그 유려한 몸짓을 잊을 수가 없어. 내 가정, 상상, 최대한으로 생각할 수 있는 인간의 능력치를 훨씬 뛰어넘었다고. 할아버님께 말씀드려도 믿어주시지 않을 거야."

"할아버님?"

"미안, 무슨 말인지 못 알아듣겠지? 우리 할아버지를 말하는 거야."

그렇게 말한 키류인이 자기 할아버지를 떠올리는지 그리운 듯 눈을 가늘게 떴다.

말의 의미는 이해했지만, 보통은 자기 할아버지를 두고 할아버님이라고 부르는 사람이 별로 없을 텐데.

"특이하게 부르시네요."

"이래 봬도 난 꽤 괜찮은 집안 아가씨라서. 집에서는 늘 그렇게 불러."

"그래요? 아니, 뭐 꼭 그렇게 생각 못 할 건 없지만."

어딘지 유복하게 자란 것 같다고는 전부터 느꼈었다.

반대로 사나운 느낌도 있어서 확신은 전혀 못 했지만.

"어렸을 때는 일 때문에 바빴던 부모님보다 할아버님이랑 보낸 시간이 더 길었어. 흔한 말로 할아버지 바보였지."

그리운 듯 눈을 가늘게 뜨며 웃었다. 싫은 기억이 많으면 지을 수 없는 표정이다.

"이 학교에 입학한다는 걸 아시고는 3년 동안 볼 수 없다는 사실에 몹시 낙담하셨어."

"할아버지도 키류인 선배를 많이 귀여워하셨나 보네요."

"언제든 퇴학하라고, 환영한다고 입버릇처럼 말씀하셨지."

앞으로 훨훨 날아갈 손녀에게 참 심하게 말했군.

그 말만 봐도 평범한 할아버지는 아닌 것 같다.

"하지만 사실은 퇴학하면 충격받으시는 게 아닐지?"

"아니, 할아버님이라면 틀림없이 진심으로 기뻐하실걸. 애당초 내가 만약에 내 길을 스스로 정하겠다고 하지 않았다면 그분 말 한마디에 웬만한 대학이나 기업에 들어갈 수도 있었어."

요컨대 A반으로 졸업하지 않아도, 그에 필적—— 아니, 그 이상의 지원을 할아버지로부터 받을 수 있다는 뜻이다. 권력과 총애를 다 가진 모양이다.

우리 반에도 사고방식은 다르지만 다소 비슷한 입장인

남자가 있지.

"혹시 키류인 선배는 코엔지에 대해 아세요?"

"코엔지? 왜 갑자기 코엔지의 이름이 나오지?"

"이유요? 보세요, 저기."

나는 시선의 끝에서 이쪽을 향해 걸어오는 코엔지를 발견했다.

나눈 대화 내용도 그래서, 관계성을 물어본 것이다.

"저런 별난 애랑은 인연이 없는데."

주위 학생들이 기괴한 것이라도 보는 눈빛으로 주목하고 있었다.

코엔지는 커다란 박스를 혼자 들고 있었는데, 겉에 유명한 회사 로고가 찍혀 있었다. 독특한 모양으로 보아 안에 무엇이 들어 있는지 쉽게 추측할 수 있었다. 대형 벽걸이 TV다.

"모르세요? 코엔지는 꽤 유명한 기업가의 아들이라고 해요. 게다가 차기 사장으로 이미 이름이 올라 있다던데."

"그래? 저 전례 없이 막 나가는 태도의 원천이 거기에 있는지도 모르겠구나. 하지만 유감스럽게도 그쪽 사정은 잘 몰라. 그래도 유명하다면 할아버님과 연이 닿아 있어도 이상하진 않은데…… 뭐, 좌우지간 나랑은 상관없어."

아무래도 키류인은 정재계에 대해 잘 모르는 듯했다. 그런 의미에서는 『아야노코지』라는 다소 흔치 않은 성을 보고도 짐작하는 부분이 없다는 게 고마울 따름이다.

뭐, 설령 그 성을 들어본 적 있다고 해도 나와 바로 연결

짓는 건 터무니없는 이야기지만. 흔치 않은 성이라고 해서 반드시 같은 집안이라고는 쉽게 생각할 수가 없다.

"혹시 A반에 흥미 없는 근본적인 이유가 거기에?"

"설마. 난 유복한 집안에서 태어난 게 싫어서 이 학교에 들어온 거라. 졸업 후에 의지할 생각 없어. 3학년은 이미 반 경쟁이 끝났으니까 B반 이하인 주변 애들과 마찬가지로 진학, 취업 활동에 전념하고 있어."

그러니까 키류인은 진로를 명확하게 정했다는 뜻이다.

게다가 가족의 총애를 받을 생각도 없는 모양이었다.

"그냥 물어보는 건데, 키류인 선배는 어떤 길로 나갈 생각인가요?"

"우선은 대학에 갈 거야. 특기생으로 입학하면 필요한 비용을 줄일 수 있어. 부족한 생활비는 아르바이트해서 벌고. 특별히 내세워서 말할 것도 없어."

"특기생 부분은 그렇다고 쳐도 평범한 학생의 느낌이네요."

"하고 싶은 대로, 혼자 열심히 공부해서 성인이 될 거야. 그 후에는 어디 중소기업에 취직해서 일할 거고. 뭣하면 그 이하라도 상관없어. 어쨌든 키류인이라는 이름과 지위랑은 무관한 삶을 살 거야."

사회에 나가서도 눈에 띄지 않고, 얽매이지 않고, 자유로운 인생을 살겠다.

키류인의 말에서 그런 강한 의지가 느껴졌다.

"나쁘지 않네요."

"그렇지? 특별한 건 필요 없어. 적어도 지금의 나는 그렇게 생각해."

어떤 의미에서 내가 이 학교에 입학할 때의 생각과 흡사했다. 반이 상위든 하위든 상관없다. 자유를 추구하며 살겠다.

3년 내내 그런 일관적인 생각으로 살아온 인물이 바로 옆에 있다.

"하지만 평온하고 평탄한 인생은 쉽게 손에 잡힐 것 같으면서 잘 잡히지 않아. 지금은 이걸로 좋아도 졸업하고 나면 키류인이라는 이름이 싫어도 계속 붙어 다니겠지."

키류인이라는 집안에 대해 아는 것은 없지만, 나름대로 유명한 가문이라면 어떤 의미에서 레일이 이미 깔린 것은 자연스러운 일.

나처럼 반항심 때문에 이 학교로 도망쳤다고 해도 3년이 지나면 싫어도 끝이 온다.

"할아버지가 안 놔주는 거예요?"

"아니, 굳이 따지자면 부모님 쪽. 할아버님과 달리 유머라고는 모르는 사람들이야. 내가 평범한 인생을 살겠다고 하면 어떤 반응을 보일지 상상하기 어렵지 않아."

어쩌면 그런 부분은 우리 집안 사정과도 약간 통하는 게 있지 않을까.

이렇게 이야기를 들으니 상황이 나와 꽤 비슷하다는 느낌이 들었다.

"내 지난 3년간의 행동에 후회는 없어. 하고 싶은 대로 하고 살았어."

그렇게 확신하면서도 옆얼굴에서 약간의 망설임이 비쳤다.

"그래도 자유만 추구하는 쪽을 선택하지 않는 내 모습을 보고 싶었다는 생각이 계속 사라지지 않아. 그게 유급할 방법이 없는지 모색하던 행동으로 나타난 건지도 몰라."

만약 키류인 선배가 최선을 다해 3년을 보냈다면.

나구모가 이끄는 A반에 위협적인 존재였음은 틀림없으리라.

정해진 계보대로 살아가는 것도 힘든 일일지 모르겠다.

"나구모와의 싸움은 아직 끝나지 않았잖아? 어떻게 할 생각이야?"

"기회가 되면 하겠지만 어떻게 될지 모르겠네요."

모든 것은 학교가 정하는 일. 거기에 나와 나구모가 비집고 들어갈 여지가 있을지 어떨지는 그때의 운에 달렸다.

그리고——.

내가 바라든 바라지 않든 상관없이 실현 못 할 수도 있겠지.

"너만은 방심하거나 자만하지 않겠지만, 그래도 3학기가 되면 조심해라."

"선배의 조언인가요?"

"조언이랄 것까지는 없고. 그냥 저번에 나구모가 누군가랑 통화하는 걸 들었거든. 2학년의 소문을 모으는 데 여념이 없어 보였어."

나와의 대결을 실현하기 위해 나구모가 남들 이상으로 안테나를 세우고 있는 것일까.

"네가 치를 다음 특별시험, 생각보다 성가신 게 기다리고 있을지도 몰라."

"학교 측에서 암암리에 정보를 흘리진 않겠지만, 과거 통계를 확인해서 특별시험의 난이도를 쉽게 추측할 수 있는 것 같더군요. 실제로 2학년 3학기 처음에 치른 특별시험은 어땠어요?"

비슷한 경향이 이어질 확률이 높다면 나구모는 작년 특별시험을 통해 예상을 세우고 있을 테지.

"글쎄. 우리 학년은 나구모가 전부 이끌고 권한을 갖고 있어. 난 그냥 B반에서 하루하루 보냈을 뿐이야. 일일이 다 기억하진 않아."

"그렇군요."

하긴 키류인이 본질적으로 특별시험에 참여하는 건 드문 일이겠지.

그래도 기억나지 않는다는 부분이 조금 마음에 걸린다.

"그런데 그 특별시험 때 B반에서 한 명 떠나는 사람이 나왔지."

"퇴학당했다는 말인가요?"

"그렇게 기억해. 아마 필요한 희생이었겠지만. 나구모가 정리하는 과정에서 버린 거 아니겠어?"

나구모가 생각하는 이상적인 승패와 그 보수.

퇴학자가 필연적으로 나오는 특별시험이라면 적잖은 희생이 생기는 법.

키류인의 말이 진실이라면 3학기가 시작하자마자 힘든 전개가 기다리고 있을 수도 있을까.

"그럴 일이 있으면 대체로는 D반이나 C반에서 나올 것 같은데요."

"글쎄 어떨까. 다른 반 사정은 하나도 기억이 안 나."

오늘 아침 뉴스보다도 다른 반 사정에 더 관심이 없겠지.

그래도 아무것도 생각 안 난다고 말하는 것치고는 부분적으로 기억이 남아 있는 듯하다.

"그래도 꼭 작년이랑 같다고 할 순 없지. 그렇게까지 기를 쓸 필요는 없어."

"하나도 모르겠다는 키류인 선배가 그렇게 말씀하셔도 설득력이 없네요."

일단 지금은 깊이 캐묻지 않고 넘어가기로 한다.

"붙잡아둬서 미안했다. 이럴 때 아니면 너랑 시시콜콜한 얘기를 나누기 힘드니까. 좋은 기회였어."

"저야말로 키류인 선배랑 얘기 나눌 수 있어서 좋았어요."

뒤돌아 걷기 시작하던 키류인이 다시 걸음을 멈추고 몸

을 돌렸다.

"이건 그냥 내 감인데, 너랑은 이 학교가 아닌 다른 곳에서—— 가까운 미래에 다시 만날 것 같다는 생각이 드네."

"선배는 감이 좋은 편인가요?"

"평소에는 반반 정도."

그렇다면 정말 그냥 감이라고 할 수 있겠네.

"하지만 이번엔 꽤 자신 있다고. 굳이 이유를 말해주자면 네가 평범한 고등학생이 아니기 때문이야. 사회에 묻히지만 않는다면 언젠가 또 내 눈에 띄는 날도 오겠지."

"그날이 안 오는 게 더 낫지 않을까요? 키류인 선배는 평범한 인생을 바라실 테니."

"뭐? 후후후, 하긴 그럴지도 모르겠네."

가볍게 손을 든 키류인은 케야키 몰 밖으로 걷기 시작했다.

다른 곳에서 재회라.

그 미래는 아마 오지 않을 것이다.

하지만 정말 만약에 그런 미래가 온다면——

아니, 그런 생각은 버리자.

그런 앞날에 대한 망상은 아무 의미도 없다.

지금, 난 이 순간을 자유롭게 살고 있다.

그것만으로 충분하니까.

3

키류인과 헤어지고 돌아오면서 오늘 아침에 이치노세와 나눴던 대화를 다시 떠올려 보았다.

케야키 몰에 올 건지 궁금해했었는데, 정작 중요한 용건은 뭐였는지 알 수 없었다.

원래 같으면 몰에 와 있다고 스마트폰으로 알려야 하겠지만, 상대가 그걸 거부하는 투로 나왔으니까.

그리고 그 독특한 말투를 해석해보건대, 굳이 찾지 않아도 케야키 몰에 오기만 하면 만날 수 있다고 판단했던 게 아닐까.

일단 이치노세를 찾지 않고 돌아가는 쪽을 선택했다.

밖으로 나가기 전까지 못 만난다면 다시 발길을 되돌려도 되는 거고.

그런 생각으로 몰 입구 가까운 곳까지 돌아왔다.

이곳에 설치된 대형 크리스마스트리. 어제도 친구, 커플 등 많은 사람이 이 트리 앞에서 사진도 찍고 구경했었는데 그것도 내일이면 철거하고 없겠지.

앓아누운 케이는 상심이 크겠지만, 독감이 계속 조용히 유행 중인지 벌써 학교 전체에서 스무 명 가까이 양성 반응이 떴다고 하니 어쩌겠는가.

트리 옆을 지나치는데 역시 많은 학생이 근처에 모여 있었다.

아니, 지금만 치면 어제보다 더 많은지도 모르겠다.

그런 인파 속에서 이치노세의 모습을 발견했다.

지금은 1학년 여학생 세 명에게 에워싸여 즐겁게 미소 지으며 담소를 나누고 있었다.

지금 말 걸 용기는 없기에 잠시 거리를 두고 지켜보기로 했다.

그때, 우연히 지나가던 호시노미야 선생님과 그 옆에서 걷던 차바시라 선생님이 나를 알아보았다.

장기 휴가쯤 되면 사복 차림의 교사들을 발견할 때가 많은데, 꿋꿋이 정장을 애용하는 차바시라 선생님에게서 특히 위화감을 느낄 수밖에 없었다.

"어머? 혼자니?"

제일 먼저 말 건 사람은 호시노미야 선생님. 그 뒤를 차바시라 선생님이 따라왔다.

"네, 뭐."

"어제오늘은 여자친구랑 알콩달콩 시간을 보내고 있을 줄 알았는데. 차였니?"

"학생을 놀리지 마, 치에. 그리고 카루이자와는 독감 걸렸어."

다 사정이 있다고 설명하는 차바시라 선생님이었는데.

"알거든요."

"알면서 놀렸어?"

"하지만 열받잖아? 열두 살이나 어린 학생이 크리스마

스를 연인이랑 보낸다는 게 용납이 안 된달까~?"

"작년까지는 너도 매년 그랬으면서. 올해만 아닐 뿐이지."

"그래서 용납 못 하겠다고. 사에 짱의 기분이 처음으로 이해되는 것 같아."

"너랑 똑같이 취급하지 마. 난 혼자만의 크리스마스에 저항감이 없는 사람이야. 그나저나 아쉽겠구나, 아야노코지. 카루이자와랑 못 만났을 거 아냐?"

"어쩔 수 없죠. 그리고 저도 혼자만의 크리스마스에 저항감은 없어요."

그렇게 대답하니 차바시라 선생님이 살짝 웃었고 호시노미야 선생님은 오히려 기분이 상해 보였다.

그런 대조적인 두 사람을 보면서 마시마 선생님을 떠올렸다.

과연, 한쪽으로 쏠리면 몹시 성가시겠네.

"선생님들은 어디 가세요?"

"노래방이요~. 우리 선생님들도 즐길 권리는 있으니까요~. 안 그래~?"

"노래 부르고 싶은 건 너뿐이잖아. 난 그냥 따라가 주는 것뿐이야."

"에엥~ 그래? 사에 짱은 신나지 않아~?"

"신나지 않아……."

반 경쟁으로 계속 긴장된 분위기에 있는 건 건 교사들도 싫겠지.

두 사람은 사이가 좋은 건지 나쁜 건지, 티격태격 서로 잔소리를 해대면서 노래방으로 향했다.

어느새 이치노세가 나를 응시하고 있었다.

여자들끼리 대화가 끝났는지, 오히려 기다리게 만든 듯하다.

"우연, 맞지? 아야노코지."

"그래, 우연이네. 1학년 후배랑도 꽤 즐거워 보이던데."

"1학년 B반 애들이야. 학생회에 있었던 야가미가 갑자기 퇴학당했잖아? 그 영향이 아직 남아 있는지 혼란스러워하는 느낌이었어. 그래도 긍정적인 방향으로 마음을 먹긴 한 것 같아."

나를 퇴학시키려고 투입된 인물이었으니 그 반 자체는 페널티를 받지 않았겠지만, 그래도 인원이 빠졌다는 피할 수 없는 타격을 입었다. 앞으로 괴로운 상황은 당분간 계속되겠지.

"언제부터 여기 있었어?"

"10시 반 전쯤부터?"

이제 곧 12시니까, 벌써 1시간 넘게 이곳에서 기다린 건가.

아니, 기다렸다는 표현은 좀 이상한가.

어디까지나 이치노세는 이치노세의 행동 이념을 바탕으로 오늘 움직이고 있다.

"저기, 아야노코지. 나랑 사진 찍어 줄 수 있어?"

그렇게 말한 이치노세가 살짝 수줍어하면서도 스마트폰을 꺼냈다.

"추억으로 남기려고 오늘 여러 애들이랑 여기서 사진 찍고 있거든."

사실임을 증명하려는지 사진 폴더를 열어서 오늘 날짜 부분을 보여주었다. 그러자 과연 다양한 학생들과 크리스마스트리 앞에서 즐거워하는 사진이 남아 있었다.

그중에는 이치노세와 같은 반 남학생들과의 순간도 담겨 있었다.

그리고 방금 본 1학년들과의 사진도.

이치노세는 추억을 만들기 위해 이곳에서 기다렸다지만, 그 직후 진짜 목적이 드러났다.

"하지만—— 아야노코지랑 사진 찍고 싶어서. 그게 내 가장 큰 소원이야."

자세한 이유는 더 설명해주지 않았지만 짐작하기 어렵지 않다.

만약 나와 둘이 찍은 사진만 스마트폰에 남아 있으면 케이 또는 그녀와 친한 인물이 그 사실을 알았을 때 좋은 표정을 짓지 않겠지.

하지만 불특정 다수, 그것도 남녀 구분 없이 친밀하게 사진을 찍는다면 만에 하나 추궁당하더라도 문제가 생기지 않는다.

실제로 많지는 않지만 다른 반 남학생과의 투샷도 볼 수 있었다.

이치노세가 말을 걸어줘서 기뻤는지 수줍게 브이를 하고 있었다.

학년도 각양각색, 남자들의 스타일에도 통일성이 전혀 없었다.

말을 걸어준 학생들 전부 똑같이 사진을 찍어 주고 있는 듯했다.

"그러니까…… 나랑 사진, 찍어 줄 수 있어?"

"물론. 거절할 이유 없지."

"다행이야."

일부러 나와 사진을 찍기 위해 준비했다고 하기에는 들인 노력이 엄청나다.

"사실은 이렇게까지 많은 사람이랑 사진 찍을 생각은 아니었는데, 얘기를 들었는지 사람들이 계속 말을 걸어와서. 좀 힘들었어."

아무래도 이치노세가 사람들과 사진 찍고 싶어 한다는 소문이 퍼진 모양이었다.

"몇 명이랑 찍었는데?"

"음, 방금 그 애들이 43번째인가 그래."

진짜 많이 찍었네……. 속도가 굉장히 빨랐다는 걸 짐작할 수 있다.

"이후로도 조금 더 찍을 생각이야. 여기서 딱 멈추면 너무 의미심장하잖아?"

목적을 달성한 후에도 그 흔적을 남기지 않기 위해서라고 이치노세가 말했다.

"뭐, 다른 의미로 수상해 보일지도 모르지만 말이야."

객관적으로 봤을 때 기괴하게도 느껴지는 행동을 돌이켜보며 미소 짓는 이치노세.

만약 내가 그런 행동을 한다면 틀림없이 완벽하게 수상한 놈으로 여기겠지.

하지만 똑같은 행동이라도 이치노세가 하면 보는 시각이 완전히 달라진다.

이치노세가 내 팔을 잡아당겨서 카메라의 앵글을 조정하게 했다.

그리고 몸을 기댄 다음, 스마트폰을 셀카 모드로 돌려서 손에 쥐었다.

"지금 아무도 안 보니까."

계속 주변을 살폈었는지 지금이 절호의 타이밍이라고 판단했나.

이치노세가 내 팔에 팔짱을 끼고 셔터를 눌렀다.

그 후 이번에는 팔에서 손을 떼고 조금 떨어져서 다시 찍었다.

"첫 사진은 스마트폰에 안 남길 거니까…… 괜찮지?"

"사후승낙인가?"

"……그래. 안 되면 지금 바로 지울게."

"아니, 둬도 돼. 혹시 그걸 누가 본다 해도 뭐라고 할 생각도 없어. 어떤 식으로 쓰이든 그건 사진을 허락한 내 책임이니까."

"그렇게 말해도 괜찮아? 혹시라도 내가 악용하면 카루이자와와의 관계에 금이 갈지도 모르는데……?"

"사진을 잘만 찍어놓고 나중에 불평하는 게 더 이상하지. 안 그래?"

그런 각오도 없이 사진을 찍으면 안 되지.

물론 강제로 찍힌 경우에는 이야기가 달라지지만.

우리가 몸을 붙인 건 대략 10초 정도로, 어느새 평소의 거리로 돌아와 있었다.

그 사이에 우리가 밀착한 모습을 본 사람은 아무도 없다.

"그런데 아야노코지, 어제 치히로 짱을 만났어?"

치히로란 시라나미를 가리킨다. 헤드폰을 끼고 음악을 듣던 모습이 떠올랐다.

"잘 아네."

"평일 휴일 상관없이 자주 모이니까. 그런데 어제 치히로 짱의 느낌이 평소랑 좀 다른 느낌이었달까. 무슨 일 있었어? 구체적인 이야기는 안 했는데, 아야노코지의 이름에 반응하길래 만나서 얘기라도 나눴나 싶어서."

언제나 자기 반 아이들의 정신 상태를 신경 쓰는 이치노세로서는 그 변화를 눈치채는 것쯤 식은 죽 먹기일지도 모르겠다.

"그런데 평소랑 다른 느낌이었다는 건 어떤? 나쁜 방향이 아니면 좋겠는데."

"그건 걱정 안 해도 돼. 무슨 대화를 나눴는진 모르겠지만 어제의 치히로 짱은 평소보다 더 잘 웃는 느낌이었어."

다소 위험한 도박이긴 했는데, 각오하라는 식으로 나갔던 게 좋은 방향으로 작용한 듯하다.

"그렇다면 다행이네."

"하지만——."

시라나미의 성장을 반기는 나였는데, 이치노세는 거기서 끝내지 않았다.

"아직은 나를 제일 신경 써주지만, 그 애한테 너무 깊이 관여하진 말았으면 해. 그 애는 쉽게 휩쓸리는 구석이 있거든."

시라나미와 지금보다 더 가까워지지 말라는 경고.

"혹시라도 치히로 짱이랑 놀고 싶을 때는 나한테도 말해줬으면 해."

"알았어. 꼭 그렇게 할게."

반을 지키는 사람으로서의 책임일까, 아니면 자기 자신을 위한 처세술일까.

앞으로 시라나미를 만날 일이 있을 때는 주의해야겠군.

"이치노세 선배! 아야노코지 선배! 안녕하세요!"

"아, 나나세다."

나와 이치노세를 발견한 나나세가 서둘러 다가왔다.

"여기서 같이 사진 찍고 계신다고 들어서 얼른 와봤어요."

아무래도 나나세가 있는 곳까지 소문이 퍼진 듯했다.

"이러다가 수습하기 힘들어지는 거 아니야? 밤까지 사진 찍을 지경에 놓인다거나."

"그때는 그때고. 어쩌면 전교생과 트리 앞에서 사진을 찍은 전설의 여학생이 될지도 몰라."

농담에 농담으로 응수한 이치노세가 환한 미소를 지었다.

"아야노코지 선배도 같이하시는 거예요?"

"아니, 나도 소문을 듣고 와서 이치노세랑 사진 찍은 거야. 방해 안 할게."

괜히 끼는 것도 미안하니까 나는 한 걸음 뒤로 물러나기로 했다.

"전 같이 찍어도 상관없는데요."

"아니, 사양할게. 이치노세처럼 여기에 발이 묶이면 괴로울 것 같고, 나랑 찍고 싶어 하는 사람도 별로 없을 거야."

상황을 파악한 나나세는 억지로 강요하지 않고 이치노세와 나란히 섰다. 사진을 찍으려고 위치를 이리저리 조정하는 두 사람이었는데, 갑자기 나나세가 뭔가를 알아차리고 동작을 멈췄다.

"죄송한데요, 잠깐만 기다려 주시겠어요?"

"응? 그건 괜찮은데 왜?"

나나세가 이치노세에게 양해를 구하고 어딘가로 달려갔다.

그 끝에 나나세와 같은 반 학생인 호우센이 있었다. 혼자 험상궂은 얼굴로 걷고 있었는데 이쪽에는 눈길도 주지 않았다.

그런 호우센에게 강아지처럼 뛰어간 나나세가 말을 걸더니 손가락으로 우리 쪽을 가리키며 뭐라고 말했다.

"혹시 호우센 군한테도 찍자고 하는 걸까?"

"그렇게…… 보이는데."

자기 반 친구에게 권하는 거야 별로 이상한 행동이 아니지만, 상대는 천하의 호우센이다.

아무리 생각해도 같이 사진 찍을 애가 아닌데.

하지만 나나세와의 짧은 대화를 마친 호우센은 무슨 생각인지 여전히 험상궂은 얼굴로 방향을 틀어 우리 쪽으로 걸어왔다.

"오는, 것 같네."

"그렇게…… 보이네."

호우센의 시선은 이치노세뿐 아니라 그 옆에 서 있는 나에게도 향해 있었다.

모처럼 여유로운 겨울방학을 보내고 있는 만큼 새로운 화근이 될 듯한 갈등은 피하고 싶은데.

"저기, 호우센 군도 같이 찍어도 될까요?"

"그야 전혀 상관없지만, 괜찮겠어?"

그걸 호우센도 바라는 거야? 하는 확인의 의미가 담긴 이치노세의 말.

호우센은 한마디도 내뱉지 않고 나와 이치노세를——

다시 말하지만 험상궂은 얼굴로 볼 뿐이었다.

"전혀 상관없을 거예요. 자, 호우센 군, 이리로."

그렇게 말한 나나세가 반강제로 호우센의 등을 밀었다.

분명 저항할 거라고 생각했는데 의외로 호우센은 가벼운 발걸음으로 가까이 다가왔다.

"아까부터 말똥말똥 쳐다보는데. 내 얼굴에 뭐 묻었냐?"

입을 여나 싶더니, 나를 노려보며 시비조로 나왔다.

"아니, 뭐라고 해야 하나——."

아무리 생각해도 그답지 않은 행동. 다른 속내가 있다고 의심하는 것도 무리가 아니다.

"뭐야? 하고 싶은 말 있으면 해봐."

"아무것도 아니야."

"핫."

내가 뒤로 물러나자, 호우센이 코웃음 치면서 시선을 돌렸다.

1학년이라고 도저히 생각할 수 없는 박력이다. 괜히 덤볐다가 칼로 찌르는 것 아니야?

말투가 다소 거칠긴 해도 이치노세와 사진을 찍은 호우센과 나나세.

아직 할 말이 남은 듯 보였지만, 호우센은 주머니에 손을 찔러넣고 걷기 시작했다.

"뭐지?"

이해하지 못하는 나에게 나나세가 가까이 다가오더니

다른 사람에게 들리지 않도록 조용히 속삭였다.

"실은 호우센 군, 이치노세 선배를 꽤 좋아하거든요."

"……진짜로?"

절대 그렇게는 안 보였는데. 아니, 순순히 이치노세와 나란히 서서 사진 찍는 행동은 이상하다고 생각했지만, 그렇다고 해도 그건 너무 뜻밖인 이야기다.

"여기서 사진 찍는다는 소리를 듣고 상황을 보러 온 것 같아요."

요컨대 우연히 온 게 아니라 목적을 가지고 왔다는 이야기인가.

"아니, 하지만 우연 아닌가?"

"아닐 거예요. 저, 호우센 군이 불러서 케야키 몰에 온 거거든요. 아마 혼자서는 이치노세 선배한테 말을 못 걸겠으니까 저를 이용한 게 아닐지."

만약 이 모든 게 다 계산된 일이라면 정말로 이치노세랑 사진을 찍고 싶었을 뿐인 건가.

적어도 방금 본 것만으로는 태도가 절대 그런 느낌이 아니었는데.

이미 호우센의 모습은 보이지 않았기 때문에 더는 확인할 방법도 없다.

"아, 이치노세~. 나랑도 사진 찍어 주라~."

3학년 여자 2인조가 손을 흔들며 이치노세에게 다가왔다.

아마도 여기 계속 있는 한 점점 더 늘어나지 않을까?

나는 선배들에게 가볍게 인사한 후 이만 자리를 뜨기로
했다.

"그럼 또 봐, 아야노코지."

이치노세는 살짝 손을 흔든 다음 자연스럽게 선배에게
로 관심을 돌렸다.

상당히 판을 키운, 대규모가 되긴 했지만 나는 그 많은
43명…… 나와 나나세, 호우센까지 포함하면 46명 중 한
명에 지나지 않는다.

○속 떠보기

12월 26일.

이날, 동아리 활동이 없는 스도 일행까지 포함한 호리키타 반의 학생들이 케야키 몰의 카페에 모였다.

이케, 스도, 시노하라, 마츠시타, 모리, 왕, 마에조노, 오노데라까지 모두 8명.

이 멤버로 소집을 제안한 사람은 마에조노였는데, 『반의 앞날에 관해 중요한』 논의를 하고 싶다고 처음에 요청했을 때는 다들 고개를 갸우뚱거렸다.

우선 마에조노라는 여학생이 제안했다기엔 너무 진지하고 딱딱한 의제였다는 것.

그리고 반의 주요 인물이라 부를 만한 사람이 의도적으로 배제되었기 때문이다.

왜 반의 주요 멤버인 호리키타와 히라타 등은 부르지 않았을까.

반의 앞날을 의논할 때 원래라면 빼놓을 수 없는 인물들인데.

다만 여덟 명 안에 든 멤버 대부분은 모이는 것 자체에 별다른 저항감이 없어서 마에조노의 제안을 놀이의 일환으로도 여기고 받아들였는데, 유일하게 마츠시타만은 그 부분에 시종일관 의문을 느꼈다.

하지만 마에조노에게 직접 물어보지는 않고, 겉으로는 친구들의 제안에 응한 나머지 여섯 명처럼 그저 모임에 나왔을 뿐인 태도를 보이기로 했다.

인원이 여덟 명으로 비교적 많아서인지 마에조노가 지정한 집합 장소는 케야키 몰의 카페.

약속 시간인 11시 반을 맞이하자 이케와 시노하라를 제외한 여섯 명이 모였다.

모인 멤버를 보고 마츠시타의 의문은 더욱 깊어졌다. 선택된 멤버도 그렇지만, 이런 곳에서 공공연하게 반의 앞날을 의논할 생각이냐고.

원래도 마에조노의 성격과 능력을 봤을 때 내실 있는 의논이 될 거라고는 생각하지 않았다.

그래도 중요하다고 못 박은 이상 장소 정도는 엄선해줬으면 했다.

마에조노는 그런 마츠시타의 생각을 전혀 알아차린 기색 없이, 어제 본 방송 이야기에 열을 올리면서 시끄럽게 웃고 있었다.

비교적 마에조노와 친하게 지내는 편인 마츠시타인데, 요즘 들어 유독 활기가 넘친다고 생각했다.

"미안, 많이 기다렸지~."

마츠시타의 생각과 무관하게, 이케와 시노하라가 조금 늦게 모임 장소에 도착했다.

다정히 손잡은 모습을 보여준 두 사람은 주위에서 자연

스레 비워둔 두 의자에 나란히 앉았다.

"너희, 대낮부터 대놓고 러브러브 모드로 등장하지 말라고. 그리고 지각이거든?"

사랑의 열량에 질겁하면서 스도가 이케에게 꼬집어 말했다.

"헤헤헷, 그런 거 아닌데. 그렇지? 사츠키."

"맞아, 맞아. 그냥 보통인데, 보통. 그리고 스도도 지각 많이 하잖아?"

의자에 앉은 후에도 손을 놓지 않는 두 사람을 보며 스도가 한숨을 푹 내쉬었다.

"요새는 안 해."

일단 그렇게 대답하긴 했지만, 시노하라 커플의 귀에는 닿지 않는 듯했다.

"있지, 저 두 사람……."

"그런 것 같지."

마에조노가 속삭이자 마츠시타도 고개를 끄덕였다.

24일 혹은 25일, 둘 중에 어느 날을 기점으로 두 사람이 풍기는 분위기에 분명한 변화가 느껴졌다.

그건 틀림없이 지금까지의 관계에서 한 단계 나아갔다는 그런 예감.

수학여행 때도 그런 소문은 돌았지만 확증이 없었는데, 지금 두 사람의 태도를 본 반 아이들은 이제 확신이 섰다.

"칸지 녀석……."

스도는 이케와 오래 알고 지낸 사이로, 작년에는 여자친구가 생기면 이렇게 하고 싶다, 저렇게 하고 싶다 하는 얘기로 수도 없이 불타올랐었다. 먼저 앞서나갔다는 사실에 분하기도 하지만, 한결같이 알콩달콩한 모습을 보고 있으니 질린다는 생각마저 들었다.

그런 마음이 자기도 모르게 한숨으로 나왔다.

"왜 그래, 스도."

옆에 앉은 오노데라가 스도의 복잡한 심경을 알아차리지 못하고 살짝 걱정스러워하면서 조용히 물었다.

"아무것도 아니야. 그보다도 뭐, 반 분위기가 원래대로 돌아왔으니 다행 아닌가."

"그러게. 얼마 전까지만 해도 불꽃이 튀었었는데."

만장일치 특별시험 직후에는 쿠시다의 거리낌 없는 폭로와 함께 일부 친구 사이가 깨질지도 몰라 불안해하는 아이들도 있었다.

히라타를 좋아한다는 사실이 만천하에 공개된 왕은 마츠시타 일행의 도움을 받았고, 외모 욕을 들었던 시노하라도 남자친구인 이케가 버팀목이 되어 주면서 완전히 원래 상태로 돌아왔다.

이렇게 모이게 되었다는 것은 시간이 지나면 관계가 점차 회복될 수 있다는 증거다.

"마에조노, 이제 슬슬 진행해줄래."

커플의 후끈한 애정행각을 더는 못 보겠다면서 스도가

재촉했다.

"그것도 그러네. 으흠, 다들 오늘 고마워, 이렇게 모여 줘서."

제안한 일곱 명 모두 와준 것에 먼저 고마움을 표하는 마에조노.

입학 초기에는 누구든 가리지 않고 시비조로 굴면서 말도 행동도 험했던 마에조노지만, 서서히 모난 데가 없어지고 차분해져서 적어도 이 자리에 있는 멤버들은 그녀를 더이상 거북해하지 않았다. 오히려 왕, 사토와는 절친에 가까운 사이가 되었다.

마츠시타도 친한 부류에 속하긴 하지만, 속으로는 마에조노를 좋게 평가하지 않았다.

"모이는 거야 딱히 상관없는데, 반의 앞날을 논하자면서 왜 이 멤버가 전부야? 중요한 얘기잖아?"

마츠시타가 제일 많이 느꼈던 의문을 스도 역시 느꼈는지 그렇게 물었다.

궁금하던 점을 대신 물어줘서, 마츠시타는 이야기에 진전을 기대했다.

"듣고 보니 그런 것 같기도 하네. 이유가 뭐야?"

이케와 시노하라가 이제 알았다는 듯 서로의 얼굴을 마주 보았다.

단순히 거기까지 생각하지 않았다. 마츠시타의 머릿속에는 그런 가정도 있었는데…….

"응. 실은 이유가 있는데…… 히라타랑 다른 애들한테는 일부러 말하지 않았어. 3학기가 되기 전에 확실히 해두고 싶은 게 있어서."

분명히 생각한 것이 있는지, 서론부터 말한 후에 마에조노가 목적을 털어놓았다.

"확실히 해두고 싶은 건 아야노코지에 대해서야."

튀어나온 말은 같은 반의 이름. 마에조노를 제외한 일곱 명은 별로 큰 반응을 보이지 않았는데, 아니 그렇다기보다는 왜 아야노코지의 이름이 나왔는지 아직 이해하지 못했다.

"나 말이야, 이렇게 말하면 문제가 될지도 모르지만, 아야노코지를 좋아하지 않는다고 할까……. 응, 그거랑은 좀 다른가. 대놓고 말해서 대하기 어려워."

표현이 좀 심했다고 판단했는지, 내뱉은 말을 다시 정정했다.

"어렵, 다고요? 왜요?"

솔직하게 털어놓은 마에조노의 평가에 왕이 의문을 드러내며 계속 말을 이었다.

"아야노코지 군은 문제를 일으키는 사람도 아니고, 억지로 접점을 만드는 사람도 아니잖아요."

마에조노에게 나쁜 인상을 줄 만한 행동을 하는 이미지가 아니다.

그것이 왕의 솔직한 느낌이었다.

"뭐, 그렇지. 하지만 난 어두운 사람을 좋아하지 않는다고 할까…… . 친화력 떨어지는 사람은 코드도 안 맞고 이상하게 느껴지고, 그래서 점점 멀리하게 되는?"

"그러니까 혼자 일방적으로 어려워한다는 뜻이야?"

지금까지 침묵으로 일관하던 마츠시타가 마에조노에게 물었다.

"음…… 그것도 있을지 모르겠어."

"아야노코지는 굳이 분류하자면 어두운 쪽이긴 하지. 아싸라고 할까? 항상 조용하고."

마에조노가 가진 이미지가 별로 틀리지 않았다며 이케도 동의했다.

좋고 싫고를 떠나서 아야노코지의 성격이 얌전하고 어둡다는 것을 부정하는 사람은 바로 나오지 않았다. 그렇게 생각했는데——.

"지금은 아니지. 적어도 난 그렇게 생각하는데."

제일 먼저 이의를 제기한 사람은 스도였다.

"애당초 말이야, 그렇게 어두운 성격이면 그 카루이자와랑 어떻게 사귀겠어? 안 그래?"

단순히 부정하는 데서 그치지 않고 근거도 덧붙였다.

"하긴 카루이자와랑 사귄다고 해서 놀라긴 했지만. 아니, 그래도…… ."

수긍이 가는 부분은 있어도 이케가 품은 이미지는 크게 변하지 않았다.

"켄은 요즘 들어 아야노코지랑 얘기 많이 하던데. 언제 친해진 거야?"

이치에 맞는 주장이라기보다 감싸고 돈다고 판단했는지 이케가 그렇게 지적했다.

그 말에 스도는 어이없어하면서 음료가 든 컵을 들었다.

"나만 그런 게 아니라 너도 입학 초기에는 자주 같이 놀았잖아?"

"놀긴 했지만 그건 같은 반끼리 어울린 거랄까, 그러는 너도 특별히 친하진 않았잖아. 정말로 친구라고 생각한 거야?"

"그건……."

지금까지 대답하던 스도가 입학 초기를 떠올리고는 말을 얼버무렸다.

스도와 이케가 서로 노려보기 시작하자 마에조노가 당황하며 말렸다.

"잠깐잠깐, 너희끼리 마음대로 싸우지 마. 아직 본론으로 들어가지도 않았는데. 난 오늘 아야노코지랑 친해지기 시작한 스도한테 이것저것 물어볼 생각이었단 말이야."

그러자 눈싸움을 끝낸 스도가 한숨을 내쉬며 물었다.

"……나한테?"

"그래. 스도는 우리 중에 요즘의 아야노코지에 대해 제일 잘 아는 것 같으니까."

더 이상 본론으로 들어가는 걸 질질 끌어봐야 의미가 없다고 생각한 마에조노가 목소리를 살짝 낮추면서 말을 꺼냈다.

그래도 여전히 이해가 따라가지 않는 친구들에게 이런 말을 덧붙였다.

"아야노코지는 그냥 단순히 어두운 애……가 아니잖아. 숨기는 게 있다고 할까."

이제 이케와 시노하라까지 포함한 모두가 마에조노가 하고 싶은 말이 뭔지 알아차렸다.

"오늘 모임은 아야노코지 군이 대체 어떤 사람인가. 그 부분을 서로 얘기 나누기 위한 자리인 건가요?"

왕의 말에 마에조노가 두세 번 고개를 끄덕였다.

"여자친구 카루이자와는 물론이고 그 애랑 친한 사토라든지 아야노코지와 접촉이 많은 히라타와 호리키타, 같은 그룹인 하세베 등도 제외했어."

"그건 어째서예요? 자세히 아는 사람이 한 명이라도 더 많은 게 좋을 텐데……."

"정말 그럴까? 오히려 대충 얼버무리지 않을까 생각했는데. 지금 이름을 거론한 모두 혹은 그 일부는 아야노코지의 진짜 모습을 알고 있지 않을까?"

그렇지 않다면 앞뒤가 맞지 않는다고 마에조노가 중얼거렸다.

그래서 자기가 아는 범위 내에 아야노코지와 사이가 가까운 학생은 배제했다.

"그렇게 치면 나는 왜 불렀는데?"

"모인 모두가 아야노코지를 잘 모르면 의논이 제대로 안 될 거잖아? 스도라면 솔직하게 말해줄 것 같기도 했고."

깊이 있는 의논을 위해서는 정보를 가진 사람도 **빼놓을** 수 없다.

마에조노 나름대로 생각해서 신뢰할 수 있는 사람을 골랐다고 의기양양하게 대답했다.

"왠지 알 것 같기도 해. 하지만 이렇게까지 경계하면서 모여 얘기할 일인가?"

상황을 파악한 시노하라지만, 그런 부분은 아직 이해할 수 없다면서 고개를 갸웃거렸다.

"지금은 말이지. 의논했는데 아무것도 안 나오면 그건 그걸로 상관없어. 사실은 그렇게 되는 게 제일 좋겠지만……. 하지만 분명 이상한 건 맞잖아, 아야노코지라는 애."

얼굴을 마주 보는 멤버들.

침묵이 잠시 이어지다가 마에조노의 의견에 동조하는 의외의 인물이 나왔다.

"……하긴, 좀 이상하다고 생각한 적은 솔직히 있는 것 같기도 해요."

약간 말하기 어려워하면서도 자기가 느낀 점을 털어놓는 왕.

"그렇지? 그렇지?"

동의하는 사람이 나타나자 마에조노가 표정을 감추지

못하고 기뻐했다.

"이상하다고? 구체적으로 어떤 점이?"

어떤 부분을 말하는 건지 모르겠다며 시노하라가 몸을 앞으로 내밀고 물었다.

"적어도 학교에서 평가해 공개한 OAA와 차이가 좀 있지 않나 싶어서요. 학력도 그렇고 신체 능력도 그렇고, OAA상의 수치가 실제보다 낮은 것 같은데."

"아야노코지의 OAA가 어땠더라?"

잘 모르는 이케에게 시노하라가 옆에서 스마트폰을 꺼내 보여주었다.

"……정말 이상하긴 하네. 나보다 전체적으로 위인 건 납득이 안 가는 것 같기도."

표시된 OAA를 보고 진지한 얼굴로 이케가 앓는 소리를 냈다.

"아니, 그건 칸지가 못하는 것뿐이고."

"OAA가 처음 도입되었을 때와 비교해서 아주 많이 향상했어요. 스도 군처럼 노력해서 올라간 걸 수도 있지만, 그런 흔적도 보이지 않았어요."

학력이 최저 평가인 E였던 스도는 반의 누가 봐도 분명하게, 평소 공부가 쌓이고 쌓인 데다 생활 태도도 개선되면서 평가를 끌어올렸다. 반면 아야노코지는 아무도 그 노력의 흔적을 본 적이 없다.

어느 날 갑자기 시험에서 높은 점수를 받았고, 뜬금없이 놀라운 달리기 실력을 보여주는 등 느닷없다는 인상이 강해서 왕이 이상하다고 생각하는 것도 무리가 아니었다.

"거기서 도출한 결론은 그동안 자기 실력을 드러내지 않았다는 거지?"

친구를 모으기 전부터 말하고 싶어서 참을 수 없었던 것을, 마에조노가 내뱉었다.

"그럴 가능성은 있다고 생각해요."

"힘을 빼고 했다는 거야?"

"그렇지? 지금까지 쭉 진지하게 하지 않았다는 거야."

"하지만 무엇 때문에?"

"열심히 하는 게 싫다거나, 그런 느낌인가?"

각자 생각을 밝히면서 수습이 되지 않기 시작했다.

"잠깐만. 무슨 말이 하고 싶은 건지도 알겠지만 꼭 그렇다고 볼 순 없지 않아? 공부도 신체 능력도 굳이 남들 보는 데서 실력을 쌓아갈 필요는 없잖아. 원래 튀는 걸 좋아하지 않는 아야노코지라면 뒤에서 혼자 노력해왔을지도 모른다고 생각해."

부정적인 방향으로 억측이 난무하는 흐름에 제동을 건 사람은 마츠시타였다.

사람들이 보는 앞에서 실력을 키운 스도와 반대로 뒤에서 실력을 키워왔을 가능성을 제시했다.

처음부터 갖고 있던 높은 실력을 숨긴 거라면 인상이 나빠진다. 그건 바꿔 말하면 반을 위해 최선을 다한 게 아니기 때문이다.

억측이라도 부정적이지 않은 억측 쪽으로 가길 바란다.

"입학 초에는 실력이 굉장한 이미지가 전혀 없었잖아. 모두에게 잘 보이고 싶어서 필사적으로 노력했던 거 아니야? 왜, 나도 진짜 열심히 노력해서 지금 많이 성장했듯이."

비슷하지 않을까, 하고 이케가 깊이 생각하지 않고 아야노코지를 감쌌다.

"이케, 네가 정말 알아?"

마에조노가 살짝 화냈다.

"뭐, 뭐야, 나는 모른다는 것처럼."

"하지만 저번 특별시험 때 아야노코지가 다섯 문제를 완벽하게 풀었던 거 너 알았어?"

"그건 뭐, 알지만…… 문제를 다 맞힌 사람은 걔 말고도 몇 명 더 있었잖아?"

호리키타와 히라타 등 학력이 B 이상인 학생은 다 맞혔다.

"아야노코지가 푼 문제는 걔들이 푼 것보다 훨씬 어려웠어. 다른 반 애들의 결과를 봤는데, 학력 A인 학생들도 틀린 고난도 문제였다고."

좀 노력한다고 해서 어떻게 할 수 있는 문제가 아니라고 강하게 주장하는 마에조노.

"하지만 말이지, 아아 그래, 수학은 원래 잘했잖아? 그러니까 말이 전혀 안 되는 건 아니지 않나?"

"푼 것 중에 수학은 딱 한 문제밖에 없었어. 나머지는 영어 두 문제에 화학 한 문제, 그리고 현대문이 한 문제였지. 한 과목만 푼 게 아니라고."

일곱 명을 모으기로 작정하고 미리 알아본 정보.

아야노코지는 특정 교과목에만 강한 게 아니라고 마에조노가 강조했다.

"그럴지도 몰라요…… 제가 조금 이상하게 느꼈던 부분이에요."

이 중에서 공부를 잘하는 편인 왕이, 수긍이 간다며 혼자 고개를 끄덕였다.

"그것까지 고려하면 OAA랑 실제 능력의 괴리가 상상보다 더 큰 느낌이에요."

"그렇지? 그렇지? 진짜 이상하지 않아?"

마츠시타는 단정 지으려고 하는 마에조노의 말에 끼어들까도 생각했지만, 일단은 참았다.

어쩌다 우연히 공부한 문제가 나왔다고 보기 힘든 건 분명하니까.

괜히 과하게 감쌌다간 옹호하는 것처럼 비추어지겠지.

사실 마츠시타는 아야노코지가 앞으로 반에 도움이 되는 활약을 해주길 바라는 만큼, 아무 상관도 없는 곳에서 아이들에게 미움이 쌓이게 하고 싶지 않았다.

그렇기에 더욱, 노골적으로 편드는 발언을 해서는 안 된다고 판단했다.

"사실은 그냥 찍었는데 운 좋게 다 맞은 것뿐이라거나."

아야노코지를 옹호하는 입장이 아닌 이케의 터무니없는 발언이 마츠시타를 도왔다.

자기가 할 수 없는 말을 자연스럽게 대변해주는 이케가 이 자리에 꼭 필요한 인재인지도 모른다고 생각했다.

"아니, 감이나 우연 같은 게 아니라니까. 아야노코지는 옛날부터 공부를 잘했을 거야."

감 같은 말로는 받아들여지지 않는다며 마에조노가 딱 잘라 말했다.

"그거 말고도 다른 이유가 있어요?"

진실이 궁금해졌는지 왕이 물었다.

주위를 둘러본 마에조노가 다시 목소리를 낮추었다.

"이건 다른 사람한테 들은 얘긴데…… 올해 무인도 시험, 물자랑 포인트를 얻기 위해 여기저기서 과제를 해결했었잖아? 아야노코지가 했던 학력 과제, 진짜 어려웠다는데 모든 문제를 술술 다 맞혔대."

12월에 쳤던 특별시험 그 이전부터 학력이 틀림없이 높았다는 사실. 남에게 들은 이야기라고 미리 말했었지만, 이 자리에서는 충분히 진실미를 띠고 퍼졌다.

"진실이 뭔지는 모르겠지만…… 그래요. 입학 초기랑 지금이랑 아야노코지 군의 이미지는 별로 달라지지 않았지만…… 뭐랄까, 주변의 모습은 아주 많이 변한 것 같긴 해요. 히라타 군도 아야노코지 군을 깊이 신뢰하는 느낌, 이드니까. 서로 편하게 성 말고 이름으로 부르기도 하고. 아마 유일한 상대일 걸요, 히라타 군이 그렇게 부르는 사람."

누구보다도 히라타를 바라보고 호감을 느끼는 왕이 하는 말이니 틀림없을 것이다.

이 자리에 있는 모두가 말은 하지 않았어도 그 이야기를 굳게 믿고 경청했다.

"반을 통솔하는 사람은 호리키타…… 하지만 뒤에서 아야노코지가 관여한 것도 한두 번이 아니지 않을까?"

마에조노가 다시 열변을 토하자, 오노데라를 비롯해 이케와 시노하라도 더욱 깊이 동조했다.

마츠시타는 아이들의 그런 대화를 들으면서 다시금 이해했다.

아야노코지의 능력치를 반 아이들도 이제 눈치채기 시작했다고.

물론 아야노코지가 1학년 때보다 눈에 띄게 행동해서겠지만, 문제는 나쁜 방향으로 받아들일 가능성이 있다는 것이다.

그렇다면 이때 한 번 입장을 바꾸는 게 좋겠다는 생각이 들었다.

"마에조노의 짐작이 어쩌면 맞을지도 몰라. 아야노코지는 오랫동안 계속 평범한 성적을 남겼으니까, 지금 좋은 결과를 낸다고 해도 당장 A 이상으로 올라갈 수는 없어. 하지만 만약 처음부터 진짜 실력을 발휘했다면 적어도 학력이 A는 됐을지도 모르지."

회의적이던 마츠시타도 인정하는 쪽으로 돌아서자 마에조노의 얼굴이 의기양양하게 변했다.

"스도는 뭔가, 아야노코지에 대해 특별히 알고 있는 것 없어? 가능하다면 우리가 모르는 거면 좋겠는데."

기대감에 부풀어 물어보는 마에조노에게 스도가 망설이는 표정을 지어 보였다.

"뭐야? 뭐가 있는 거야? 있으면 가르쳐 줘."

여자의 직감. 그 표정을 놓치지 않은 마에조노가 몰아붙였다. 2학년 초반에 호우센과의 사건을 보고 느꼈던 점. 아야노코지가 가진 강한 힘의 편린. 그런 것들을 털어놓아도 될지 고민한 스도. 그 일련의 사건은 그냥 묻기로 했으니 비밀에 부치겠지만, 아야노코지의 능력 자체에 대해서는 딱히 입단속 하지 않았지? 하고 속으로 자문자답했다.

비밀로 하고 싶었다면 말하지 말라고 강하게 신신당부했을 터.

"……음……. 너희는 공부에만 주목하고 있는데 말이지, 그 녀석의 대단한 점은 학력만이 아닐 거야."

"뭐? 그게 무슨 소리야?"

"너희도 봤잖아, 릴레이 때 아야노코지가 보여줬던 달리기. 나보다 더 빨랐다고."

최선을 다해 직접 경쟁해본 적도 없으면서 스도는 대결하기 전에 이미 패배를 인정했다.

다만 여기까지는 다들 별로 놀라지 않았다. 실제로 예전

학생회장이었던 호리키타 마나부와 대결했을 때부터 예사롭지 않다는 것을 알고 있었으니까.

"그건 그렇지만 이미 다 아는 사실이잖아. 안 그래?"

하지만 그 직후, 스도가 털어놓은 진실은 달랐다.

"그 녀석, 달리기만 그런 게 아니야. 순순히 인정하려니 좀 분한데, 종합적으로 봐도 운동 신경이 나보다 위야."

"스, 스도 군보다 위?!"

어떻게 하면 단적으로 아야노코지의 굉장한 실력을 전달할 수 있을지 단어를 신중하게 고르면서 스도가 말을 이었다.

"그 녀석이 진짜 진지하게 나올 때 내가 이길 수 있는 건 정말 농구밖에 없을걸. 그 농구도, 웬만하면 녀석이랑 붙고 싶지 않아. 지지야 않겠지만, 하다 보면 점점 궁지에 몰릴 것 같은 느낌이랄까, 직감이 들어."

학년 최고의 신체 능력이라고 평가받는 스도가 백기를 들었다.

그것만으로도, 바로는 믿기 힘든 사실이 기묘한 현실미를 띠었다.

"그게 사실이라면 엄청난 얘기인데, 그 근거는?"

마에조노는 흥분하면서도 믿을 만한 이유를 설명하라고 스도를 압박했다.

호우센과 싸웠던 일은 절대 털어놓을 수 없는 이상, 지금은 말을 지어내는 수밖에 없다고 판단했다.

"전에 아야노코지랑 한판 붙은 적 있었거든. 내가 먼저 시비를 걸었지. 한 대 치려고 했는데 절대 안 맞고 다 피하더라고. 뭐랄까, 싸우면서 몸으로 느낀 대단함 같은."

스도는 물을 마시면서 그렇게 이야기를 꾸며냈다.

그 와중에도 호우센과 싸우던 장면을 떠올리면서.

자신은 엄두도 나지 않던 호우센을, 아야노코지는 겁먹지 않고 당당히 맞섰다.

그리고 칼에 찔리는 것에 두려움을 느끼지 않고 냉정하게 대처했다.

실제로 붙어도 못 이긴다, 그 사실을 깨닫기에 충분한 현실을 바로 눈앞에서 보았다.

진심을 담아 말하니 진실미가 생겨나 마에조노도 수긍이 가는 듯했다.

"어쩌면 카루이자와가 아야노코지랑 사귄 것도 히라타보다 스펙이 더 좋다는 걸 알아차렸기 때문인가? ……그런 거라면 진짜 개코다."

칭찬하는 것 같기도 하고 어이없어하는 것 같기도 한 말투로, 솔직한 생각을 숨김없이 내뱉는 마에조노.

"뭐, 나도 카루이자와가 왜 아야노코지랑 사귀는 거지? 하고 전에는 생각했었지."

가까이에서 아야노코지의 굉장한 면모를 몸소 느꼈기에 더 몰랐던 부분.

"만약에 카루이자와가 꿰뚫어 본 거라면 아야노코지를

선택한 것도 납득이 가."

하지만 이번에는 다른 감정도 스도에게 생겨났다.

그런 거라면 굳이 카루이자와를 연인으로 삼을 이유가 하나도 없지 않냐고.

외모는 차치하고 성격이 압도적으로 비호감인데.

다만 이건 완전히 자신의 주관적인 생각인 만큼 말하지 않고 참았다.

"왠지 평가가 장난 아니네, 켄이 봤을 때. 그렇게 들어도 아직 잘 모르겠지만."

말로 설명을 듣고 의미를 이해해도 실감이 따라오지 않는 이케.

"무리도 아니지. 실제로 겪어보지 않으면 이건 몰라."

"그건 그래. 그럼 어떻게 하면 그 대단한 실력을 알아볼 수 있어?"

어떻게든 해서 입증하고 싶다며 마에조노가 스도에게 물었다.

"그야—— 아아, 그렇지, 불시에 한 대 때려본다거나. 등 뒤에서."

"아니아니, 그건 기습 공격이잖아."

"넌 기습 공격도 실패할걸, 아야노코지한테는."

"기습하면 성공하지. 애당초 비겁한 짓이라 안 하지만."

"그럼 앞에서 대놓고 덤벼볼래? 그거야말로 가능성이 0%야, 0%."

"모르는 일 아닌가? 나, 싸움에는 꽤 자신 있다고."

자리에서 일어나 두 주먹을 번갈아 내미는 이케.

입으로 슉슉 소리 냈지만 동작에 절도가 하나도 없었다.

"싸움 같은 거 제대로 해본 적도 없으면서."

시노하라가 어이없어하면서 그렇게 말하고는 창피하니까 빨리 앉으라고 재촉했다.

"시, 시끄럽네. 난 약한 애는 안 괴롭힌다고."

"아, 네, 네."

"어, 어쨌든 싸움은 됐고. 네 말이 사실이라면 아야노코지가 앞으로 진짜 실력을 발휘해줬으면 좋겠네. 그럼 반이 평안해진달까, 진짜로 A반까지 올라갈 수 있지 않을까?"

학력과 신체 능력으로 큰 공헌을 기대할 수 있다면 반에 유리하게 작용할 것이다.

상황이 지금보다 훨씬 나아질 게 분명하다고 이케가 말했다.

"맞아요. 같은 반이니까 힘을 보태달라고 부탁하면 되지 않을까요?"

반에 강력한 조력자가 있으면 반드시 도움을 청해야 한다고 왕이 말했다.

"그거 찬성. 겨울방학이 끝나면 직접 물어보자."

평범하게 생각했을 때 반대파가 나올 리 없으므로 시노하라도 그 발언에 바로 동의했다.

뜨거워지기 시작한 아야노코지에 대한 기대. 그건 마츠

시타도 늘 바라는 일이긴 하지만, 동시에 크게 착각해서는 안 된다는 것도 통감했다.

"잠깐만, 하나만 충고할게. 아야노코지한테 기대고 싶은 마음이라든지 든든해하는 건 충분히 이해가 가지만, 그걸 공적인 자리에서 말하거나 강요하진 않는 게 좋을 거야."

"왜? 말 안 하면 긍정적으로 생각해주지 않을 텐데."

예전처럼 존재감 없는 학생으로 다시 돌아가면 안 된다고 시노하라가 불평했다.

"물론 그럴지도 모르지. 하지만 왜 지금까지 가만히 있었는지도 생각해봐야 하지 않겠어?"

아야노코지의 마음도 헤아려야 한다고, 열을 올리는 아이들에게 부드럽게 조언했다.

잠시 듣기만 하던 스도도 그 말이 와닿았는지 일부러 헛기침해서 주목을 모았다.

"맞는 말이야. 그렇게 튀는 걸 싫어하는 애인데 억지로 자극했다간 역효과만 날지도 모른다고."

"맞아. 그랬다가 비협조적으로 나오면 오히려 손해 아니야? 저번 특별시험에서 전부 정답을 맞혀 준 것처럼 반에 도움이 될 마음은 있는 듯한데."

억지로 표면으로 끌어내는 짓의 위험성을 논하자, 시노하라 무리도 그 리스크를 느낀 듯했다.

"나도 찬성. 코엔지같이 가만히 내버려 두면 무슨 짓을 할지 모르는 스타일이라면 얘기가 달라지겠지만, 그런 애도 아니고. 일단은 지금까지 해왔던 대로 대해도 괜찮지 않을까?"

마지막으로 신신당부하듯 오노데라가 마츠시타와 스도의 말에 강하게 동조하고 이유를 밝혔다.

지금 이 모임을 통해서 적어도 여덟 명은 공통 인식을 얻었다.

아야노코지는 OAA에 나온 것 이상의 실력자라는 사실.

앞으로 실력 발휘를 기대하지만 재촉하지는 말 것.

하지만 이 모임을 주최한 마에조노만은 전혀 다른 생각을 하고 있었다.

"정말 그거면 되는 걸까."

"뭐?"

"아야노코지가 실력이 엄청난 학생이었다는 건 나도 충분히 이해했어. 하지만 그래서 무섭달까…… 꺼림칙하달까. 그도 그럴 게…… 사이가 좋았던 같은 그룹 사쿠라를 퇴학자로 지목했었잖아? 쿠시다를 궁지로 몬 사람도 아야노코지였고…… 만약 아야노코지가 그럴 마음만 먹는다면 반에서 누군가를 퇴학시키는 것도 가능하지 않을까."

이렇게 이야기에 열중한 멤버들.

모인 지 벌써 한 시간이 지났는데 그러는 사이에 한 팀 또 한 팀, 카페를 드나드는 학생이 바뀌어 갔다.

멤버 중에 가장 먼저 카페에 모습을 드러냈던 왕보다 몇 분 전에 와 있던 한 학생도, 음료를 다 마셔서 빈 지 오래인

잔을 들고 자리에서 일어났다.

"그건 어쩔 수 없는 결정이었잖아. 쿠시다가 고른 선택지 때문에 어느 한 사람을 퇴학시키는 것 말고는 우리 반이 이길 방법이 없었으니까. 사적 감정을 개입시키지 않고 OAA를 기준으로 퇴학자를 고른 것도 이치에 맞아."

스도가 곧바로 반론하자, 이케를 포함한 모두가 눈을 동그랗게 떴다.

"뭐야, 내가 뭐 이상한 소리라도 했어?"

당황하는 스도에게 마에조노가 망설이며 말했다.

"이상한 소리라고 할지……."

그 뒷말을 마츠시타가 이어받았다.

"아까부터 말하는 방식이랄지 표현에서 지성이 느껴져서. 사람이란 과연 성장하는 법이구나, 싶어서."

"뭐? 그게 뭐야."

"하지만 예전의 스도였다면 사적 감정이라든지 이치에 맞다 같은 말은 못 했을 거잖아?"

"네, 동감해요."

"아니 아니, 그 정도야 보통이지, 나를 얼마나 바보로 본 거냐고."

"그만큼 성장했다는 뜻 아니야?"

오노데라가 왜 그런지 꼭 자기가 칭찬받은 것처럼 기뻐하는 표정을 지었다.

"그만 놀리고. 음, 뭐였더라, 아, 그래, 아야노코지는 딱히 나쁜 녀석이 아니야."

칭찬받아서 쑥스러웠는지 억지로 이야기를 돌리는 스도.

"그건 나도 알아. 그 시험은 퇴학자가 반드시 나와야 하는 거였고. 하지만 뭐라고 해야 할까, 그 전에 쿠시다랑 나눈 대화 기억하지? 피도 눈물도 없이 궁지로 내몰던 그 모습. 표정 하나 안 바뀌고…… 그래, 기계 같은 느낌……이라고 해야 하나?"

"비정해질 수밖에 없는 상황이었잖아, 아야노코지도 그러고 싶어서 그런 게 아니라고."

스도는 어디까지나 아야노코지를 감싸는 입장이 되어 옹호했다.

"비슷한 상황이 오면 또 아야노코지가 아무 감정 없이 결정을 내리게 할 거야?"

"꼭 아야노코지한테만 의지할 건 아니지만, 객관적으로 판단할 필요는 있지 않아?"

"객관적, 이라. 그렇게 하면 된다고 생각해? 너희는?"

마에조노가 그렇게 말하며 자연스레 이케와 시노하라 쪽으로 시선을 던졌다.

OAA에서 반의 하위에 이름이 올라 있는 학생들.

아야노코지가 다음 퇴학자 후보로 고를 거라는 미래의 예감.

"아, 뭐, 하긴 뭐랄까, 아야노코지의 방식은 좀 그렇긴 하지. 친구가 많은 것도 엄연히 훌륭한 능력이니까 그 점도 고려해주면 좋겠는데. 만약에 내가 퇴학당하게 되면 사츠키가 눈물 흘릴 거고, 그럼 효율적이지 않잖아."

"싫어, 절대로."

옆에 있는 이케의 팔에 달라붙어 놓지 않는 시노하라.

"그 영향으로 하세베 씨가 오래 힘들어했던 전례도 있고요……."

바로 얼마 전에 있었던 사실을 비춰보면서 왕도 낯빛을 흐렸다.

"난 지금 이대로라면 아직은 괜찮아. 하지만…… 멀리 봤을 때 아야노코지가 우리 반의 리더가 되는 미래만은 절대로 피해야 하지 않을까?"

긴 논의의 끝에 마에조노가 내뱉은 말.

마음속에 있던 보이지 않는 불안함이 말이 되어 나왔다.

"아야노코지가 리더가 될 일은 없지 않아? 그럴 깜냥도 못 되고."

"꼭 그렇다고 단언하긴 힘들지 않을까요? 실력이 있으면 반의 리더로 인정할 수 있는 부분은 있다고 생각해요."

"난 환영이랄까. 아야노코지가 진짜 실력자라면 리더여도 좋은데."

우수함을 자부하는 마츠시타는 아야노코지가 장차 반을 진두지휘하는 것이 이상적이라고 생각했다. 그래서 한 발언. 하위 학생은 버림받을지도 몰라 두려워하게 되겠지만, 반대로 반의 상위에 있으면서 통솔에 방해되는 행동만 하지 않는다면 절대 퇴학당하지 않는다는 안도감이 상위 학생들에게는 있기 때문이다.

하지만 지금 리더로 고군분투 중인 호리키타는 다르다. 감정에 좌우될 확률이 0이 아닌 만큼 어떤 이유를 들지 모를 일이다. 방심할 수 없다고 느꼈다.

"단호하게 반대야. 아야노코지가 리더라니."

"그럼 마에조노는 어떻게 되는 게 좋다고 생각해?"

마츠시타는 걱정이 끝도 없는 마에조노의 생각을 끌어내고 싶었다.

"그건——."

당황하면서 대답하려고 했지만 자기만의 명확한 답이 없는지 말이 막혔다.

"그걸 모르니까 이렇게 의논하는 느낌이랄까?"

그리고 회피하는 식의 답변을 내놓으며 억지로 착지했다.

"아무튼 말이야, 더 이상 여기서 아야노코지의 사고방식을 우리끼리 의논해봤자 답은 안 나온다고 생각해. 그리고 누가 뭐라고 하든 현재 우리 반의 리더는 호리키타야. 이런 이야기를 깊게 나누고 싶다면 역시 호리키타도 이 자리에 있어야 하는 거 아니야?"

마츠시타는 맵싸한 의견을 최대한 부드러운 어조로 전달했다.

마에조노와 옥신각신하고 싶지 않다.

이곳에서 자신을 중심으로 이야기를 진행하고 싶지도

않다.

지금 해야 하는 건 이목을 집중시켜 아야노코지가 반의 향상을 위해 행동하는 걸 저해하는 일.

이케를 비롯한 하위 학생이 냉철한 심판을 겁내는 심정도 이해하지만, 마츠시타와는 상관없었다.

미안하지만, 하고 속으로 말을 덧붙였다.

"그런데 말이지…… 얘기하다 보면 보이는 것도 있지 않을까?"

마에조노는 아직 의논을 마치고 싶지 않은 눈치였지만, 그 이후부터는 얘기에 진전이 없었고 마침내 화제는 이브날 있었던 일로 바뀌었다.

1

같은 날 오후 2시 전, 한 남학생이 빈 컵을 케야키 몰 밖에 있는 쓰레기통에 밀어 넣고 있는데 한 여학생이 그를 노려보며 등장했다.

두 사람은 같은 반이기도 해서 남학생이 밝게 손을 들었다.

"요오, 마스미 짱. 생각보다 빨리 왔네."

"저기 말이야, 그런 식으로 부르지 말아 줄래? 그리고 휴일에 불러내지도 않았으면 하는데."

"에이, 그런 말 하지 마. 오늘은 흥미로운 정보를 입수해 왔으니까."

"네가 정보 수집을 좋아한다는 건 알지만 거기에 난 끌어들이지 마."

"쌀쌀맞긴. 이래 봬도 꽤 유익한 정보인데?"

"그럼 사카야나기한테 보고해서 포인트라도 벌지 그래."

"나도 이래저래 생각해봤다고. 진심을 털어놓고 상의할 수 있는 사람이 우리 반에서는 마스미 짱 정도밖에 없단 말이야."

"거짓말."

"거짓말 아니야. 적어도 마스미 짱은 공주님한테도 쫄지 않고 할 말 다 하니까."

그 점을 높이 사고 있다고 하시모토가 대답했다.

"그래서 뭐? 진심이랑 무슨 상관이야. 그렇게 대충 구는 점도 싫어."

대놓고 싫다고 말했는데도 하시모토는 전혀 개의치 않고 이야기를 이어 나가려고 했다.

"뭐 일단 들어봐. 내가 뭘 듣고 왔는지."

그렇게 말한 하시모토는 낮에 케야키 몰에서 엿들은 한 집단의 대화를 털어놓았다. 그리고 스마트폰에 직접 녹음한 사실을 바탕으로 이야기를 보충하면서 설명했다.

스도를 비롯한 여덟 명이 모여서 의논했던, 그 반의 어떤 의제에 관해서였다.

이야기를 다 들었을 때, 전혀 관심을 보이지 않던 카무로에게서도 변화가 드러났다.

"그렇지? 흥미로운 이야기지?"

"어느 정도는 알고 있던 사실이지만."

"B반의 핵심은 역시 호리키타가 아니었다는 거야. 무인도에서 보여주었던 단편적인 부분도, 지금까지 느꼈던 기묘한 위화감과 흐름도. 그리고 만장일치 특별시험의 이면에서는 상상보다 훨씬 더 과격한 일이 일어났던 거야. 아무리 그래도 친했던 같은 그룹 여자애를 내치는 건 쉬운 일이 아니잖아? 아주 비정해질 수 있단 얘기지. 외모가 좀 수수하긴 했어도 귀여운 애였는데."

"외모가 무슨 상관?"

"상관있지, 당연히. 만약에 사쿠라가 못생겼었다면 뭐, 버림받아도 그런가 보다 했겠지. 외모는 의외로 큰 법이라고."

그런 하시모토의 주장에는 찬성하지 않았지만, 전반 부분은 이해했다.

"아야노코지는 친하든 친하지 않든 상관없이 이해득실만 따져서 비정한 결단을 내릴 수 있는 사람이라는 거네."

"바로 그거야. 게다가 걔네가 하는 얘기를 들어보면 알겠지만, 적어도 만장일치 특별시험 때까지만 해도 아야노코지는 반 내 카스트에서 절대 높은 위치에 있지 않았어. 그런 놈이 반을 장악하고 유도하는 건 몹시 어려운 일이라고."

하시모토는 스마트폰 녹음이 절대 삭제되지 않게 잠금을 걸어 보관해두었다.

"그런데 아까부터 신경 쓰이는 게 하나 있는데."

"뭐?"

"넌 그렇게 중요한 대화를 어떻게 엿들을 수 있었어?"

"단순한 우연이야. 럭키였지."

망설임 없이 그렇게 대답한 하시모토였는데, 카무로는 전혀 믿어주지 않았다.

"우연, 이란 말이지."

하시모토가 녹음한 음성 파일은 호리키타 반의 아이들이 카페에 모이는 도중부터 시작된다. 무의미한 잡담만 오갈 가능성이 높은 와중에, 중요한 논의를 하리라는 예측이 가능할 리 없다.

닥치는 대로 정보를 모으고 있었다고 해도, 그렇게까지 절묘한 우연이 과연 존재할까.

"뭐야? 설마 우연이라는 내 말을 의심하는 거야?"

"별로. 네가 말하기 싫으면 굳이 안 물을게. 우연으로 알고 있으면 되는 거지?"

깊이 파고들지 않는 게 현명하다고 판단한 카무로는 더 캐묻지 않기로 했다.

하시모토도 카무로의 의문에 대답할 기색이 없어 보였다.

"그래서? 네 말대로 흥미로운 정보이긴 한데 그다음은? 이걸 아는 데 의미가 있어?"

"결론에 도달하기 전에── 아야노코지가 평범한 놈이 아니라는 사실이 확실하다면 그 녀석이 입학 때부터 지금까지 언제 어디서 뭘 했는지, 그런 게 궁금해진단 말이지. 입학 초에 날뛰던 류엔이 갑자기 얌전해진 것도 그렇고, 요즘 들어 묘하게 아야노코지랑 얽히는 모습도 자주 보이고. 안 그래?"

이미 아는 사실까지 잘 섞어서 도출한 가정, 예상들을 카무로에게 들려주었다.

"호리키타의 뒤에 숨어 있는 아야노코지랑 싸워서…… 류엔이 진 건가?"

"류엔은 한 번의 승패에 집착하는 타입이 아니야. 그렇게 생각하면 단순한 패배가 아니겠지. 실력 차이가 크게 드러나면서 아야노코지한테 졌다고 봐."

"만약 그렇다면 그 후에도 아야노코지랑 계속 얽히는 이유는? 설욕전을 노리고?"

"그것도 염두에 두고 있겠지. 다만 아마 아야노코지의 성격 같은 것도 연관 있지 않을까? 잘만 엮이면 자기한테도 유리하게 작용한다는 걸 고려했을 때, 계속 적대하기보다는 아군으로 두는 게 낫잖아?"

"자기를 위해 이용하고 있다…… 뭐 그런 말이네? 역시 류엔답게?"

져도 그냥 넘어지진 않는다. 한 번 물었으면 놓지 않는, 이미지 그대로의 방식.

"그런 것도 있겠지만. 상황상으로는 그 이상의 얘기가 아닐까."

"그 이상?"

"류엔은 자기를 위해 이용하고 있겠지. 하지만 아야노코지도 그걸 알고 있다는 뜻이야. 뭣하면 이용당해줄 테니 한 번 열심히 해봐라, 같은 느낌?"

"그게 뭐야? 그렇게 해서 아야노코지한테 무슨 이득이 있는데? 호리키타를 뒤에서 아무도 모르게 받쳐주는 건 반의 발전을 위해 의미 있는 일이지만."

"글쎄 어쩌려나. 류엔을 도움으로써 이치노세와 사카야나기를 망가뜨리고 싶다거나? 아야노코지가 앞에 나서서 싸우는 타입이 아니면 호전적인 류엔한테 의지하는 데 의미가 크잖아?"

"뭐, 그럴지도 모르겠네."

"지금까지 계속 의심했었는데 말이야, 이제 드디어 짙게 깔린 안개가 조금씩 걷히기 시작해. 호리키타의 반에서 제일 까다로운 적이 아야노코지라는 거. 그리고……."

하시모토는 순간 말을 주저하다가 다시 입을 열었다.

"아야노코지의 실력이 공주님보다도 더 위라는 거, 말이야."

"그렇게까지 단언한다고?"

"그래. 아마도라는 말을 덧붙일 생각은 이제 없어. 오늘 들은 대화로 확신했다."

대상이 누구든 보통은 이 정도까지 과대평가할 수 없는 법이다.

"만약 네 말이 다 사실이라면 우리한테 큰 위기네."

"큰 위기도 아주 큰 위기지. 무엇보다도 3학기 마지막에 있을 학년말 시험에서 큰 포인트가 움직일 거라고 예상이 돼. 만약에 류엔한테 지기라도 한다면 달아날 곳도 없어질 거야."

A반에서 그 누구도 하지 않은 말을 하시모토가 태연하게 내뱉었다.

카무로도 그 말에는 살짝 짜증이 나서 하시모토를 노려보았다.

앞으로 아야노코지네 반과의 대결은 아직 확정되지 않았다.

언젠가는 상대하게 되더라도, 아직 먼 훗날의 일일 가능성도 충분하다.

지금 일단 신경 써야 할 것은 3학기 마지막에 치를 학년말 시험.

"넌 그때 류엔한테 질 거라고 생각하나 보네. 그래서 A반의 앞날을 걱정하는구나? 혹시 지길 바라는 건가?"

"지길 바라는 건 아니야. 그런데 마스미 짱도 이런 말에는 화내는구나?"

사카야나기를 떠받드는 아이가 아니라는 걸 아는 만큼, 하시모토가 다소 놀랐다.

하지만 카무로가 화난 건 그 부분이 아니었다.

"너의 그런 부정적인 사고를 좋아하지 않을 뿐이야. 항상 그런 식으로 가정하잖아?"

"부정적이라는 건 나도 인정할게. 하지만 패배를 미리 가정해보는 것도 나쁘지 않아."

이 학교에서는 어떤 역전, 빠져나갈 방법이 있을지 아무도 모른다.

하시모토는 언제나 그 점을 경계했는데, 당연히 모든 일에 다 대처할 수 있을 리 없다.

"가정하면, 뭐? 마음에 여유를 가지는 것 정도밖에 못 하잖아?"

쓸데없는 행동일 뿐이라고 결론 내린 카무로로서는 부정적인 말만 매번 반복하는 게 지긋지긋했다.

"그렇게 말하지 마. 이런 대화를 나눌 수 있는 사람은 마스미 쨩밖에 없단 말이야."

"뭐래……."

사카야나기가 시키는 대로 움직이고는 있어도 카무로는 마음까지 그녀에게 바치진 않았다.

마음에 들지 않는 부분이 있으면 항의도 하고, 상황에 따라서는 거침없이 거부도 한다.

그런 점을 사카야나기는 마음에 들어 했는데, 그건 하시모토도 마찬가지였다.

"마음에 여유를 가지는 것도 좋잖아?"

그런 농담을 던졌지만 물론 그건 부산물 중 하나에 지나지 않는다.

"같은 반으로 계속 있을 수 있다면 말이지만."

한마디 덧붙임으로써 부정적인 사고에도 다른 의미가 생겨났다.

"반 이동 티켓을 말하는 거라면 위험한 도박 아닐까? 패배한 반에 줄 거란 생각도 안 들고, 학년말까지 손에 넣을 수 있다 해도 어차피 쓸 수 있는 기한이 얼마 안 되는데."

만능으로 보여도 사실 반 이동 티켓은 혜택이 적다.

상위 반일수록 하위 반으로 이동해서 얻는 이익이 없기 때문이다.

"만약 네 최악의 가정대로 지게 되더라도 그래 봐야 나란히 있겠지. 그런 상태에서 운 좋게 반 이동 티켓을 입수한다고 해서 과연 행사할 수 있을까? 아야노코지의 실력이 학년 최고라고 가정해도 그것만으로 뛰어들기에는 상당한 각오가 필요할 텐데."

일시적으로 아야노코지의 반이 A반으로 올라간다 해도 거의 동등한 수준에 가깝다면 특별시험 하나에 위아래가 바뀐다.

사카야나기가 곧바로 반격해서 다시 올라가면 반 이동은 대실패로 끝난다.

그다음에 또 운 좋게 아야노코지 반이 이동 티켓을 손에 넣으면 구제받을 가능성도 있겠지만, 어차피 실현하기 힘든 가정의 연속일 뿐이다.

"이치노세의 반처럼 분명하게 속도가 떨어지는 상황이 아니고선 쓰기 힘들어."

이런 식의 의논은 꼭 하시모토와 카무로만 하는 게 아니었다.

학생들끼리 잡담하다가 언제든 나올 수 있는 흔한 이야기 중 하나.

"반을 이동하는 방법은 꼭 티켓만 있는 게 아니야. 안 그래?"

"2,000만 포인트를 말하는 거라면 절대 무리야. 그게 더 비현실적이라고."

계속 황당하다는 말투로 나오는 카무로.

반면 하시모토는 언제나 개인이 아닌 반 단위의 협력을 통한 반 이동을 시야에 넣고 있었다.

"괜한 오지랖일지 모르겠지만, 그렇게 어부지리를 노리는 행동, 좀 그렇지 않아?"

카무로는 말하지 않았지만, 사카야나기는 하시모토가 수상한 행동을 하고 있다는 걸 파악하고 있다. 카무로 본인도 몇 번 그런 보고를 했으니까. 아마 자신뿐 아니라 학년 상관없이 여러 학생을 시켜 그를 늘 감시하고 있으리라.

만약 반을 배신하고 혼자 앞질러 가려고 한다면 그 순간 저격할 것이다.

"어디가 이기든 간에 최종적으로 A반에 있으면 돼. 어려워 보이면서도 간단한 이야기야."

"무슨 말을 하고 싶은 건진 알겠어. 하지만 이상한 생각은 안 하는 게 신상에 좋을 거야."

일단은 같은 반으로서 충고해주었다.

하시모토는 말로는 고맙다고 작게 대답했지만, 충고를 수용하는 태도와는 거리가 멀었다.

배신하고 싶다고 생각하는 것은 아니다.

다만 자기가 A반으로 졸업하기 위해서는 사카야나기만 바라보고 있을 수 없을 뿐.

입학 초기의 1강 체제는 약해지고 지금은 3강이 바로 뒤까지 쫓아와 있었다.

아니, 원래부터 3강이라는 선택지는 머리 한쪽 구석에 있었다.

다만 3강 중에서도 이치노세 반이 특히 치고 나온다고 판단했던 게 오산이었다.

바로 2학년 중반을 지날 때까지만 해도 진정한 의미로 아야노코지의 영향을 알아차리지 못했었다.

몇 번인가 정찰을 계속했지만, 노골적인 강자의 단면을 조금도 느낄 수 없었다.

아마도 의도적이었을 것이다.

그런데 그런 아야노코지가 지금까지 있는 둥 없는 둥 굴었던 게 꼭 거짓말이었던 것처럼, 최근 몇 달은 연달아 주목받을 행동을 했다. 원래는 튀지 않고 반의 경합에 관심 없는 존재로 보였었는데. 갑자기 확 바뀐 이유가 뭘까.

아니면 처음부터 이길 생각이었던 걸까.

여기까지 이끈 건 반을 위로 올릴 시기라고 판단해서일 뿐일까.

의문이 계속해서 떠올랐다가 사라졌다.

사카야나기도 류엔도 이치노세도 전체적인 상은 눈에 보인다.

어떤 인물이고 어떤 행동 이념을 가졌는지.

하지만 아야노코지한테서는 그게 보이지 않는다.

성가신 존재.

"일단 난 아직 정보가 더 필요해. 아야노코지 그리고 그 주변 사정을 다시 파 볼 작정이야."

"그거야 네가 하고 싶은 대로 하면 되지."

아야노코지를 염탐하고 정보 수집을 하지 말라고는 사카야나기가 명령한 적이 없다.

궁금한 게 있으면 알아서 움직이면 그만이라고 카무로도 생각했다.

실제로 오늘 확보한 녹음 파일은 앞으로 치를 싸움에 도움이 될 것이다.

하지만 동시에 문득 그런 생각이 들었다.

작년에 일찍부터 사카야나기가 카무로한테만 아야노코지에 대해 알아보라는 지시를 내렸다는 것을.

그 시점에서 아야노코지의 역량을 얼마나 파악하고 있

었던 걸까.

"그런데 마스미 짱, 무슨 일이든 상의가 제일이라는데 말이지."

하지만 그 단계에서 아야노코지의 실력을 어떻게 알아차릴 수 있단 말인가?

여기서 카무로는 한 가지 가능성을 떠올렸다.

어쩌면 사카야나기는 우리가 상상도 못 할 때부터 이미 아야노코지의 실력을 알고 있었다……?

"어~이, 마스미 짜~앙?"

눈앞에서 손을 팔랑거리자, 다른 생각에 푹 빠져 있던 카무로가 그 손을 힘껏 뿌리쳤다.

"……뭐 하는 거야."

"아니, 멍 때리고 있으니까. 지금부터 중요한 이야기를 할 건데."

일단 생각을 중단한 카무로는 하시모토의 말에 귀를 기울였다.

"왠지 불길한 예감이 드는데."

"아야노코지한테 접근하는 거, 도와줄 수 없을까? 같이 하자고."

"……내가 왜?"

"난 분명히 경계하고 있을 거란 말이야. 잘못했다간 류엔한테 이래저래 휘둘릴지도 모르고."

"그건 내가 있어도 마찬가지 아니야? 아니, 내가 있어도 아야노코지는 경계할 거야."

"상대가 두 배로 늘어나면 그만큼 아야노코지의 경계심도 늘어나겠지만, 우리 쪽의 눈과 귀가 4개가 되면 주울 수 있는 정보도 배가 된다고. 안 그래?"

"네 제안에 응해줄 순 있는데 조건이 있어."

"오, 뭔데, 뭔데?"

"두 번 다시 마스미 짱이라고 부르지 않을 것. 이건 절대 조건."

"……오, 오케이. 카무로 짱…… 이렇게 부르는 건 괜찮겠지?"

이제 교섭 성립인가 생각했는데 카무로의 말은 거기서 끝나지 않았다.

"그리고 또 하나. 아야노코지한테 접근하는 건 나 혼자야."

"카무로 짱만?"

그 제안에 하시모토가 의아한 표정을 지었다.

"내가 너랑 같이 있는 걸 알아차리면 괜한 오해가 생길 수 있잖아."

"그건 부정 못 하겠지만."

아야노코지의 경계심이 높아질 것을 우려해 혼자 행동하고 싶다고 나왔다.

하시모토에게 그건 그다지 달가운 제안이 아니었다.

"네가 알고 싶은 걸 알아내 올게. 그러니까 그렇게 타협하자."

하지만 여기서 억지로 동행하겠다고 나왔다간 카무로는 가차 없이 모두 없던 일로 할 것이다.

게다가 무슨 까닭인지 마스미라는 호칭도 거부했다.

2년 가까이 알고 지낸 만큼 하시모토 역시 카무로를 잘 파악하고 있었다.

"뭐…… 어쩔 수 없네. 오케이, 그럼 손잡는 거다."

여기서는 동의하는 걸로 하고, 하시모토가 오른손을 내밀었다.

하지만 카무로는 손을 잡지 않고 싸늘한 시선만 보냈다.

"여전히 쌀쌀맞네. 나, 카무로 짱을 꽤 좋아하는데?"

"여자친구 있으면서 그런 말을 잘도 하네?"

"아, 그럼 헤어지면 나랑 사귀어 줄 거야?"

"싫어."

아차차, 하고 이마를 누르면서 차였다고 슬퍼하는 하시모토. 시종일관 엷은 미소를 짓고 있어서, 그 익살극을 상대해주는 카무로가 고개를 절레절레 흔들었다.

"이만 갈래."

"나와줘서 고마웠어. 아, 그래도 결행할 날짜랑 시간은 확실하게 알려주라."

그 점만은 신신당부하는 하시모토였다.

2

같은 날, 학생들이 각자의 의도대로 움직이고 있는 하루.

그런 것을 알 턱 없는 나 역시 오늘이라는 하루를 색다른 멤버들과 보내게 되었다. 크리스마스도 지나가고 12월 26일.

이날은 1년 중 케이크가 제일 안 팔리는 날로 알려져 있다.

아니, 정확하게는 안 팔리는 날로 유명했던 시기가 있다는 표현이 맞으려나.

여러 가지 설이 있는 듯하지만, 그 이유 중 하나는 크리스마스가 지났다는 것. 일본인은 크리스마스를 기점으로 관심사를 1월 1일 설날로 바꾸는 속도가 빠르기 때문이다.

요즈음에는 꼭 무슨 행사가 있을 때가 아니라도 케이크를 먹는 경향이 생긴 듯하지만, 그래도 일 년 중에 비교적 잘 팔리지 않는 날이 있는 것은 변함이 없다.

최근에는 반값 등 할인하는 케이크를 노리고 의도적으로 26일에 사는 사람도 적잖이 나오고 있다나 뭐라나.

아침에 잠에서 깬 나는 별다른 생각 없이 오늘 하루는 방에서 보낼 계획이었다.

이제 슬슬 케이가 회복할 때가 다가왔기 때문이다.

열은 이미 떨어져서 조금씩 움직일 수 있게 되었다고 한다.

앞으로 케이가 나와의 관계 회복을 바란다면 예전과 같은 사이로 돌아가겠지.

방은 충분히 깔끔하지만, 그래도 보이지 않은 곳에 티끌과 먼지가 있겠지.

오늘은 그걸 철저하게 청소해서 깨끗하게 만들 것이다.

미리 준비해 둔 청소용품을 테이블 위에 쭉 늘어놓고 전투태세를 갖추었다.

이렇게 아침부터 나의 고독한 싸움이 시작되었다.

가구를 이동시키고 걸레로 닦은 후 알코올 소독 등도 꼼꼼히 해나갔다.

물론 방이 끝나고 나면 화장실, 욕조 그리고 옷장이다.

마지막으로 부엌까지 완벽해졌을 무렵에는 밖에 저녁놀이 드리워져 있었다.

지금은 눈이 내리지 않지만, 아직 쌓인 눈이 녹을 기색은 없었다.

"크리스마스 케이크 팔고 남은 게 있으려나."

이제 곧 26일도 끝난다.

이날까지 못 판 케이크는 유통기한 때문에라도 많이 폐기되겠지.

일단 싸게 팔고 있는지 알아보러 가볼까?

홀 케이크까지는 아니고, 혹시 조각 케이크를 싸게 팔고 있으면 사봐도 좋겠다.

그런 생각에 몸을 일으킨 나는 저무는 해를 바라보면서 케야키 몰로 향했다.

3

저녁의 케야키 몰은 또 다른 일면을 보여주었다.

크리스마스가 지난 것도 있어서 이미 곳곳에 트리 등은 치워서 없었고, 역시 새해맞이 준비에 들어간 모습이었다.

케야키 몰에는 케이크 전문점이 없다.

그래서 몰 안에 있는 마트의 케이크 코너로 향했다.

그런데──.

"없네."

늘 파는 케이크는 진열되어 있었지만, 할인 품목은 찾아볼 수 없었다.

크리스마스 특설 코너도 철거되어서 홀 케이크조차 보이지 않았다.

전부 팔린 걸까, 이미 다 치워버렸나.

원래 학교 부지 내에서는 올 손님의 숫자가 한정적인 만큼 괜히 많이 들여놓진 않을지도 모르겠군.

꼭 사고 싶었던 것은 아니지만, 막상 없으니까 좀 아쉽긴 했다.

그렇다고 억지로 제값 주고 사 갈 정도까지는 아니다.

헛걸음한 셈이지만, 여기서 괜한 지출을 하고 싶지는 않았다.

일단 뭐 필요한 것이 없는지 마트 안을 두세 바퀴 돈 후

결국 빈손으로 나왔다.

"아야노코지 군."

케야키 몰에서 나가려는데 옆에서 누가 불렀다.

벤치에 앉아 이쪽을 향해 손을 흔들고 있는 사카야나기였다.

"이제 돌아가나요?"

"어."

"15분 정도밖에 안 지난 것 같은데요."

"보고 있었어?"

"기숙사에서 나가는 모습을 봤어요."

그렇군. 그런 거라면 빨리, 게다가 빈손인 나에게 말을 걸고 싶어지는 것도 무리는 아닐지 모른다.

케이가 독감에 걸려 앓아눕는 바람에 크리스마스를 그냥 보냈다는 사실.

케이크를 싸게 먹을 수 있을지도 모른다는 생각으로 마트에 왔다는 이야기를 들려주었다.

"그랬군요."

"타이밍을 놓쳐서 그대로 어영부영 끝난 느낌이지."

24일은 그렇다고 치고 25일에도 먹지 못했으니 올해는 틀렸다고 봐야 한다.

"오늘은 아쉽지만, 내년에 먹는 수밖에."

"후후."

벤치에 앉은 채 사카야나기가 교양 있게 웃었다.

"왜 웃어?"

"내년에 이 학교에서 케이크를 먹을 수 있다는 보장은 그 누구에게도 없잖아요. 아닌가요?"

"……듣고 보니."

"특히 아야노코지 군의 경우, 부모의 품으로 돌아가면 케이크와 거리가 먼 생활이 기다리고 있겠죠."

"생일에도 케이크는 못 받겠지."

지금이라도 발길을 돌려 다시 마트에 가야 할까.

내 그런 얕은 생각을 못 꿰뚫어 볼 사카야나기가 아니겠지, 지팡이를 들고 일어섰다.

"참고로 말씀드리는데 마트에서 파는 케이크는 추천하지 않아요."

"그래?"

"이런 말 어떨지 모르겠지만, 어디에나 있는 양산품이니까요. 역시 전문 파티쉐가 만든 케이크가 아니면 좀."

"하지만 케이크를 파는 곳이 몇 없잖아."

"편의점에 의외로 맛있는 게 있긴 하죠."

그래? 그러고 보니 예전에 사카야나기가 가져왔던 몽블랑이 편의점 거였지.

"역시 만족할 만한 맛을 원한다면 주문하는 수밖에 없겠죠."

걸음을 뗀 사카야나기가 나를 스쳐 지나가던 위치에서 멈추었다.

"혹시 어떠세요? 잠깐만 같이 따라가 주실 수 있나요?"

"어디 가는데? A반 리더랑 단둘이 걸으면 너무 눈에 띌 것 같은데."

"안심하세요. 둘만의 시간은 곧 끝나니."

그렇게 말하자마자 사카야나기가 나와 다른 방향을 보며 가볍게 손을 들었다.

그러자 사카야나기를 발견한 남학생이 잰걸음으로 다가왔다.

"미안해요, 사카야나기 씨, 오래 기다렸어요?"

"지각이에요. 하지만 덕분에 즐겁게 시간을 때울 수 있었으니까 괜찮은 걸로 하죠."

그 즐거운 시간 때우기란 나와의 잡담을 가리킨다고 봐도 좋을 듯하다.

"사나다 군은 아야노코지 군이랑 얘기 나눠본 적 있나요?"

"아뇨, 실은 오늘이 처음이에요."

나에게 정중히 인사한 사나다가 그렇게 대답했다.

같은 학년인 만큼 본 적은 수없이 많다. 하지만 이렇게 얼굴을 마주하고 이야기 나눌 기회는 지금까지 없었으니 사나다가 말한 것처럼 이번이 처음이다.

이름은 사나다 코세이. OAA는 아래와 같다.

학력 A
신체 능력 C+

기지 사고력 B+

사회 공헌도 B+

종합 능력 B

2학년에서 극소수 학생들만 획득한 학력 A 평가로 무척 우수한 인물이다.

신체 능력도 평균, 나머지 요소도 평균 이상으로 이렇다 할 약점도 없었다.

이렇게 우등생인 사나다지만, 사카야나기와 함께 있는 모습은 지금까지 본 적이 없다.

최근에 와서 A반 학생들을 많이 접하게 되면서 새삼 생각한 건데, 그동안 사카야나기네 반 학생들과의 접점이 얼마나 없었는지 다시금 인식한다.

적어도 두 사람이 우연히 같은 자리에 있는 건 아닌 듯하다.

"아야노코지 군과 한번 얘기해보고 싶었습니다."

말투가 정중하고 대하는 태도도 부드러웠다.

그렇게 흥미를 보이니 기분이 썩 나쁘지 않다.

"그래?"

사나다에게 주목받을 만한 일은 별로 한 적 없는 것 같은데.

"어머나, 그렇군요. 어떤 부분이 시선을 끌던가요?"

사카야나기가 내 마음을 대변해서 사나다에게 물었다.

"요즘에 B반에서 특히 두각을 나타내고 있고, 또——."

미소를 유지한 채 사나다가 가까이 다가왔다.

그리고 내 오른팔을 슬쩍 잡더니, 옆에 선 사카야나기에게서 떼어내듯 거리를 두게 했다.

"실례지만, 사카야나기 씨와는 어떤 관계이신지?"

"어떤? 딱히 아무 사이도 아닌데."

"이 사람은 2학년 A반의 리더입니다. 의미도 없이 가까이할 수 있는 사람이 아니죠."

나를 적으로 강하게 인식하고 있는 걸까.

정중한 말투의 이면에서 정체 모를 분노, 아니 경계심이 배어 나왔다.

"이 사람이 이성과 일대일로 친하게 있는 모습도 이해가 안 됩니다."

재미있는 표현이네. 그건 아닌데, 하고 말하고 싶지만 어렵다.

사카야나기는 개인행동을 별로 하지 않는 인상이고, 실제로 여러 명이 함께 다니는 비율이 높다.

일대일로 사카야나기가, 그것도 이성과 있는 경우는 몹시 드물다.

같은 반 학생이라면 흔히 보이는 광경일지 몰라도 다른 반 사람은 사실관계를 파악하기 어려우니.

아니, 너무 깊이 생각하지 않는 게 좋다.

내가 사나다의 표현을 마음대로 받아들인 것뿐, 실제로

얼마나 의도적으로 한 말인지와는 다른 문제다. 오히려 그가 의도적으로 말을 내뱉은 거라면 나는 아무것도 모르는 벽창호를 연기하는 게 가장 쉽다.

"작년 학년말 시험 때 대화할 기회가 생겼어. 그 이상도 그 이하도 아닌 관계야."

여기서는 안전한 대답으로 어물쩍 넘어가 둔다.

질문의 의도가 뭐든, 이게 최선의 선택이다.

"그렇군요, 알겠습니다. 죄송합니다, 좀 무섭게 물어봤네요."

"괜찮아."

"남자끼리 쌓인 이야기는 다 끝났나요?"

"네. 아야노코지 군, 괜찮으시면 잠깐 어디 좀 같이 가주실 수 있을까요? 물론 사카야나기 씨가 허락해 주신다면 말이지만."

"음?"

"어머, 이런 우연이 다 있네요, 사나다 군. 저도 같이 가자고 제안하던 참이랍니다."

잘 모르겠지만 사카야나기와 사나다의 생각이 일치했는지 서로 마주 보고 웃었다.

나는 두 사람을 따라 출구에서 멀어져 다시 몰 안을 걸었다.

"여기예요."

잠시 후 도착한 곳은 잡화점.

특히 여자들이 좋아하는 소품을 파는 인기 가게였다.

A반의 두 사람은 망설임 없이 가게 안으로 들어가 뭔가를 찾기 시작했다.

"아야노코지 군, 잠시만 기다려 주세요. 가게를 구경하고 계셔도 좋고요."

구경해도 좋다지만, 자세한 설명도 못 들은 나로서는 옆에서 지켜보는 수밖에 없다.

조용히 대화를 나누는 두 사람의 목소리는 가게에 흐르는 BGM도 있는 탓에 잘 들리지 않아서, 대화에 끼지도 못하고 별수 없이 거리를 벌렸다.

그렇게 별 의미도 없이 가게를 둘러보며 시간을 죽였다.

5분, 10분 기다려도 두 사람의 대화는 점점 활기를 띠고 쇼핑이 끝날 기색이 없었다.

하염없이 기다리기만 하면서 더는 가게에서 구경할 것도 없어졌을 무렵.

상황을 확인하려고 다가가자 마침 사나다가 허둥지둥 주머니에 손을 넣었다.

"죄송해요, 잠깐 전화 좀 하고 올게요."

사나다는 정중하게 양해를 구한 후 가게 밖으로 나가 걸음을 멈췄다.

"오늘 저, 사나다 군과 데이트를 했답니다. 크리스마스에도 그랑 보냈어요."

"그랬군. 처음 들어."

데이트 같은 분위기가 조금 나긴 했는데, 이건 뜻밖의 새로운 사실이로군.

그런데 지금까지 사카야나기에게 그런 상대가 있는 줄 몰랐다.

크리스마스가 다가오면서 관계에 큰 변화가 일어난 사건이라도 있었을까, 아니면 예전부터 가까운 사이를 유지하고 있었지만 공개하지 않았던 걸까.

"그런데 괜찮아? 이렇게 당당하게 같이 있어도. 소중한 존재라는 사실이 알려지면 앞으로 네 약점으로 잡고 덤빌 사람이 나타나도 이상하지 않은데."

자신을 지키는 것과 다른 사람을 지키는 것의 난도는 차원이 다르다.

특히 사카야나기는 스스로 움직일 수 있는 범위가 넓지 않은 만큼 선수를 빼앗길 가능성도 적지 않다.

"물론 네가 그만큼 자신 있다는 건 알겠지만…… 왜?"

내 분석에 사카야나기는 입을 꾹 다물고 나를 가만히 응시했다.

아니, 응시한다기보다도 화난 건가?

"그냥 농담이었는데 모르셨나요?"

"뭐가?"

"뭐가, 가 아니에요. 저랑 사나다 군은 데이트 약속을 한 게 아니에요."

"어?"

말이 완전히 달라서 이해되지 않아 혼란스러워졌다.

"죄송합니다, 사카야나기 씨, 기다리시게 했네요."

통화를 마친 사나다가 사과하며 천천히 이쪽으로 돌아왔다.

"어떻게 됐나요?"

"네. 약속 잡았습니다."

약간 수줍은 얼굴로 자기 뺨을 살짝 쓰다듬으며, 기쁜 미소를 지었다.

"통화한 사람은 1학년 B반의 미야 씨. 기쁘게도 얼마 전에 사나다 군과 사귀기로 한 학생이에요. 그런 그녀에게 뭘 선물하는 게 좋을지 어려워하고 있어서 제가 상담을 좀 해드렸답니다."

처음에 들은 이야기와 전혀 다르다. 아무래도 그게 농담이었던 모양이다.

뭐가 재미있는지 하나도 모르겠지만 따질 분위기도 아니니 그냥 넘어갈까.

"심사숙고해서 고른 선물을 크리스마스에 선물했는데, 바로 4일 후가 그녀의 생일이라. 저는 그냥 합친 걸로 하고 싶은데, 사귄 지 얼마 되지도 않았으니까 따로 축하하는 게 낫나 싶어서."

그런 거였나.

하긴 크리스마스와 같은 연인들의 일대 이벤트랑 생일이 가까우면 어떻게 축하하고 기념해야 좋을지 고민이 될지도 모르겠다.

합하면 편하지만, 그런 방식을 상대가 반기지 않을 가능성도 있다.

"그나저나 후배 여자친구라니. 어떻게 사귀게 된 거야?"

"동아리에서 만났습니다. 저는 취주악단에 들어가 있는데, 거기 후배예요."

그렇군. 문화부 쪽에는 친구가 거의 없어서 몰랐다.

동아리에서 시간을 공유하면서 서로 알아가고 사이가 깊어졌다는 건가.

"그런데 사카야나기도 그런 상담을 해주는구나."

"제가 적임자라고는 생각하지 않지만, 사나다 군은 지금 사귀는 걸 비밀로 하고 있어서. 동아리에 이런저런 사정이 있나 보더군요."

아직 약간 마음에 들지 않는 듯한 시선을 보내면서 그렇게 대답했다.

선후배가 사귀면 안 된다거나 입부 후 일정 기간 연애 금지라거나, 잘은 모르겠지만 그런 제약이라도 있는 건가.

물론 있다고 해도 학교 규칙이라기보다 학생들끼리 정한 암묵적인 규칙일 가능성이 크다.

만약 명문화되어 있다면 취주악단에만 적용하는 게 말이 안 되니까 말이다.

"역시 사카야나기 씨라고 할까요, 그게, 눈치채버리셔서."

예리한 사카야나기가 자기 반 학생의 변화를 알아차리

고는 아마도 정보를 모았으리라.

그래서 사나다도 이렇게 된 이상 의지하기로 한 듯했다.

"자초지종은 알겠어. 그런데 난 왜 같이 오자고 거야?"

어떠한 충고를 바랐다면 납득이 갈 수도 있겠지만, 상담을 전혀 하지 않았고 자기들끼리 선물도 골랐다.

"그게……."

살짝 곤란한 표정을 짓는 사나다를 대신해 사카야나기가 진실을 털어놓았다.

"제가 아야노코지 군을 좀 놀리고 싶었거든요."

"혹시 아까 말했던?"

"네. 아쉽게도 아야노코지 군은 놀라지도 의심하지도 않으셨지만."

다소 놀라긴 했지만 의심하진 않았다.

애당초 사카야나기가 누구랑 사귀든 말든 별로 관심도 없으니까.

"곧이곧대로 믿지 마세요. 아야노코지 군한테 같이 와달라고 한 건 데이트로 보이고 싶지 않아서랍니다. 혹시라도 미야 씨가 저랑 사나다 군이 둘이서 걷는 모습을 보면 뭐라고 생각하겠어요?"

"오해할 수도 있겠네."

거기에 내가 섞이면 남자 둘에 여자 하나.

데이트가 아닌가 하는 의심을 그 후배 여자친구가 할 일은 없어지는 건가.

"더 일찍 다른 사람한테 제안하면 더 나았겠지만, 그렇게 되면 또 사나다 군한테 여자친구가 있다는 사실이 노출될 수 있으니까요. 당일에 우연히 마주친 걸로 하고 누군가에게 부탁해 볼 생각이었어요."

그 희생자가 내가 된 흐름 같다.

이야기를 시작한 게 정답이었는지 오답이었는지.

그래도 이번에 사나다와 이렇게 알게 되었으니 정답이라고 해도 될까.

선물이 뭔지까지는 보지 못했지만, 품에 소중히 안고 있었다.

그만큼 여자친구를 소중하게 여긴다는 거겠지.

"사나다 군, 힘내세요."

"네, 고맙습니다, 사카야나기 씨."

방금 산 선물을 가슴에 안은 사나다가 머리를 숙였다.

기뻐하며 걸어가는 사나다의 등은 올곧았는데, 지금 당장 여자친구가 있는 곳으로 달려가려는 건지도 모른다. 생일도 되기 전에 못 참고 줘버린다거나?

"그렇지, 아야노코지 군. 그러면 오늘은 케이크 사는 걸 포기하셨다고 봐도 될까요?"

"어? 응, 그러려고. 하지만 기왕 여기까지 왔으니까 돌아가면서——."

"지금 편의점 디저트는 추천 안 해요. 이 시기에는 맛이 별로거든요."

편의점에 들러보려고……라는 말을 내뱉기도 전에 고마운 조언을 받았다.

"저라면 그냥 돌아가고 내년에 다시 도전하겠어요. 여기서 타협해버리면 뭐랄까—— 가여운 사람이 되는 거예요."

고작 케이크 하나. 언제 어디서 먹든 개인의 자유라고 생각했는데, 그 생각이 싹 사라졌다.

"……그렇게 하는 게 좋겠군."

여기서 강행했다간 사카야나기가 가여운 사람이라는 꼬리표를 붙여버리고 말 것 같으니까.

4

결국 이날, 나는 케이크를 사지 않고 기숙사로 돌아왔다.

그리고는 잡념을 떨쳐버리듯, 앞으로 다가올 1월 1일 설날에 대해 인터넷으로 공부했다.

작년에는 깊이 생각하지 않고 그냥 보내버려서 조금 후회가 남았기 때문이다.

그럴듯한 뭔가를 새해에 해도 좋을 것 같다.

화이트 룸에서는 새해를 축하하는 떡 하나조차 나오지 않았으니까.

이것저것 알아보면서 저녁을 다 먹은 8시 무렵.

이제 그만 씻을까 고민하고 있는데 전화가 한 통 걸려

왔다.

『여보세요, 아야노코지 군.』

"이 시간에 사카야나기한테 전화가 올 줄은 몰랐는데."

『일단 확인해보고 싶어서요.』

"말해두는데 가여운 사람은 되지 않았어."

농담 삼아 먼저 대답했다.

『후후, 그렇군요. 아야노코지 군은 가여운 사람이 아니니까요.』

수화기 너머의 반응을 보건대 그걸 알아볼 목적도 정말 있었던 걸까?

"내년의 즐거움으로 남겨두려고."

억지 쓰지 않고 솔직하게 긍정적인 마음을 전했다.

『그렇군요.』

수화기 너머로 기쁜 듯 웃는 사카야나기.

『이건 다른 이야기인데, 카루이자와 씨는 좀 괜찮아지셨나요?』

"열은 내린 것 같아. 앞으로 이틀만 더 쉬면 돼."

열은 떨어졌어도 규칙상 해열 후 이틀은 밖에 나오지 않고 방에 있어야 한다.

『그렇군요, 저한테는 잘된 일이네요. 그럼 지금 저를 좀 만나주실 수 있나요?』

"지금? 별로 상관은 없지만 무슨 일인데?"

『그건 만나서 알려드릴 테니 기대하세요. 방으로 찾아가도 될지?』

"내 방에 오려고?"

『지금 갑자기는 좀 곤란한가요?』

"아니, 딱히."

『그럼 갈게요.』

그렇게 대답하자마자 전화가 뚝 끊겼다.

꽤 난폭한 통화 종료법이라고 생각할 겨를도 없이, 부드러운 노크 소리가 들렸다.

"그런 건가."

자리에서 일어나 현관문을 여니 전화한 주인공, 사카야나기가 서 있었다.

"어디 갔다 와?"

자기 방에서 왔다고 하기에는 옷을 꽤 껴입은 모습이었다.

게다가 어깨와 모자 등에도 눈이 조금 묻어 있었다.

"메리 크리스마스. 산타의 등장이랍니다."

눈이 마주치자마자 사카야나기가 한 손에 들고 있던 작은 상자를 내밀었다.

내가 그것을 받아 들자 만족스럽게 고개를 끄덕였다.

그나저나 자신을 가리켜 산타라고 할 줄이야.

"오늘은 이미 26일 밤인데. 꽤 늦은 산타클로스의 등장이군."

"산타클로스의 모델은 성 니콜라우스. 그는 터키 남부 연안의 지역에 살고 있다죠. 선물을 다 보낸 후에 썰매를 타고 일본의 이곳까지 오려면 다소 늦어져도 어쩔 수 없지 않겠어요."

바보같이 다 믿는 건지 아니면 그냥 장난인지 모르겠지만, 그렇게 대답했다.

"지금까지도 그렇고 앞으로도 그렇고, 그런 독특한 반론을 펼치는 사람은 사카야나기 너뿐일 거야."

현관에 계속 세워두기도 미안하니 우선은 방에 들이기로 했다.

"그럼 사양하지 않고 실례할게요."

"그래서? 늦게 온 산타께서는 무슨 일로?"

"이미 짐작하셨겠지만, 크리스마스 케이크를 가져왔어요. 산타를 자청했으니 그냥 선물로 받으시면 돼요."

"뭐, 상자를 보고 그런 것 같긴 했는데, 강한 데자뷔가 느껴지네."

어쩌면 사카야나기는 그때부터 이 순간을 계획했던 것일까.

"네, 바로 그게 이유예요. 다른 케이크를 가져오겠다고 약속했잖아요."

생각해 보니 그때, 몽블랑이 별로 취향이 아닌 것을 알고 다음에 다시 도전하게 해달라고 하긴 했었지⋯⋯.

"그게 오늘인 건 우연이 아니지?"

"물론이죠. 아야노코지 군이 케이크를 먹고 싶어 하셔서 좋은 기회라고 생각했어요. 편의점 디저트를 추천하지 않앉던 것도 혹시 겹칠까 봐 피하려고 한 거고요."

"그래서 그렇게 말해서 억지로 발길이 멀어지게 했구나."

"네. 딱 제 전략대로 되었답니다."

만약에 편의점에 들러서 그 케이크라도 사 먹으려고 했다면 사카야나기가 케이크를 가져왔을 때 과연 맛있게 먹을 수 있을지 살짝 불안했겠지.

"크리스마스 때 혼자 보내신 모양이니, 구제해드리려고요."

"괜찮아? A반 리더가 이 야심한 밤에 남자 방에 와 있어도."

"만약 들키더라도 곤란한 사람은 아야노코지 군이니까요."

그건 부정할 수 없다. 사카야나기가 강제로 밀어닥쳤다고 말해봐야 쏟아질 비난의 양은 틀림없이 내 쪽이 더 많을 것이다.

"그리고 아직 저녁 8시. 겨울방학이니 그리 놀랄 만한 시간도 아니잖아요?"

"그럴지도."

"여전히 방을 깔끔하게 쓰고 계시네요. 놀라워요. 몇몇 여학생 방에 간 적 있었는데, 이 정도로 청결하게 유지하는 분은 없었거든요."

그렇게 칭찬한 후 사카야나기가 내게 양해를 구하고 침대 위에 앉았다.

그리고 입고 있던 겉옷을 벗었다.

"만약에 나를 오늘 못 만났으면 어떻게 하려고 했어?"

자고 있거나 외출했거나, 예상할 수 있는 패턴은 얼마든지 있었을 터다.

"크리스마스와 상관없는 타이밍에 찾아올 계획이었어요."

오늘이었던 건 단순히 우연이었다는 뜻인가.

카루이자와도 고려한 듯하고.

"이미 아시겠지만, 케이크는 두 개 준비했답니다."

상자를 들었을 때 케이크 한 개의 무게가 아닌 것 같긴 했다.

여기서 같이 먹고 돌아갈 생각인 모양이다.

"그럼 마실 거 내올게. 저번에 그거면 돼?"

"감사히 기다릴게요."

전에 줬던 커피를 끓이려고 부엌으로 갔다.

"갈수록 그럴듯하네요, 부엌에 서 있는 모습이."

"기숙사 생활을 계속하다 보면 아무래도 요리할 기회가 늘어날 수밖에."

"그건 마음먹기 나름 아닌가요? 편의점이나 학식, 돈이 없어도 끼니를 해결하기에는 어려움이 없는 환경인데."

"……그럴지도 모르지. 단순히 내가 요리하고 싶을 뿐일 수도."

"화이트 룸에서는 생각도 못 할 일이니까요. 하지만 아쉽네요. 아야노코지 군이 프로급 실력을 갖추게 되셔도 졸업하고 나면 그걸 살릴 데가 없으니까요."

케야키 몰에서도 그랬지만 오늘은 꽤 자주 그쪽 화제를 꺼내고 싶어 한다.

"사실이긴 한데, 내 속을 떠보고 싶은 거야? 네가 화이트 룸의 모든 실정을 다 알고 있지는 않겠지. 사카야나기 이사장도 딸한테 쉽게 정보를 흘리진 않을 테고."

등을 돌리고 있어서 사카야나기의 표정은 보이지 않았지만, 분명 웃고 있겠지.

"물론 제 말은 상상의 범주에 불과해요. 말씀하셨듯이 화이트 룸의 상세한 사정을 파악하고 있는 것도 아니죠. 하지만 정답은 아닐지언정 완전한 오답도 아니지 않나요?"

"그래. 난 졸업 후에 혹은 퇴학 후에 화이트 룸으로 다시 돌아가 지도자를 맡게 되겠지. 그래서 쓸모가 다할 때까지 계속 후진을 양성해야 하겠지."

불과 얼마 전까지만 해도 그걸 의심하지 않았다.

하지만 지금은, 그러한 결말에 조금이나마 의문을 느끼고 있다.

이 학교에서 3년을 보내게 함으로써 얻는 이익과 불이익. 그것들을 저울에 달아보았을 때 아무리 생각해도 불합리한 구석이 있다.

물론 바깥 사정은 모른다. 화이트 룸은 다시 원래대로 돌아가고 있다고 그 남자가 말했었지만, 실태를 파악할 수 없는 이상 그 말이 진실인지 거짓인지 여기서 확인할 길은 없다.

커피를 가져가면서 얇은 그릇 두 장도 같이 준비했다.

케이크를 옮겨 담기 위해서다.

"그런데 케이크 맛은 기대해도 돼?"

"아야노코지 군의 취향은 모르겠지만, 이번에 별로였으면 또 다음 기회를 만들면 그만이니까요. 오히려 별로여야 또 도전할 수 있으니 더 좋을 것 같기도 하고요."

설마 맛이 없어도 만족한다는 식으로 말할 줄이야.

지금은 거짓말이라도 맛있다고 대답하는 게 좋을지 모르겠군.

"연기는 꿰뚫어 볼 자신이 있답니다."

"미리 읽지 말라고."

"아야노코지 군의 일상적인 사고 회로는 참 파악하기 쉬워서 좋다니까요. 아주 단순명쾌해요."

내가 아직 평범한 학생 2년 차, 풋내기임을 잘 알고 있는 사카야나기. 학교생활, 외적 요소로부터 받는 영향력까지 다 계산하고 고려한 모양이다.

상자를 열어보니, 케이크의 정석이라고 할 수 있는 쇼트케이크 2개가 나란히 들어 있었다.

"이건 어디서 샀어? 미리 준비했던 건 아니지?"

상자에 회사 로고로 보이는 것도 찍혀 있었다.

편의점이나 마트에서 평소에 파는 케이크로는 도저히 보이지 않았다.

"좀 특수한 사정이 있었답니다. 직전까지만 해도 편의점 디저트를 사서 찾아올 계획이었는데, 도중에 케야키 몰에서 돌아오는 길이던 같은 반 사와다 씨와 마주쳤어요. 예약했던 유명 가게 케이크가 폭설 때문에 늦어지면서 오늘 오고 말았대요. 그런데 크리스마스 때 그냥 포기하고 이미 케이크를 먹어버려서 어떻게 할까 고민하면서 돌아오는 길이었다고—— 그렇게 된 거랍니다."

"그러니까 맛있어 보이는 케이크를 사와다한테 강탈했다는 건가?"

그런 우연도 정말 있단 말인가.

아니, 다른 사람도 아니고 사카야나기다. 어쩌면 그 정보를 미리 입수했을 수도 있다.

그걸 캐묻는 건 촌스럽지만.

"값은 프라이빗 포인트로 잘 치렀으니까 걱정하지 마세요. 사와다 씨가 이 두 개를 혼자 다 먹으려고 했는지, 아니면 특정 누군가와 나눠 먹으려고 했는지는 제가 알 길이 없지만요."

모르는 곳에서 사랑을 키워가는 학생은 상상보다 많을지도 모르지.

나는 사카야나기에게 받은 케이크를 맛보기로 했다.

쇼트케이크는 몇 번 먹어본 적 있지만, 유명한 곳이라고 강조하는 만큼 크림부터 다른 느낌이 들었다. 지난번 몽블랑보다 훨씬 맛있었다.

"입맛에 맞으시나 봐요."

"아직 아무 말도 안 했는데."

들켰다고 생각하면서도 손을 멈추지 못하고 한 번 더 입으로 가져갔다.

"말씀 안 하셔도 알아요. 제가 고른 게 아니어서 마음이 좀 복잡하긴 하지만."

그렇게 대답한 사카야나기도 케이크를 한 입 먹고는 만족스럽게 고개를 끄덕였다.

"그런데 맛은 정말 훌륭하군요."

인정해야 할 부분은 인정하는 모습을 보여준 사카야나기는 정말 행복해 보였다.

별다른 대화 없이 둘이서 케이크를 다 먹고는 숨을 토했다.

그러다 시계가 9시를 가리킬 때쯤 사카야나기가 입을 열었다.

"잠깐 밖을 걷지 않으실래요?"

"밖?"

거절할 수도 있지만 이제 남은 할 일이라고는 씻고 자는 것뿐.

그전에, 경험할 기회가 얼마 없는 눈 내리는 길을 산책하는 것도 나쁘지 않다.

"나쁘지 않지."

거절할 이유도 특별히 없어서 제안을 받아들이기로 했다.

무엇보다도 아직 사카야나기한테 하고 싶은 이야기가

남아 있는 것처럼 보였기 때문이다.

"그럼 먼저 나가 로비에서 기다리고 있을게요."

내가 옷 갈아입는 것을 고려해, 사카야나기가 지팡이를 짚고 일어섰다.

그럼 준비하고 뒤따라가기로 하자.

5

기숙사 로비에 서서 기다리던 사카야나기와 합류해 함께 밖으로 나갔다.

이 시간쯤 되면 다른 학생의 모습을 바로 찾기란 어렵다.

"역시 바깥은 춥군요."

딱 이브 밤에 눈이 내리기 시작했는데, 기온이 낮은 탓에 눈이 녹지 않고 많이 쌓여 있었다.

"작년에도 흔치 않게 눈이 내린 거라더니, 2년 연속으로 쌓이네."

걷기 조금 힘든 적설량인데도 사카야나기는 힘들어하기는커녕 오히려 즐거워하는 모습이었다.

"일년내내 내리면 귀찮겠지만, 가끔 즐기기에는 멋진 환경이네요."

"불편하지 않아? 눈이 쌓이면."

"물론 보행 효율은 현저하게 떨어지죠. 하지만 걱정하실 필요는 없어요. 수학여행 때 이곳보다 훨씬 힘든 상황에서 경험을 쌓기도 했고."

자신감을 드러낸 사카야나기가 눈 쌓인 길에서 지팡이를 이용한 보행 강의에 들어갔다.

꼭 전략을 설명하는 것 같기도 하고 기쁜 것 같기도, 즐거운 것 같기도 한 말투였다.

하지만 옆에서 보기에 몹시 위태로웠다.

그렇게 생각한 순간, 사카야나기가 눈에 꽂은 지팡이를 빼내려는데 잘 빠지지 않는지 균형을 잃고 몸을 휘청했다.

잡아주려고 미리 생각하고 있었기에, 위험해지기 전에 어깨를 붙잡아 넘어지는 것을 막았다.

"위험하다고."

"후후."

넘어질 뻔해서 동요했을 줄 알았더니 사카야나기는 재미있다는 듯 웃었다.

"아야노코지 군은 그런 사람이에요."

"응?"

내가 이해하지 못한 게 사카야나기를 더욱 기쁘게 만들었을까.

"잘 걸을 자신은 있었어요. 그래도 너무 무모하게 굴면 넘어질 위험이 확실히 커지죠. 하지만 아야노코지 군이 도와줄 거라고 예상했어요."

실제로 도움의 손길을 뻗어주었으니 생각이 적중했다고.

그래서 무심코 웃은 건가.

"확실하지도 않았는데 잘도 그랬네."

구명줄이 달려 있다는 보장도 없는 상태에서 번지 점프를 시도한 것이나 마찬가지.

그래도 눈이라는 안전망이 확실하게 깔려 있으니 다칠 염려는 별로 없지만.

"그런데 나보고 이 밤에 걷자고 한 이유는 뭐야? 하고 싶은 말이 있는 거지?"

"그렇게 생각하세요?"

내가 고개를 끄덕이니 사카야나기는 여느 때와 다름없는 미소를 머금으며 이렇게 물었다.

"아야노코지 군이 보시기에 지금의 A반은 어떤 것 같아요?"

"어떤 것 같냐니?"

"장점이나 단점 같은, 느끼는 부분을 알려주시면 좋겠어요."

"그렇군. 설마 했던 질문이네."

"그런가요?"

사카야나기는 절대적 자신감을 가진 사람이다.

그래서 반의 방침에 영향을 미칠 만한 조언을 구해올 줄은 몰랐다.

"이건 이야기의 대전제인데, 내가 적에게 도움을 줄 거라고 생각해?"

"만약 아야노코지 군이 A반을 적으로 인식하고 계신다면 어쩔 수 없지요."

그건 그것대로 기쁜 일이라며 피식 웃는 사카야나기.

"하지만 대답해주실 거라고 생각해요."

"그 이유를 물어도 될까?"

"아야노코지 군이 하려는 일을 객관적으로 보면 대충 예상이 가니까요."

이미 사카야나기의 눈에는 내가 그리는 비전이 보이는 듯했다.

전부터 그런 기색을 보이긴 했지만 얼마나 자신하는지까지는 몰랐다.

"그렇게까지 단언할 정도면 A반에 대한 총평이야 내가 군이 할 것까지도 없지 않나? 아니면 보증 없이는 자기 생각에 자신이 없는 건가?"

"그건 어리석은 질문이네요."

하지만 나는 일부러 말로 하기로 했다.

A반은 사카야나기의 지도에 따라 잘 통솔되는, 효율적인 대결을 하고 있다.

버려야 할 부분은 버리고 주워야 하는 것을 줍는다.

확실하고 탄탄하게 반 포인트를 쌓아가는 반이다.

전체적으로 높은 학력, 평균적이지만 빈틈없는 신체 능력. 단점이라면 특수 기능에 정통한 학생을 아직 찾아내지 못했다는 점 정도일까.

옆에서 걷는 사카야나기는 반론하지도 않고 순순히 말을 받아들였다.

"여기까지는 솔직히 누가 대답하든 똑같아."

"그럼 아야노코지 군만의 대답도 해주시는 건가요?"

"음——."

조금 가혹한 이야기일 텐데, 사카야나기는 그걸 바라는 것처럼도 보였다.

"넌 너 자신에게 자신감이 있어. 다른 반 리더들이랑 비교해도 출중한 능력이 있지. 하지만 그래서 더 너희 반 아이들과의 관계 구축에 한 발 뒤처진 인상을 받았어."

컨트롤은 되지만 결국은 그냥 조종하는 것일 뿐이다.

A반 학생들은 좀 더 개개인의 의사를 가지는 게 좋다. 그래야 반의 향상으로도 이어진다.

그러려면 군주인 사카야나기가 반 아이들과 가까워져야 한다.

"그건 필요하지 않아요. 저는 감정을 배제하고 판단하고 싶거든요. 남과 지나치게 가까워지면 정도 생겨버리죠. 귀여워하던 애완동물을 버릴 때 망설임은 약점으로 이어지니까."

"그것도 네 자유지."

틀리지는 않았다. 그렇게 고고하고 강한 태도를 관철해 나간다면 그 역시도 훌륭한 무기다.

"그런데 마음에 걸리는 게 있어."

"뭔가요?"

"네가 나를 감시하는 이유는 뭐야? 요즘 들어서 A반의 시선을 많이 느끼는데. 궁금한 게 있으면 지금처럼 바로 물으러 오면 되잖아?"

"그건 오해예요. 저는 아야노코지 군에게 접근하라고 아무에게도 명령하지 않았어요."

그 부분을 완강히 부인했다.

"다른 누구도 아닌 아야노코지 군을 다른 사람한테 알아보게 시켜봐야 아무 의미도 없는걸요. 최근 들어서 아야노코지 군은 남들에게 주목받는 데 예전만큼 강한 저항감을 보여주지 않게 되셨으니까요. 원래 가지고 있던 능력치의 한 조각을 알아본 사람들이 자기들 멋대로 벌이기 시작한 일이겠죠. 시키지도 않았는데 몇몇이 헌신적으로 보고하더라고요."

그 내용들은 하나같이 부족해서 사카야나기에게 유익한 정보가 하나도 없었다.

그래서 아무 의미 없다고 딱 잘라 말한 것이다.

"반을 생각하는 마음에 자발적으로 움직이고 있다는 건가."

"저한테 포인트를 벌려는 의미도 담겨 있겠지만, 그게 무의미한 짓임을 깨닫지 못하는 한 아직 한참 멀었어요."

얼마나 도움이 되는 행동을 하든, 그걸로 사카야나기의 총애를 받을 수는 없다.

지팡이로 뽀드득뽀드득 눈길에 구멍을 내며 걷고 있는 사카야나기와 나. 아직 다른 사람은 보이지 않았다.

"산책은 여기까지만 하죠."

"그럼 돌아갈까."

"네. 그런데 아야노코지 군 먼저 가세요. 저는 조금만 더 밤바람을 쐬다 갈게요."

"위험하지 않겠어?"

"넘어져도 눈 위고, 여기는 설산도 아니니까요."

　하긴. 조난당해서 위험해질 일은 절대 없겠지.

"올해에는 이제 못 만날지도 모르겠네요. 연말 잘 보내세요."

"그래. 새해 복 많이 받아."

　연말 인사를 마치고 사카야나기와 헤어졌다.

　그리고 기숙사를 향해 눈길을 저벅저벅 밟기 시작했다.

　사카야나기의 걸음 소리가 들리지 않는 채로 열 걸음 정도 걸었을까.

"아야노코지 군."

　부드럽게 이름을 부르는 소리에 뒤돌아보았다.

　목도리로 입을 가리고 추워하면서도 나를 바라보고 있는 사카야나기.

"왜?"

"아야노코지 군에게 전하고 싶은 말이 있어요. 거기서 들어주시겠어요?"

"역시, 아직 본론을 꺼내지 않았네."

나와 사카야나기는 거리를 둔 채 마주 보고 다시 이야기를 시작했다.

"아직 하고 싶은 말이 있다는 걸, 알고 계셨던 거예요?"

"대충."

"저한테도 용기가 필요한 순간은 있어요. 그 용기를 낼 수 있는 게 이 정도 거리예요."

10m가 조금 되지 않는 거리.

이것이 사카야나기한테는 말을 꺼내는 데 필요한 용기라고 했다.

"저, 아야노코지 군을 좋아해요."

그런 말.

"이건 인간으로서가 아니라, 이성으로서의 감정이에요."

나는 사카야나기의 고백으로 받아들여도 틀림없는 그 말을 조용히 듣고만 있었다.

"그것만, 기억해 주시겠어요?"

"대답은 안 해도 되는 건가?"

"네. 지금 그건 바라지 않아요. 그럼 이만 돌아가셔도 좋아요."

"그래."

이대로 다시 뒤돌아 걸으려다가 그만두었다.

"하나만 말해도 될까?"

"어떤?"

"이래 봬도 나, 아마 네가 생각하는 것 이상으로 너를 높이 평가하고 있어. 그래서 물어보고 싶어."

지금 꼭 알고 싶어진 것.

"그 감정을 약점이 아니라 강점으로 바꿀 수 있어?"

현명한 사카야나기니까 무슨 말인지 잘 이해하리라.

그래서 괜한 설명은 달지 않았다.

"어리석은 질문이네요."

웃으면서 대답하는 사카야나기. 그 눈동자는 암흑 속에서도 반짝거렸고 강한 빛을 머금고 있었다.

6

아야노코지가 돌아간 후 사카야나기는 혼자 조용히 볼을 붉힌 채 미소 지었다.

"지난번, 2학기 종업식 날에 이치노세 씨와 셋이서 이야기 나눴었지요."

불쑥. 바람에 날려 사라질 것만 같은 목소리로 중얼거렸다.

"저는 그녀에게 가르쳐주는 입장. 항상 그렇게 생각해왔는데, 그게 아니었다는 걸 알게 되었어요."

사카야나기가 자신의 사랑을 완벽하게 자각한 순간이
었다.

　아무도 없는 눈 내리는 밤에, 사카야나기는 계속해서 혼
잣말을 이어갔다.

　"저는 당신을 쓰러트려야 할 적으로 인식하고 있어요."

　이것은 진실.

　틀림없는 진짜 진실.

　"타고난 천재임을 자부하는 제가 만들어진 천재인 당신
에게 질 리가 없어요."

　그것이 이념.

　"하지만 그 쓰러트려야 한다는 인식과는 또 다른 인식이
생겨났다는 걸, 알아차리셨지요?"

　이제는 보이지 않는 아야노코지의 등.

　닿지 않는 목소리를 보냈다.

　다시 한번 소리 내어 말했다.

　"나는 당신을 좋아해요."

　사카야나기에게는 길에 굴러다니는 쓰레기나 마찬가지
인 이치노세가 깨닫게 해준 사실.

　"좀 더 확실하게 마음을 전했어도 얼굴색 하나 바꾸지
않으셨겠지요?"

　더 강한 말로 얼굴을 똑바로 보고 말하지 않는 이유는

그뿐.

하지만 받아주든 받아주지 않든 두렵지는 않았다.

"그래요. 당신은 그런 사람이에요, 아야노코지 군. 사사로운 일, 고작 이 정도 일에 마음이 혼란해지는 사람이 아니지요."

보통 이런 일을 겪으면 소녀는 상처 입고 고민에 빠지겠지.

하지만 사카야나기는 그 반대였다.

오히려, 그러니까 아야노코지에게 반한 거라고 강하게 실감했다.

"당신은 저를 포함해서, 이 학교에 있는 모든 사람을 애 취급하고 있어요. 뭐든 다 자기가 생각한 대로 된다고 여기고 있고, 실제로 생각대로 해오셨지요."

한 걸음, 눈길을 걸었다.

아야노코지의 계획은 구체적으로 알고 있다.

3학년이 되면 그릴 구도.

이대로 그의 생각대로 흘러가게 내버려 두면 재미없다.

그럼 그의 계획을 망치려면 어떻게 해야 하는지, 답은 이미 나와 있다.

방해하고 싶다.

당황하는 얼굴을 보고 싶다.

자신의 계산이 미치지 못하는 영역도 있다는 걸 알게 해 주고 싶다.

감정을 끌어내고, 그런 다음 그를 망가뜨리고 싶다. 사랑하고 싶다.

"유감이네요. 당신의 계획은 여름 무인도 시험 때부터 흐트러지기 시작했답니다."

그렇게 알려주고 싶어서 참을 수 없었지만, 그건 아직 비밀이다.

모르니까, 파악할 수 없으니까 그다음이 재미있는 것이다.

"그 사실이 당신을, 생각지도 못한 방향으로 바꾸는 첫 걸음이 될 것을 약속드리죠."

미래에 그가 어떤 결단을 할지 기대되어 참을 수 없다.

"정말로 3학기가 손꼽아 기다려지네요——."

○조용한 태동

연말이 다가오는 12월 28일 아침.

베개 옆에 둔 스마트폰을 확인하니 지금으로부터 30분 정도 전인 아침 7시 무렵에 메시지 한 통이 들어와 있었다.

몸 상태가 완전히 회복되었음을 알리는 케이의 조심스러운 연락이었다.

드러누워 스마트폰을 보던 나는 일단 몸을 일으켜 엎드린 자세로 바꾸었다.

『일어났어?』

그렇게 메시지를 보내자 3초도 지나지 않아 읽었다는 표시가 떴다.

그것만 봐도 계속 스마트폰을 붙잡고 답장을 기다렸다는 걸 짐작할 수 있었다.

『응, 일어났어.』

독감에 걸린 뒤로 괜찮은지 확인하러 몇 번인가 연락은 했었지만 그게 전부.

나은 직후여서 그런지, 아니면 거리감이 생긴 게 원인인지 몰라도 문장에서 평소와 같이 높은 텐션은 느껴지지 않았고, 이모티콘도 없었다.

『오늘 일정 있어?』

그렇게 내가 먼저 보내보았다.

별다른 일정이 없다고 하면 그대로 케이를 불러낼 생각이었는데…….

『미안해. 이따가 마야 쨩이랑 같이 놀기로 했어. 아플 때 계속 위로해주고 엄청 많이 도와줘서 그 답례까지 겸해서. 안 될까?』

　안 될 리가. 그건 우선해야 마땅한 아주 중요한 일이라고 말할 수 있겠지.

　무의미하게 나를 우선해서 사토를 뒷전으로 했다간 진정한 우정이 성립할 수 없다.

　당연히 내가 찬물을 끼얹는 행동을 하지는 않을 것이다. 해서는 안 된다.

『알았어. 그럼 오늘 밤에 전화해도 돼? 9시쯤이나? 내일 이후에 이야기 나누고 싶어서.』

　함께 보낼 예정이었던 크리스마스라든지 최근 들어 거리가 조금 생겨버린 것.

　사귀는 사이끼리 얼굴을 보고 말할 것들이 잔뜩 있었다.

『응.』

　그렇게 대답한 후 바로 또 짧은 문장이 전송되었다.

『그럼 연락 기다릴게.』

　일단은 컨디션이 회복되어서 다행이다. 올해 안에 볼 수 있다는 것도 크다. 이제 내가 오늘 하루를 어떻게 보낼지 고민해봐야겠군. 아직은 일정이 비어 있는데 며칠 만에 헬스장이나 갈까, 아니면 방에서 나가지 말고 하루를 보낼까.

웬만하면 케이와 사토가 둘이 보내는 시간에 마주치는 전개는 환영하지 않는다. 그래서 머리에 떠올랐던 헬스장이라는 선택지는 지웠다. 동시에 케야키 몰도 지운다. 케이와 사토도 나를 의식해버린다면 안절부절못하는 바람에 즐겁게 보낼 수 없겠지. 그러니까 오늘 하루는 방에 있을 거라고 말해줄까 싶어서 다시 스마트폰을 손에 쥔 순간 벨소리가 울렸다.

어쩌면 케이일지도 모른다고 생각한 것도 일순, 공교롭게도 등록되어 있지 않은 번호였다.

다만 번호가 왠지 낯이 익었다.

어떻게 할까.

잠시 화면을 들여다보았다.

언제까지 울릴지 지켜보다가 끊길 기색이 없어서 그냥 받기로 했다.

『야, 왜 이렇게 늦게 받아?』

내가 대답하기도 전에 수화기 너머로 류엔이 불만을 토로했다.

"화장실에 있었어."

『글쎄다. 받기 귀찮아서 끊길 때까지 그냥 두려고 했던 게 아니고?』

훌륭하네. 사카야나기도 그렇고 류엔도 그렇고 내 일상 사고를 잘 파악하게 되었군.

『지금 좀 나와라. 30분 뒤에 케야키 몰 북쪽 출입구에서 보자고.』

내 변명 따위에는 관심도 없다는 듯 자기 용건만 말했다.

"내 일정은 확인 안 해? 스케줄이 빡빡한데."

『뒤로 미뤄.』

다짜고짜 요구한 후 일방적으로 전화를 끊었다.

"여전히 자기 멋대로구만."

별로 놀랍지도 않다. 딱 평소의 류엔답다.

1

적설량이 피크를 이루던 시기도 지나가고 두껍게 쌓였던 눈은 그림을 그리며 녹아갔다.

응달에는 아직 남아 있지만, 그것도 시간 문제겠지.

그나저나 연말의 이런 시기에 류엔의 호출이라니.

문화제 때 전략상 얽히기도 하고 수학여행에서는 같은 그룹이 되는 우연도 있었지만, 그 이후에는 특별히 얽힐 요소가 없었는데.

지금은 한창 겨울방학을 보내는 중인 만큼, 시험과 관련된 이야기를 꺼낼 것 같지도 않다.

무슨 용건인지 모르는 상태로 약속 시간에 딱 맞춰서 케야키 몰 북쪽 출입구에 도착했다.

그곳에 류엔의 모습은 보이지 않았고, 대신 다른 인물이

벽에 등을 기댄 채 팔짱을 끼고 있었다.

"카츠라기? 이거 우연 아니지?"

아직 케야키 몰은 문을 열지 않았다. 일등으로 입장해야 하는 사정이라도 없는 한 이 시간에 여기 있을 이유가 짐작이 가지 않았다.

"류엔이 불렀지? 나도야."

카츠라기도 불렀다면 그냥 잡담은 아니겠군.

"무슨 일 있으면 일방적으로 불러낸다니까. 류엔의 나쁜 버릇이야."

A반에서 류엔의 반으로 옮긴 이래 카츠라기는 많은 상황에서 류엔과 함께 행동하고 있다.

"완전히 참모가 다 됐네. 류엔도 카츠라기를 굳게 믿는 모양이군."

"그럼 좋겠다만."

기쁜 표정은 짓지 않았지만 그리 싫은 눈치도 아니었다.

"그런데 부른 이유는?"

"몰라. 류엔한테 직접 물어보는 게 좋겠다."

똑같이 호출당한 카츠라기도 이야기 내용은 못 들은 모양이었다.

"어차피 안 좋은 쪽으로 무슨 꿍꿍이가 있겠지. 너도 그 정도는 알아차렸을 거라고 본다."

"뭐, 성가신 일일 가능성이라는 것 정도는."

"그럼 무시해도 됐을 텐데."

"나중에 더 귀찮아지잖아."

"그건 평범한 애들한테나 그렇지. 종종 네 이름을 꺼내긴 하는데 최대한의 찬사를 넣어 말하거든. 지금의 자신은 적수가 될 수 없는 사람이라는 걸 자기도 안다는 증거야."

"찬사? ……상상이 안 가는데."

"없애버리겠다. 밟아버리겠다. 죽여버리겠다. 하나도 빠짐없이 훌륭한 찬사잖아?"

"그건 찬사가 아니라 참사지."

반은 놀린 거였는지 카츠라기가 입꼬리를 살짝 올리고 웃었다.

"다른 반에는 녀석이랑 대등하거나 그 이상이면서 진심으로 대화 나눌 수 있는 상대가 한 사람도 없으니까. 그런 의미에서 너라는 존재는 녀석한테도 중요하다는 뜻이야."

대등하거나 그 이상이라는 의미에서는 사카야나기도 들어가겠지만, 지금 쓰러트려야 할 상대니까 진심으로 이야기 나눌 수 있는 사이가 아니다.

"그나저나 아무리 유리한 요소가 있는 특별시험이었다지만 사카야나기를 이길 줄은 몰랐다. 이제 조금은 콧대가 부러져주면 좋겠는데."

"사카야나기도 할 수 있는 건 다 하고 졌어. 패배의 영향은 한정적이겠지. 우리도 여러 가지 요소가 동시에 잘 풀리는 특유의 흐름을 잘 타서 이긴 것뿐이야."

"흐름을 잘 탔다고. 하지만 저력이 없으면 물구나무서기를 해도 못 이기는 특별시험이기도 하지."

이긴 건 틀림없는 반의 실력이라면서 카츠라기가 칭찬
했다.

"너희는 이치노세 반이랑 차이가 꽤 벌어졌던데."

"그 반은 그 어떤 특별시험도 긍정적인 자세로 임하고
기본에 충실해. 그리고 반 통솔도 잘 되고 있고."

절대 수월하게 이길 수 있는 상대가 아니라고 카츠라기
가 분석했다.

"우리 반의 과제는 명백해. 다른 반과 비교했을 때 압도
적으로 뒤처지는 학력. 이걸 어떻게든 해결하지 않으면 앞
으로도 불리한 싸움을 몇 번 더 치르게 되겠지."

과제는 눈에 보이지만 그것을 개선하기가 몹시 어렵다.

학력은 하루아침에 붙는 게 아니니까.

"다음 특별시험에서는 당장 눈앞의 이익을 버리고 반 전
체의 학력을 끌어올려 보자고 말했지만, 류엔은 들을 생각
이 없어 보였어."

정공법으로 이기지 못한다면 꼼수를 쓰거나 기습 공격
에 기대려 하는 경향이 강하니까 말이지.

"하지만 그렇다고 해서 그대로 내버려 둔다면 지금 상태
에서 벗어나 해결될 수가 없어. 사람은 흥미로운 생물이라
서 자기도 모르게 상대를 가리지. 류엔은 반 애들 모두를
수족처럼 부리지만, 그래도 중요하게 여기는 학생이랑 거
의 써먹지 않는 학생이 아무래도 있을 수밖에 없어."

"그건 단순히 실력 문제 때문이 아니라?"

이시자키와 알베르트처럼 순종적이고 나쁜 일에도 비교적 손을 물들이는 학생, 반항적이고 나쁜 일을 꺼리는 사람이 있으면 필연적으로 류엔은 전자를 중요하게 여기는 게 당연하다.

"그래. 실력과 상관없이 그런 징후를 엿볼 수 있어. 신기하지?"

"그렇군."

"그래서 난 류엔이 비교적 써먹지 않는 학생들은 시간이 남아돈다고 생각해서 적극적으로 공부를 가르치는 중이야. 물론 녀석한테는 비밀로 하고."

만약 이 일이 류엔의 귀에 들어간다면 쓸데없는 짓 하지 말라며 카츠라기를 질책할까? 겉으로는 화를 내더라도 카츠라기의 행동을 막진 않을까? 여기까지 성장해 온 류엔이라면 필요한 조치라고 판단할 것이다. 자신은 쓰지 못하는 방법을 찾아내고 맡게 하려고 거금을 들여가며 카츠라기를 빼낸 측면도 있으니까.

"그렇게 중요한 걸 나한테 말해도 돼?"

"이것도 이상한 얘기이긴 한데, 누군가에게 비밀을 털어놓으면 정신적으로 편해질 수 있거든."

"그랬다가 내가 류엔한테 말해버릴지도 모르는데?"

"네가 그런 애였으면 내가 잘못 짚었다고 반성하면 그만이야."

그 부분은 믿고 있다는 말투.

잘도 내가 배신하지 못하게 부담을 주는군.

그때 카츠라기가 대화를 중단하고 내 뒤를 쳐다보았다.

"뻔뻔한 남자가 등장했군. 지각한 걸 반성하는 것처럼은 도저히 안 보여."

어이없어하며 벽에서 등을 뗀 카츠라기를 따라 시선을 돌리니 느긋하게 우리를 향해 걸어오는 류엔이 보였다.

편의점에 들렀다 왔는지 왼쪽 손목에 비닐봉지가 걸려 있었다.

"다 모였군."

"아야노코지한테 사과 한마디쯤은 해야 하는 거 아니야?"

"내 알 바 아니고. 새해 첫날 안 불러낸 걸 고맙게 생각해라."

카츠라기가 사과하라고 재촉해도 당연히 무시하고 걸음을 뗐다. 나와 카츠라기는 순간적으로 서로를 쳐다보며 고생이 많다고 눈으로 말했다. 그렇게 평소와 다름없는 류엔은 걸으면서 봉지에서 햄버거를 꺼내고 빈 봉지를 주머니에 쑤셔 넣었다.

아침을 안 먹고 온 건지 바로 포장지를 뜯고 베어먹기 시작했다.

식사 정도는 하고 올 수 없나, 그렇게 황당한 눈빛으로 카츠라기가 쳐다보았다.

"무슨 이유로 나랑 아야노코지를 부른 건지 말해."

강한 어조로 물었지만 바로 대답해줄 생각이 없는지 조용히 햄버거만 씹어댔다.

몇 차례 그렇게 반복해서 위장이 납득할 무렵에야 입을 뗐다.

"흥미로운 이야기를 3학년한테 들었는데, 그걸 공유해주겠다는 얘기야. 아무래도 3학기에는 같은 학년끼리 붙는 큰 건이 기다리고 있을 거라면서."

"큰 건? 학년말 시험을 말하겠지. 별로 놀랄 얘기도 아니잖아."

학년말 시험이 혹독하리라는 포석은 지금까지 여러 형태로 확인했다.

그런 이미 다 아는 사실을 알리려고 류엔이 굳이 불러냈다고는 생각하지 않는다.

"꼭 학년말 시험만으로 한정할 수 없지 않을까?"

카츠라기의 대답에 내가 뒤늦게 끼어들었다.

"우리는 3학기 말에만 주목하고 있는데 그게 아닐 가능성이 있어."

"네놈도 뭔가 들은 거야? 아야노코지."

"3학기 초에 퇴학자가 나올 가능성이 있는 특별시험이 있을지도 모른다더라. 어디까지 믿어도 될지는 모르겠지만."

류엔도 같은 이야기를 들은 건지 그 말을 듣고 히죽 웃었다.

"참고로 언제 들었는데?"

"사흘 전인 12월 25일. 3학년 B반의 키류인 선배한테서 들었어."

"같은 날이군. 난 3학년 D반 모미야마라는 놈한테."

"만약 정말로 리스크가 있는 시험이 기다리고 있다고 쳤을 때, 류엔도 아야노코지도 거의 같은 시기에 들은 거네. 왜일까?"

"단순한 우연…… 아니면…….."

"의도적으로 이 시기에 정보를 퍼트리라고 학교에서 컨트롤하고 있거나, 겠지."

점점 확신으로 변해가는지, 류엔이 햄버거를 거칠게 베어 물었다.

호리키타의 B반은 키류인의 B반으로부터.

류엔의 D반은 모미야마의 D반으로부터.

정보원의 반 등급이 일치하는 게 마음에 걸린다.

여기서 사카야나기가 A반, 이치노세가 C반으로부터 정보를 듣는다면 짐작이 맞아떨어지는 셈이다.

"그런데 정말 그렇게 단정 지어도 될까? 3학년에 압력을 가해서 누가 헛소문을 퍼트리고 있을 가능성도 생각해 볼 수 있지 않아? 무엇보다 지금은 겨울방학 기간이고."

"크큭. 그러니까 오히려 신빙성이 높은 건데."

한창 쉬는 중인 학생들의 긴장감은 당연히 끊겨 있다. 이완된 분위기 속에서 즐거운 나날을 보내고 있다. 이게 만약 헛소문이라면 오히려 빨리 임전 태세에 들어가게 할 뿐 이렇다 할 효과를 얻을 수 없다. 정신적으로 불안을 끼치고 부담을 주는 것도 기대하기 어렵다.

"충격에 미리 대비하라는 경고. 그렇게 생각하는 게 자연스럽네."

나와 류엔이 공통적으로 알고 있는 상황에 대해서 카즈라기가 냉정히 분석했다.

3학년이 특정 반에 보내는 메시지라고 생각하면 흐름상 깔끔하다.

"너희 말고도 같은 이야기를 들은 사람은?"

카즈라기의 질문에 나는 고개를 가로저었고, 류엔은 반응하지 않았지만 그게 대답이겠지.

이시자키 무리가 들었다면 즉시 류엔에게 보고를 올렸을 테니까.

"각 반 대표자 한 명에게 통보했다── 그렇게 봐야 할까?"

"확증은 구할 수 없겠지만, 사카야나기와 이치노세 쪽에도 들어갔다고 생각하는 게 좋겠지. 아무리 간접적이라고는 해도 이런 정보를 흘려들을 만큼 바보는 아닐 테고 말이야."

"하지만 그렇다면 한 가지 의문이 생겨. 왜 2학년 B반은 아야노코지야? 순리대로 생각하면 호리키타를 선택해야하는 것 아닌가? 아니면 류엔이 선택된 게 우연이고 사카야나기랑 이치노세 이외에 다른 사람이 선택되었을 가능성도…… 아니, 그렇게 생각하긴 어려운데."

중간까지 새로운 가설을 세우던 카츠라기가 스스로 부정했다.

"학교는 어디까지나 중립 입장이야. 경고라는 형태로 서론을 깔 거였으면 미리 리더들한테 마음의 준비를 시켰겠지. 최소한 3학년의 경고를 받아들이고 이해할 수 있는 사람을 선별할 필요는 있을 테니까."

"스즈네도 능력을 많이 키우긴 했지만, 학교 측과 3학년들이 아야노코지를 리더로 판단해서 골랐어도 이상하지는 않아. 그렇게 놀랄 얘기인가?"

하긴 최근에는 학생회 일과 관련해서도 나구모, 키리야마와 가깝게 대화할 기회가 많았다.

하지만 키리야마라면 그래도 분명 호리키타를 선택했을 법한데.

무엇보다도 키류인이 접근해 온 의문은 해소되지 않는다.

억지로 해석해보자면 3학년 리더들이 2학년 리더들에게 말을 전달하라고 학교 측의 지시를 받았다. 키리야마는 호리키타에게 전할 생각이었으나 그 말을 들은 키류인이 스스로 나서서 내게 접근해 이야기를 전달하는 선택을 했다──.

이 해석이 맞을지 어떨지는 모르겠지만, 내가 그 정보를 알아버린 이상 호리키타에게 전달할 필요와 의무는 없어졌다.

"작년에도 똑같은 일이 있었다고 가정해보면 혼합 합숙

전후로 이번에 미리 알려준 특별시험이 있을지도 모른다는 거군."

그렇게 중얼거린 카츠라기가 자신이 했던 말을 다시 정리했다.

"3학기에 있을 특별시험은 1월 상순에서 하순까지 두 개, 3월 상순에 반 내부 투표 특별시험 시기에 하나. 그 후 학년말 시험까지, 총 네 번인 셈이 돼."

1학년 때 3회였던 것에 추가되어서 2학년 때는 4회라고, 현재 시점에서 시험 횟수를 예상할 수 있다는 것이다.

하지만 그건 전부 억측에 지나지 않음을 잊어서는 안 된다. 반 내부 투표는 예년에는 한 적 없는 뜻밖의 특별시험이었다는 모양이니까. 만약 그게 없다면 3학기에 치를 특별시험은 총 3번이다.

결국 작년은 작년. 그래봐야 참고 수준이다. 극단적으로 말하자면 필기시험을 제외하고 학년말까지 특별시험이 아예 없을 가능성도 남아 있고, 네 번이 아니라 다섯 번, 여섯 번 등 더 많이 치르는 경우도 없다고 단언할 수 없겠지.

"반 내부 투표라. 사카야나기 때문에 네 친구 토츠카가 퇴학당했었지."

"……그래."

작년에 있었던 아픈 사건을 떠올렸는지 카츠라기의 표정이 어두워졌다.

햄버거를 다 먹은 류엔은 카츠라기의 뒤를 이어 기쁜 듯이 말했다.

"상황에 따라서는 한두 명 퇴학당하는 걸로 안 끝나겠지."

그런 가벼운 예상처럼, 정말 그에 상응하는 리스크가 있다고 생각해두는 게 좋다.

"퇴학자라. 웬만하면 안 나왔으면 좋겠다."

"크큭, 미적지근하게 말하지 마라. 우리 학년에는 아직 학생이 너무 많다고. 다섯 명이든 열 명이든 솎아내는 시험을 안 치면 재미없지."

반 아이들을 걱정하는 카츠라기에게 류엔이 반대 의견을 드러냈다.

"너도 타깃이 될 위험이 있다는 걸 잊지 마라, 류엔."

"좋지. 사카야나기가 됐든 이치노세가 됐든 덤비면 밟는다, 그뿐이야."

"그런 알기 쉬운 적이면 좋겠지만 말이지. 내부에서 밀어내려고 하는 사람이 꼭 안 나온다는 보장도 없어."

내부, 요컨대 자기 반을 가리킨다.

항상 적을 만드는 자세로 나오는 류엔한테는 틀림없이 적이 많겠지.

어차피 그런 걸로 불안을 느낄 남자가 아니다.

"내칠 인간을 내가 직접 고르지 않아도 되니 빨리 끝나겠네."

"진짜……. 말해두는데 네가 동료를 쉽게 버리는 판단을 하면 받아들이지 않을 거다."

"마음대로 해."

제동을 거는 카츠라기가 방해되면 류엔은 용서하지 않겠지만, 그래도 어느 정도까지는 스토퍼로 기능하리라.

그런데── 이상한 점은 여전히 남아 있었다.

옆에서 걷고 있는 카츠라기도 똑같이 느끼는지 표정이 딱딱하게 굳었다.

코앞까지 닥친 듯한 혹독한 특별시험의 의견 조정만이 목적이라면 이렇게 셋이 모여서 얘기할 것까지도 없다.

"다음 특별시험. 만약 일대일로 대결할 수 있는 규칙이라면 사카야나기는 내가 잡는다."

본론은 숨기고 있는 게 분명하다.

그런 나와 카츠라기의 생각을 꿰뚫어 보기라도 한 듯 류엔이 그렇게 말을 꺼냈다.

"어쩌려고, 류엔. 학년말 시험에서의 직접 대결만으로는 부족해?"

"부족하지. 적어도 그 여자애의 치욕스러워하는 얼굴을 한 번이라도 더 많이 봐두고 싶거든."

붙고 싶은 상대를 자기가 지목했으니 건들지 말라는 뜻.

"굳이 경고하지 않아도 호리키타가 자발적으로 사카야나기 반과의 대결을 희망할 가능성은 적어. 웬만큼 팀워크만 중시하는 특별시험도 아닌 한, 현재까지 종합 능력 면에서 앞서 있는 사카야나기 반과 싸워서 얻을 이익이 없으니까."

현재 하위에 있는 반과 저울질해본다면 이치노세를 선택하겠지.

"지금 이 시점에서 A반을 지목하는 건 좋은 생각이 아니야. 저번처럼 학력을 바탕으로 하는 특별시험이면 제일 힘든 적일 수 있다고."

하긴 굳이 지금 지목할 필요가 없다.

그런데도 류엔은 리스크를 감수하고 상대하기를 희망했다.

"사카야나기는 나를 언제든 이길 수 있는 상대로 여기고 있을 테니까. 그 안이한 인식을 철저히 짓밟아줄 거다."

"……찬성은 하고 싶지 않은 얘기로군."

"그럼 카츠라기. 이치노세로 정할까? 이치노세도 이제 꽤 까다로운 상대가 됐는데?"

류엔도 이치노세에게 큰 변화가 찾아오고 있다는 걸 알아차린 눈치였다. 그 부분은 카츠라기도 인식을 새롭게 할 필요가 있겠지만, 그래도 사카야나기를 지목하는 건 반대하겠지.

"이치노세를 까다롭다고 평가하는 건 나쁘지 않아. 하지만 종합적으로 보면 아직 사카야나기가 더 강해. 이치노세가 지금까지의 평가를 뒤집을 정도가 되었다고 해도 아직 사카야나기 이상이라고 생각할 수는 없어. 어쨌든 일단 3학기가 시작되고 정보가 공개될 때까지 기다려야 해."

카츠라기는 이치노세를 무시하진 않았지만, 누구와 붙

을지 선택하는 것은 특별시험 내용부터 파악한 후에 해야
한다고 지극히 당연한 의견을 냈다.

"이유 따위야 아무래도 좋지 않을까? 류엔은 그냥 사카
야나기와 싸우고 싶은 것뿐이니."

"그래서 곤란한 거야. 리더라면 조금이라도 더 승산이
높은 방법을 골라야지. 지금 시점에 벌써 강적과 싸우기로
확정 짓다니, 자진해서 승리를 내동댕이치는 거나 다름없
는 행동이라고."

우리는 걸음을 멈추지 않고 대화를 나누면서 케야키 몰
주위를 계속 돌았다.

아직 여기서 해방되려면 멀었군.

2

정문 입구 현관에 장식되어 있었던 대형 크리스마스트리.

지금은 철거되어 공허한 공간을 바라보면서 카루이자와
는 우울한 표정을 지었다.

"하아──."

자기도 모르게 내뱉어버린 묵직한 한숨.

약속 장소에 막 도착한 사토는 카루이자와의 등 뒤에서
그 소리를 들었다.

"케이 짱, 많이 기다렸어?"

"아, 마야 짱. 아니 전혀, 나도 방금 왔어."

몸이 완전히 회복된 28일, 카루이자와는 사토를 불러냈다.

아야노코지에게도 말했듯이 독감에 걸린 내내 사토가 도와주었기 때문이다.

필요한 물건, 부족한 것이 생기면 언제든 가져다주었다.

외로울 때 메시지를 보내도 금방 답장해줬다.

몇 번이나 아야노코지에게 보내고 싶었지만 보내지 못한 괴로운 마음을 다 받아주었다.

그리고 갑작스럽게 불러내도 싫은 내색 하나 없이 흔쾌히 승낙했다.

"갑자기 불러내서 미안해."

"아니야, 전혀. 일단 다 나아서 다행이야. 정말로 다행이야."

"고마워. 하지만 그냥 독감인데 너무 과한 것 같지 않아?"

"독감 때문에 고생하는 사람도 있으니까."

사토는 카루이자와의 손을 붙잡고, 다 나은 것을 아이처럼 기뻐했다.

"괜한 소리일지도 모르겠지만…… 아야노코지한테는 잘 말했지? 다 나았다고."

"응, 아침에 말했어. 크리스마스에 지키지 못한 약속도 밤에 다시 얘기하기로 했고."

"그래, 그렇구나! 잘됐어!"

이제 전부 해결되고 관계가 원상 회복될 거라고 지레짐작한 사토는 카루이자와가 기뻐하지 않는 모습에 바로 미소를 거두었다.

"만나기로 약속은 할지 몰라도, 하지만, 그 이상은 잘 모르겠고……."

"모, 모르겠다니…… 그냥, 사소한 다툼일 뿐이잖아?"

사토가 들은 범위로는 당사자가 말하는 것만큼 심각한 문제로 보이지 않았다.

무엇보다 잘못은 아야노코지 쪽에 있었다.

하지만 카루이자와에게는 계속 떠올랐다 사라지기를 반복하는 다른 문제가 있었다.

"어쩌면 키요타카, 이치노세를, 좋아하게 됐을지도 몰라."

다른 사람을 좋아하게 되었다.

그런 최악의 전개를, 카루이자와는 아픈 내내 생각했던 것이다.

"아니아니아니, 그건 절대 아니야. 괜찮아, 괜찮아, 응?"

"……응……."

대답은 바로 돌아와서, 그 말이 잘 닿았다는 것을 확인한 사토는 일단 속으로 안도했다.

그와 동시에 스스로 무덤을 팠다며 후회했지만, 돌이킬 수도 없으므로 사토는 머리를 최대한 굴려 필사적으로 다른 화제를 찾아냈다.

"이, 이제 곧 1월 1일이야. 1년도 순식간에 지나갔달까!"

치워지고 없는 크리스마스트리. 주변은 벌써 새해를 향해 달려가고 있었다.

"응, 그러네. ……크리스마스트리, 보고 싶었는데."

"윽……?!"

미련이 남은 카루이자와는 그 자리에서 움직이지 않고 여전히 그곳을 바라보았다.

한창 준비 중이었던 트리. 24일에는 장식이 화려하게 반짝거리는 트리 앞에서 아야노코지랑 데이트하고 기념사진을 찍었을 것이다.

또 무덤을 파버린 사토가 자기 볼을 꼬집었다.

"내, 내년도 있잖아. 응?"

"그래…… 응, 그렇지."

내년. 1년 뒤의 일 따위 지금의 카루이자와는 생각할 수가 없었다.

당장 내일조차 암흑이 깔려 있어 불투명한 것이다.

시선을 떼지 않는 카루이자와와 대조적으로 사토는 주위를 두리번거렸다.

기운을 되찾았으면 좋겠다. 그게 최우선이지만, 카루이자와의 제안을 흔쾌히 받아들인 사토에게는 또 하나의 목적이 있었다. 바로 아야노코지와 마주치는 것.

만약 아직 사이가 회복되지 않은 거라면 의도적으로 피하는 것이므로 연락해서 두 사람을 만나게 하기는 어렵다. 그렇다면 우연의 힘에 기대보는 것이다.

다행히 연락은 돼서 내일 만나기로 한 모양이지만, 딱히 앞당겨져도 상관없다.

지금 카루이자와가 생기만 되찾을 수 있다면 그 사람이 남자친구여도 상관없다고 생각했다.

그러려면 같이 시간을 보내면서 아야노코지를 마주치는 것뿐.

그때 사토가 잘 도와 두 사람이 원래 관계로 돌아간다면 가장 이상적인 흐름이다.

하지만 만나고 싶을 때는 꼭 마주치지 않는 법.

게다가, 하고 사토는 생각했다.

오늘 자신과 외출한다는 걸 아야노코지가 알고 있다면 아무 생각 없이 나타나진 않을 것 같다고. 그걸 증명하는 것이 눈앞의 카루이자와였다.

남자친구를 찾아보려고 하는 모습조차 보이지 않았다.

악의가 있다기보다도 두 사람을 방해하고 싶지 않은 배려일 거라는 생각이 들었다.

갑작스러운 만남을 기대할 수 없는 이상 지금은 사토가 잘 버티는 수밖에 없다.

"이제 나쁜 기억은 다 잊어버리고 신나게 놀자."

일단 놀고 보자며 사토가 카루이자와의 양어깨를 힘껏 붙잡았다.

친구를 열심히 격려해주려고 하는 사토의 눈을 보면서 카루이자와도 반성했다.

절친에게 고마움을 보답하려고 불러놓고 또 걱정을 끼쳤다.

이래서는 무엇 때문에 불러냈는지 모르겠다고.

"그래."

카루이자와는 지금만큼은 어두운 얼굴로 있지 않기로 했다.

도망치듯 이 학교에 들어와서 생긴 진정한 친구, 절친.

그 따뜻함에 고마운 마음을 음미하면서 손을 내밀었다.

순간, 무슨 의미인지 이해하지 못한 사토는 카루이자와가 보여주는 미소에 이내 알아차렸다.

그렇게 두 사람이 손을 맞잡았다.

아직 둘 다 손가락이 얼어 있어서, 차갑다면서 서로 꺄르르 웃었다.

즉흥적으로 다른 사람과 손을 잡아본 적은 있다.

속으로는 창피해하면서 그때의 분위기에 맞춰주었던 적은 있다.

지금도 창피하긴 하다.

그래도 마음이 하나로 이어지고 있었다.

남이 보면 어린애 같다거나 연애 감정이 어쩌고저쩌고 하면서 망상하고 자기들 좋을 대로 떠들지도 모른다.

하지만 친한 친구끼리 하나로 이어지고 싶어서 손을 잡은 것뿐.

그 이상도 그 이하도 아니다.

지금만큼은 주위의 잡음이 하나도 신경 쓰이지 않는다는 확신이 두 사람에게 있었다.

"후후훗. 내가 전부 다 잊게 만들어 줄게~~~."

"꺄, 무서워라!"

　둘만의 세계.

　카루이자와와 사토는 아침부터 밤까지 케야키 몰에서 지쳐 쓰러질 때까지 놀기로 했다.

3

　케야키 몰에서 통학로를 빠져나와 바다가 보이는 길을 천천히, 시간을 들여 걸은 후 다시 케야키 몰 근처까지 돌아왔다.

　남자 세 명이 겨울방학에 정처 없이 걷고 있어도, 보통은 주목을 모을 일은 아니다.

　하지만 눈길을 쉽게 끄는 류엔에 참모 카츠라기 그리고 이질적인 나라는 조합이면 다소 눈에 띌 위험이 있다.

　그런데도 류엔은 실내 시설이라든지 전화 등 익명성 높은 수단을 선택하지 않았다.

　특별시험과 관련된 내용임을 생각하면 꽤 조심성 없는 행동이었다.

　부주의하다고 봐야 할지 의도적인 행동이라고 해석할지

에 따라 평가는 크게 달라지겠지.

"할 얘기 다 끝났다고 봐도 되겠지? 더 이상은 평행선일 테니."

마침 처음에 만났던 장소가 보이자 제일 먼저 걸음을 멈춘 카츠라기가 그렇게 확인을 구했다.

특별시험의 횟수와 내용은 알 길이 없고, 류엔이 내비친 사카야나기와의 대결 희망은 카츠라기가 받아들이지 않았다.

이대로 계속 버텨봐야 유의미한 시간이 될 수 없다.

"그래, 그럴지도 모르지. 이만 됐다."

류엔은 뒤돌아보지도 않고 가볍게 왼손을 들면서 그렇게 말했다.

"이래저래 자꾸 너한테 신세 지네, 아야노코지. 혹시라도 무슨 힘든 일 생기면 말해. 반 대결만 아니면 도움을 줄 수도 있겠지."

생긴 것과 다른 배려심에 고마워하며 고개를 끄덕이니, 카츠라기는 바로 뒤돌아 먼저 걸어가기 시작했다.

자, 그럼 나도 이만 돌아갈까.

"난 케야키 몰 들렀다 갈 건데 넌 어쩔 거냐? 손잡고 데이트하길 희망하면 검토해줄 수도 있는데?"

히죽 웃은 류엔이 자기 왼손을 쫙 펼치고 환영 무드를 연출했다. 카츠라기가 동행한다면 모를까 류엔과 단둘이 쇼핑이라니 얼마나 뛰겠는가.

무엇보다 시간도 시간이니, 케이와 사토가 몰 안에 있을 확률이 높다.

"그럼 난 이만."

류엔과 손잡고 케야키 몰에서 데이트할 마음은 전혀 없으니 이대로 돌아갈 것이다.

말리려고도 하지 않아서 그대로 걸음을 뗐다.

"너와의 대결은 3학년에 올라가서야. 그걸 잊지 말라고."

케야키 몰 쪽으로 멀어지면서 류엔이 마지막으로 그런 말을 남겼다.

잊은 기억은 없는데, 실현될지 어떨지는 또 다른 이야기다.

그나저나…… 조금 걸었을 뿐인데 이상하게 피곤하네.

헬스장에서 한 시간 정도 땀을 뺐을 때보다도 더 피로감이 느껴지는 건 기분 탓이겠지.

카츠라기도 류엔도 보이지 않게 되자 나는 걷기 시작했다.

기숙사로 돌아가서 원래 계획했던 대로 종일 틀어박혀 있어야지.

하지만 그 전에, 신경 쓰이던 것부터 정리할까.

수십 초 정도 걸은 나는 다가오는 기색과 함께 걸음을 멈추었다.

마침 케야키 몰 외벽을 따라 설치된 자판기 앞이었다.

진열된 상품을 응시하는 내 모습은 제삼자가 보기에 그냥 음료수를 살지 말지 고민 중인 것 같겠지.

케야키 몰이 열리자마자 직원이 내놓은 듯한 관엽식물 옆으로 시선을 보냈다.

"그런 데서 뭐 해?"

"으앗?!"

사각지대, 뒤편에 몸을 숨기고 있던 야마무라에게 말을 걸었다.

"10분 정도 전부터 내 뒤를 따라왔지? 아까는 길 건너편 나무 뒤에 숨어 있었고."

기둥이 굵은 나무가 여러 그루 심어진 가로수길이라 몸을 숨기기 쉽다.

계속 이동하는 류엔 일행에게 들키지 않고 뒤를 밟았으니 대단하다.

"아, 아니, 그렇지 않은……."

속이듯 대답하려던 야마무라지만, 내가 적확한 위치를 대서 그런지 바로 체념한 듯했다.

"어떻게…… 아, 알았죠?"

"어떻게?"

어떻게고 뭐고——라고 생각했는데, 예전의 나라면 야마무라의 존재를 조금도 신경 쓰지 않았겠지. 하지만 수학여행 때 같은 시간을 보낸 것도 있고 이제는 아는 사람이다.

예컨대 사진 한 장. 언뜻 봤을 때 A의 형태와 구도로만 보이는 사진이 시점을 달리하면 B의 형태와 구도로 보일 수 있다는 걸 알게 된 다음부터는 A가 아니라 B로 뇌가 인식해버리고 만다. 이에 가까울지도 모르겠다.

단순한 다른 반 여학생 A에서, 지금은 야마무라 미키가 되었다. 그게 전부. 뒤를 밟고 있는 것도, 대화를 일부 엿들었다는 것도 알았지만 막지 않았다.

야마무라는 A반 학생이자 사카야나기 쪽 사람이다.

은밀히 움직이는 것일 경우, 그 사실을 류엔 무리에게 알려주면 그들 편을 드는 셈이 된다.

물론 편을 드는 거야 내 자유지만 지금은 좋은 방법이라고 생각하지 않으니까.

"안심해. 류엔이랑 카츠라기는 모르는 눈치였어."

"정말인가요? 류엔 군의 행동이 꼭 유인하려는 의도가 있는 것처럼 느껴졌는데요……."

야마무라의 생각도 틀렸다고 할 수는 없다. 한 군데에 머무르지 않고 일부러 눈에 띄는 장소를 돌아다녔으니까. 사냥감이 덫에 걸리기만을 기다리는 목적이 있지 않았을까.

그 유인에 야마무라가 우연히 꼬인 느낌은 아닌데.

"그러면 더, 나한테 물어볼 것도 없이 들켰는지 아닌지 알 수 있지 않아?"

야마무라는 누구에게도 들키지 않았다고 확신했다. 그렇지 않다면 내가 찾아냈을 때 뜻밖이라는 표정을 보이지 않았을 것이다.

"미행을 어제오늘만 한 게 아닌가 보네."

긍정하지는 않았지만, 침묵이 바로 그 대답이다.

미행이 특기인 야마무라는 그들이 잔뜩 경계하는 와중에도 훌륭히 역할을 해냈다.

반면 유인의 성과를 얻지 못하겠다고 판단한 류엔은 포기하는 수밖에 없었겠지.

나와 헤어진 후에도 뒤를 쫓아오려고 하는 모습 역시 보이지 않았고 말이다.

그래서 내가 안심하고 야마무라에게 말을 건 측면도 있다.

"말을 걸지 말지 솔직히 망설였지만, 수학여행 때 같은 그룹이기도 했으니까 인사 정도는 해둘까 싶었지."

존재를 알아차린 내 입장에서 야마무라에게 말을 걸지 않는 것은 무시하는 것이나 마찬가지.

인기척이 드문 이곳에서 마주친 지인을 무시해도 느낌이 이상하니까.

실제로 야마무라는 내가 못 봤다고 판단했던 모양이고, 그냥 지나가길 바랐을 것 같긴 하지만.

"미행한 이유…… 안 물어봐요?"

학년말 시험에서의 대결이 확정되어 있고 류엔은 사카야나기와 싸우고 싶어 한다. 사카야나기로서는 자세한 동향과 목적을 파악해두고 싶을 테고 정보를 모아둬서 손해볼 게 없다.

"물어볼 것까지도 없지."

"그런, 가요."

"그리고 앞으로 야마무라에 대해 류엔한테 말할 생각도

없으니까 안심해도 돼."

그 두 사람이 눈치채지 못했다는 말만으로는 안심하지 못할 것 같아서 그 말을 덧붙였다.

"그런데── 아야노코지 군은 꽤 가까워 보이더군요. 적어도 적으로는 인식하지 않던데. 그건 반대로 말하면 류엔 군과 한편, 이 아닌지?"

그렇게 묻는 야마무라의 목소리에 의심이 섞여 있었다.

"미안하지만 류엔이랑 한편 아니야. 그렇다고 해서 A반 편도 아니지만. 아무튼 너를 여기서 만난 걸 다른 사람한테 말할 생각 없어. 그건 믿어도 돼."

"……정말이에요?"

불안을 불식시켜주려고 고개를 끄덕이려는데, 희미한 발소리가 들려와 움직임을 멈추었다.

그 직후 메마른 박수가 몇 번, 천천히 반복해서 들렸다.

"역시 아야노코지라니까. 쥐새끼를 잘도 찾아내네."

이미 야마무라는 내가 아닌 류엔 쪽으로 시선을 보내고 있었다.

기색과 함께 분명히 떠났던 류엔이 이 타이밍에……. 그런 건가.

"아마도, 사카야나기 녀석이 내 정보를 모아 오라고 시킨 거겠지?"

"그렇지 않아요……."

부인했지만 연기가 안 되는지 다 티가 났다.

"큭큭. 혹시 몰라서 아야노코지 뒤를 쫓았던 게 정답이 었군. 낌새에 민감한 너도 미행하는 놈이 없어지면 방심하네. 그렇지?"

그렇다. 노골적으로 미행한다면 류엔 또는 그 이외의 낌새를 알아차릴 자신이 있지만, 그런 건 류엔도 다 반영을 끝낸 모양이었다.

헤어진 장소에서 내가 귀가를 선택할 때의 루트는 케야키 몰로 직행하거나 아니면 학교나 기숙사와 이어진 길로 가는 두 가지밖에 없다. 류엔은 실제로 케야키 몰 안으로 모습을 감추었다. 그리고 뒤를 밟아도 들키지 않을 거리, 시간을 두고 잰걸음으로 내 뒤를 쫓으면 따라잡을 가능성이 자연스레 올라가겠지. 내가 아무리 민감하게 안테나를 세우려고 해도, 미행하는 사람이 없으면 추적을 막을 방도가 없다.

케야키 몰에 가지 않도록 그런 말을 했던 것도 다 루트를 줄이려는 목적 때문이었다.

게다가―.

나는 앞에 돌아와 있는 카츠라기를 보고 야마무라에게 한층 미안한 마음이 들었다.

"야마무라와 사카야나기에게 접점이 있었을 줄이야."

염탐한 것으로 보이는 야마무라를 알아차린 카츠라기는 꽤 많이 놀란 눈치였다.

돌아간 것처럼 꾸미고, 사실은 주위를 정찰하는 자를 찾아내는 요원이었던 건가.

"미안하다, 아야노코지. 바로 몇 분 전에 류엔한테 연락 받고 돌아온 것뿐이야."

어차피 추적할 거면 카츠라기를 끌어들여야 확률이 올라간다, 그렇게 생각한 류엔의 수.

부자연스러움을 감지하지 못 하게 하려고 자기편한테도 입을 다물었던 건가.

"이 여자애가 사카야나기와 이어져 있다는 게 의외냐?"

"그래. 적어도 내가 있었을 때는 사카야나기랑 그런 사이가 아니었으니까. 그래도 수많은 정찰부대 중 한 명에 지나지 않는다고 보지만."

그 반에 있었던 카츠라기이기에 알 수 있는 부분인가.

누가 봐도 야마무라는 조금 전까지보다 훨씬 당황하고 있었다.

"일부러 귀찮은 수법까지 써가며 낚은 게 잔챙이 한 마리라니. 하시모토 정도는 움직이고 있다고 봤는데 말이야. ……아니면 사카야나기가 신뢰해서 이 일을 맡긴 건가?"

깊이 의심하는 류엔의 날카로운 눈초리가 야마무라를 찔렀다.

포위당하는 상황이 올 줄 몰랐던 만큼 야마무라는 표정에서 불안을 감추지 못했다.

그것이 오히려, 자기도 모르게 류엔의 질문에 대한 대답이 되었다.

"그나저나 네 감지 능력은 정말 굉장하다니까, 아야노코지. 하지만 오늘 너의 역할은 이제 끝났다."

이미 나에게 흥미를 잃고, 자신의 타깃은 겁에 질린 야마무라뿐이라고 선언했다.

"몰래 냄새 맡고 싸돌아다니는 것 정도로 나를 이길 수 있다고 생각했다니 사카야나기도 별거 아니네."

이번에 내가 야마무라를 찾아내지 않았고, 그래서 야마무라가 계속 정보를 수집했다고 하더라도 사카야나기에게 유익한 정보를 줄 수 있었을지는 별개의 문제다.

아무도 모르게 접촉하려 한다면 당연히 야외에서는 어렵다.

배신하지 않는 동료의 방, 노래방, 혹은 동성의 경우 화장실. 용도에 따라 구분하고, 비밀리에 진행하는 것쯤은 손쉽겠지.

하지만 사카야나기에게는 어쩔 수 없는 부분도 있다.

정보는 필요하고 류엔도 똑같이 A반에 대해 알아보고 있을 터.

하지만 직접 움직여 정보를 모을 수 있는 류엔과 달리 사카야나기는 그런 점이 어렵다.

야마무라와 카무로, 하시모토 같은 학생을 활용하지 않으면 정보를 구할 수 없기 때문이다.

"뒷조사 당하는 거, 기분 별로군."

"네가 그렇게 말할 수 있어? 너도 사카야나기를 똑같이 감시하잖아."

아무래도 사카야나기 쪽의 일방적인 감시는 아닌 모양이다.

벌써 학년말 시험에 대비하는지, 서로를 감시하는 상황인 듯하다.

"그럼 다른 방법을 쓸까? 너한테 묘안이 있다고 하면 들어줄 수도 있어, 카츠라기."

사카야나기에 대한 공격을 시사한 류엔이었는데, 카츠라기는 거부했다.

"크게 움직일 생각 없어. 사카야나기를 감시하는 게 지금 쓸 수 있는 유일한 방법이야."

어디까지나 서로 거리를 두고 대치하는 것.

그게 최선이라고 카츠라기는 생각하는 듯했다.

"승부의 결착을 내는 건 장외가 아니라 어디까지나 특별시험이라는 걸 잊지 마라."

"진짜. 융통성 없는 놈이네."

류엔과 카츠라기의 기본 방침은 정반대에 가깝다. 하지만 류엔은 그런 카츠라기의 말과 행동을 기쁘게 들어주면서 웃었다.

"우리랑 잠시 좀 볼까?"

"그만둬."

"뭐? 그만두라고? 모처럼 붙잡았는데. 이래저래 요리하지 않으면 아깝잖아."

"협박이라도 할 생각이야? 오늘은 야마무라를 알아낸 걸로 만족해야 해. 넌 이만 돌아가는 게 좋겠다."

그렇게 말한 카츠라기가 야마무라에게 빨리 가라고 손으로 신호를 보냈다.

"저, 저는 이만……."

불편한 상황에서 벗어나고 싶었을 야마무라가 얼른 가려고 했다.

"기다려."

"윽?!"

하지만 그것을 용납하지 않은 류엔이 불러세우자, 뱀 앞의 개구리처럼 굳어버렸다.

"우리가 널 알아냈다는 건 비밀로 해줄게."

"어째서……?"

"네가 불쌍하니까. 들켰다고 하면 어떻게 될지 불 보듯 뻔하잖아?"

"그건……."

"넌 우리 눈에 안 띈 거야. 그렇지? 보고만 안 하면 너의 가치가 없어질 일은 없어. 뭐, 내 말을 믿을지 말지는 네가 판단할 일이지만."

궁지 속으로 구원의 밧줄을 내려주듯 류엔이 그렇게 말했다.

"도저히 조용히 못 있겠다면 이 말 전해라. 내 정보를 원하면 언제든지 좋으니 혼자서 내 방으로 찾아오라고. 그럴 용기가 너한테도 그 여자애한테도 있을 때의 얘기지만."

야마무라는 살짝 고개를 끄덕인 다음 조용히 이곳을 떠났다.

케야키 몰을 거쳐서 돌아갈 생각인지 그리로 향했다.

야마무라가 충분히 멀어지자 카츠라기가 류엔에게 바싹 다가섰다.

"류엔—— 너 이 자식."

"뭐야."

"네 그 취향은 칭찬할 게 못 돼."

"뭐?"

"이성한테 흥미 가지지 말라는 말은 아니야. 하지만 사카야나기는 애야, 건드리면 안 된다고."

진지한 얼굴로 무슨 말을 하려나 했더니 그런 엄청난 경고를 했다.

방금 했던, 방으로 찾아오라는 부분의 해석이다.

그건 류엔식 농담인데 카츠라기는 몰랐겠지.

"이 학교에 여자는 많아. 급하게 굴지 마."

"무슨 바보 같은 소리야. 내가 그딴 건방진 꼬맹이한테 흥분하기라도 할 것 같아? 그냥 도발이잖아, 당연히."

"뭐라고? 하지만 아까 분명 혼자 방으로 찾아오라고 했잖아? 그런 뜻인 거 아닌가?"

어이없어하며 머리를 흔든 류엔이 카츠라기에게 근본적인 이야기를 했다.

"전혀 관심 없긴 한데, 일단 사카야나기도 우리랑 동갑 아닌가?"

동갑은 되지만 사카야나기는 안 된다는 모순.

그것을 깨닫지 못한 카츠라기는 잠시 머리가 굳어 버렸다.

그러다가 류엔이 한 말의 의미를 이해하고 나서야 겨우 다시 움직이기 시작했다.

"……하긴. 아니, 하지만 사이즈가 연하로밖에 안 느껴져서. 내 여동생보다도 훨씬 작아서 아무리 생각해도——."

강적으로 인식은 하지만 카츠라기도 오빠. 당분간 만날 수 없는 여동생을 생각하니 성적 대상으로 보면 안 된다는 정의감이 앞서고 말았겠지.

한 가지 확실한 것은 사카야나기가 이 두 사람의 말을 들으면 화낼 게 분명하다는 것.

노골적으로 애 취급(외모에 한해서지만)을 하고 있으니까.

"여자는 뭐든 평균적인 게 최고야. 너무 화려한 것도 너무 수수한 것도, 덩치가 큰 것도 작은 것도 내 취향이 아니라고."

알고 싶지는 않았는데, 지극히 평범한 여성이 타입이라는 말인가.

자기 마음대로 가지는 희망 사항이라기보다 쓴물 단물 다 경험하고 나서 도달한 결론처럼 들리기도 했다.

지금 고등학교에 들어와서는 어떤지 모르겠지만 중학교 시절에는 여자도 많이 갖고 놀았겠지.

"네놈이 타락할 대로 타락한 건 아니라서 안심했다."

한편 카츠라기는 전혀 상관도 없는 부분에서 가슴을 쓸어내린 듯했다.

"그런데? 아직 나한테 볼일 남았냐? 아야노코지."

"너 좋을 대로 이용해놓고서 말이 너무 심하네."

"이용당한 쪽 잘못이지. 원망할 거면 너의 그 동물적인 감을 원망해라."

하긴, 한 방 먹었다고 여기서 꽁하게 굴어봐야 소용없다.

다만 앞으로의 교훈으로 써먹기 힘들다는 게 괴로운 부분이다.

일부러 뒤를 바싹 따라붙지 않은 미행.

똑같은 수법을 또 쓴다 해도 막기 어렵다.

기색이 느껴지지 않는데도 경계하는 것은 자기 행동을 옥죌 뿐.

그렇다고 매번 뒤를 밟히는 걸 염두에 두는 건 더 괴로우니까.

여기에 남아 있어도 아무 소용 없다.

게다가 야마무라에게 아직 하고 싶은 말이 남아 있는데, 지금이라면 따라잡을 수 있을지도 모른다.

"돌아가는 거 아니었냐?"

케야키 몰 쪽으로 걷기 시작하려는 순간, 그런 말이 날아들었다.

"몰 안에는 루트가 무수하지. 오늘은 더 이상 너한테 미행당하고 싶지 않아서."

도피로가 여러 개면 피할 수 있다고 말하니 류엔이 코웃음 쳤다.

4

자, 이렇게 해서 케야키 몰에 들어간 것까지는 좋았는데 야마무라는 어디로 갔을까.

이미 다른 출구로 나가서 기숙사로 돌아갔을 가능성도 있는데……

나는 내가 야마무라라면 어떻게 할지, 그녀의 입장이 되어 생각해 보았다.

결과적으로 미행을 들킨 실태를 사카야나기에게 보고할지 말지 분명 고민하고 있겠지.

보통 사람은 정신적으로 불안정해졌을 때 쉴 수 있는 공간을 찾기 마련이다.

기숙사로 곧장 돌아가는 선택지를 제외하면서 케야키 몰에 남아 있는 것을 전제로 한다면 어디가 될까.

혼잡한 곳을 꺼리고 타인과의 접촉을 좋아하지 않는 성격인 야마무라.

오가는 길이나 가게 안 등은 바로 제외할 수 있다.

노래방은 혼자 있을 수는 있지만 아무래도 혼자 가기에

용기가 필요한 곳이고.

가능성이 비교적 높은 곳으로는 화장실 개인 칸도 후보인데, 다른 사람들을 이용 못 하게 하는 민폐를 상상하지 않았을 리 없다.

그렇다면——.

아까는 실외 자판기와 인테리어 식물 사이에 숨어 있었지.

휴게 공간 근처에는 구석에 설치된 자판기도 여러 개 있다.

그곳이라면 남들 눈에 띄지 않고 사람도 별로 없는데.

시간대도 도와주는지, 휴게 공간 부근에는 사람이 하나도 보이지 않았다.

그리고 당연히 구석에 있는 자판기에도 아무도 없었다.

가까이 다가간 나는 사각지대인 자판기 옆쪽을 슬쩍 들여다보았다.

"으악?!"

자판기 옆에 앉아서 작은 녹차 페트병을 두 손에 쥔 야마무라를 발견했다.

너무 놀란 나머지 차를 떨어트렸는데, 다행히도 뚜껑이 닫혀 있어서 괜찮았다.

"정말로 있을 줄이야."

후보를 좁히긴 했어도 확증은 없었는데…….

굴러온 페트병을 주워 들어 야마무라에게 건넸다.

"어, 어어어, 어떻게 여길 알았어요…….."

당황하며 자기 주머니를 뒤졌다.

"아니 GPS 같은 거 안 넣었거든?"

"하, 하지만 그러지 않고서는── 호, 혹시 스마트폰 위치 추적……?"

"안 했어, 안 했어."

황당무계한 망상이지만, 그렇게 생각하고 싶을 정도로 놀랐겠지.

야마무라는 자리에서 일어나 자판기 밖으로 몸을 살짝 내밀고 주변 동태를 살폈다.

"류엔은 없는데."

"그, 그런가요……. 저, 저기, 아직 저한테 무슨 용건이?"

"아까 일을 사과 못 했잖아. 미안하다, 야마무라. 내가 말만 안 걸었어도 들킬 일 없었을 텐데."

그랬더라면 이렇게 자판기 사이에서 고민할 필요도 없었을 것이다.

"아야노코지 군한테 들킨 제 잘못, 이니까요…… 너무 마음에 담지 마세요."

티 내며 원망하지 않고 그런 말로 감싸주었다.

"사카야나기한테 들킨 거 말했어?"

"네, 뭐. 보고했어요. 그래서 앞으로 저는 기회를 얻지 못할 것 같아요."

의외로 시원시원한 대답이 돌아왔다.

류엔의 달콤한 유혹에 망설이는 것처럼 보이기도 했는

데…….

어쨌든 알렸다면 더 이상 그 부분을 가지고 이러쿵저러쿵 말할 필요는 없겠군.

나는 나대로 야마무라에게 해야 할 게 아직 남아 있다.

"이번 일은 언젠가 꼭 보상해줄게."

"……네?"

수학여행 때 같은 그룹이었던 것도 있어서, 야마무라와 키토가 류엔을 감시하고 뒤를 밟았어도 놀랄 일은 아니었다. 사카야나기로부터 간단하게 지켜보라고 명령받았을 확률이 높기 때문이다. 가뜩이나 같은 그룹이니, 사카야나기의 지시가 없었다고 해도 류엔을 향해 눈을 번뜩이는 것은 당연한 일이다.

이치노세 반의 동향 하나만 봐도 야마무라는 늘 신경 쓰고 있었다.

하지만 이번엔 그때의 상황과 완전히 다르다. 카츠라기가 보였던 놀라는 모습.

사카야나기가 야마무라를 중요하게 여기고 밀정으로 쓰고 있을지도 모른다는 사실. 사카야나기 반에 대한 류엔의 전력 해석이 이렇게 한 발 앞으로 나아가고 말았다.

이제 류엔은 야마무라에 대한 대응을 틀림없이 한 단계 끌어올릴 것이다.

내가 그녀를 알아차리고 괜히 말만 걸지 않았어도 류엔과 카츠라기는 야마무라를 포착하지 않았을 가능성이 높은 만큼, 책임이 누구에게 있는지는 되풀이해 말할 것도 없다.

"보상, 뭐 그런 건 괜찮아요. 다른 반인 아야노코지 군과는 상관없는 일이니."

그것도 야마무라의 말이 맞지만, 나에게도 마음에 그리는 것이 있다.

아직은 누군가에게 설명하고 들려줄 만한 것이 못 되므로 다른 핑계를 생각했다.

"단순히 내가 기분이 안 좋아서 그래. 아무리 생각해도 야마무라한테 불이익만 생긴 것 같아서."

"하지만…… 어차피 누군가를 미행한 쪽이 잘못이라고 할까요."

아무래도 야마무라는 그 부분에 부채감이 있는 듯했다.

그래서 나에게도 조금도 불만을 드러내지 않는 건지도 모른다.

"정말로, 마음 쓰지 않아도 돼요."

여기서 야마무라로부터 긍정적인 반응을 얻기란 어려워 보인다. 오히려 너무 오래 여기 머물러 있으면 곤란하게만 할 뿐인가.

"알았어. 그럼 힘들어지면 언제든 나한테 의논해. 내가 도움이 될지는 모르겠지만 그래도 말해줘."

이렇게 전해두면 야마무라도 무리 없이 받아들여 줄 것이다.

딱히 힘들든 힘들지 않든 연락하는 것은 야마무라의 의사에 달렸으니까.

"그거라면, 네. 알겠어요."

제안을 받아들인 야마무라가 고개를 끄덕였다.

"그럼 난 이만 갈게."

"……고생 많으셨어요."

좀 더 여기에 있을 생각인지, 자판기 앞에서 움직이려고 하지 않았다.

야마무라에게 인사한 후 먼저 나가려고 하는데——.

몸을 뒤로 돌렸다가 이리로 걸어오는 케이와 사토를 발견하고 말았다.

나는 반사적으로 야마무라를 뒤에 두고 자판기 뒤에 몸을 숨겼다.

"아, 아야노코지 군……?!"

당황한 야마무라에게는 미안하지만 조용히 해달라고 검지를 입에 갖다 댔다.

그러자 의도를 알아차렸는지 얌전히 있어 주었다.

"자, 이제 어디 갈까?!"

"그러게~."

두 사람의 즐거운 대화 소리만 들리면서 점점 가까워졌다.

살짝 엿보는 것 정도로는 나를 알아차리지 않으리라.

다만 그건 자판기 쪽에 볼일이 없을 때에 한한다.

아무리 자판기 옆에 숨어 있다지만 바로 앞까지 오면 다

보일 것이다.

"잠깐 쉬었다 갈까? 뭐 마실래?"

최악의 전개를 짐작하게 하는 제안을 사토가 꺼내고 말았다.

"으음."

망설이는 소리를 내는 케이.

만약 곧 우리를 발견한다면 숨은 게 더 독이 되겠지.

이성과 단둘이 좁은 자판기 옆에 몸을 숨기고 있다.

그래 놓고 아무 일도 없었다고 변명하긴 어렵다.

"응, 잠시만 쉬었다 갈까."

"그게 좋겠어. 몸 나은 지 얼마 되지도 않았고."

순간 나는 각오했지만, 아무래도 자판기를 이용할 생각은 없어 보였다.

어디까지나 벤치에 앉아 쉬려는 것 같았다.

하지만 그렇다고 해서 문제가 해결된 것은 아니다.

출구는 하나밖에 없고, 케이와 사토가 벤치에 앉아 있는 동안에는 돌아갈 수 없다.

"고마워. 그리고 걱정 끼쳐서 정말 미안해."

"아니야, 그렇지 않아. 그리고 감기 걸렸을 때는 서로 도와주는 게 당연하달까······."

"응, 혹시라도 마야 짱이 아프게 되면 내가 간호해 줄게."

"고마워. 기쁘다."

"왠지 나, 항상 마야 짱한테 도움받는 것 같아."

"그, 그런가?"

"지금만큼 사이가 가깝지 않았을 때 말이지. 마야 짱이 나한테 키요타카 일로 몰아붙였던 거 기억나? 왜, 2학년에 막 올라왔을 때."

"카루이자와는 언제부터 아야노코지를 좋아했어? 얼버무리지 말고 대답해…… 뭐 그런 말을 했던 기억이 나네."

떠올리고는 창피한지 얼굴을 붉히면서 사토가 손으로 얼굴을 감쌌다.

"맞아, 맞아. 핵심을 확 찔렀달까, 놓치지 않는달까……."

평소 성량으로 말하는 두 사람이었는데 조용한 이쪽에서는 아주 잘 들렸다.

야마무라가 아무 말 없이 나를 올려다보았다.

딱히 듣고 싶지도 않을 이야기일 테니, 나는 살짝 사과하는 의미로 한 손을 들었다.

듣고 싶지 않으면 억지로 들을 필요는 없다.

조금 수고스럽겠지만 두 손으로 귀를 막으면 안 들리게 되리라.

하지만 뜻밖에도 야마무라는 조금 즐거워 보였다.

괜찮다는 투로 조용히 두 사람의 이야기에 귀를 기울였다.

야마무라는 평소 사카야나기의 명령으로 누군가의 정보를 모으는 역할을 했을 터.

그렇다면 엿듣는 일쯤 일상다반사.

한두 번의 은밀한 행동이라면 누구나 탐정 놀이에서 즐

거움을 느낄지 모르지만, 듣고 싶지 않은 이야기를 훔쳐 듣는 것에 적잖은 죄책감을 느끼는 사람도 많다.

야마무라 역시 그런 자신의 역할을 질색하는 부분이 있다고 생각했는데, 꼭 그렇지만도 않은 듯하다.

존재감이 별로 없다고 자부하는 천부적 능력과 더불어 아주 잘 어울린다.

잠시 대화를 나누던 두 사람은 마침내 휴식을 마쳤다.

"슬슬 갈까?"

"이제 괜찮아졌어?"

"응. 오랜만의 외출이잖아. 실컷 놀지 않으면 손해 아니야?"

"그렇지. 그런데, 아야노코지랑 꼭 화해해야 해."

"으, 으응. 노력해 볼게⋯⋯!"

그런 두 사람의 말소리가 점점 작게 들려온 것이 마지막이었다.

예기치 못하게 두 사람이 다시 돌아온다거나 뒤돌아볼 위험이 있으므로 얼마간은 계속 그대로 있어야 한다고 말해주려는데, 그러기 전에 야마무라가 먼저 팔을 잡아 내가 튀어 나가는 것을 막았다.

이제 됐으려나. 그렇게 생각한 타이밍과 거의 동시에 야마무라도 움직였다.

"간 것 같아요."

"그러네."

우선은 야마무라가 먼저 자판기 밖으로 나가 주위를 확인해서 나와도 괜찮다는 것을 확신한 후에 내게 조용히 신호를 보냈다.

"솜씨 좋네."

"……그런, 가요? 늘 하는 거라……."

헛기침을 살짝 한 후 야마무라가 의외의 이야기를 했다.

"카루이자와 씨랑 화해, 할 건가요?"

"왜 사토처럼 말해?"

"왠지 신경 쓰여서. 여자친구, 맞죠? 싸운 줄은 몰랐지만."

"정보 수집 전문가께서도 모르는 게 있네."

"놀리는 거예요?"

"그러는 너야말로."

그렇게 맞받아치자 야마무라는 살짝 놀라더니 아주 조금이지만 입꼬리를 올리고 웃었다.

"왠지 느낌이 이상해요. 이상한 사람이네요, 아야노코지 군은."

"자주 들어."

"그건 진짜인가요? 아니면 농담인가요?"

"둘 다겠지."

조심스러운 태도는 여전했지만, 차분하게 말하는 야마무라의 어조는 듣기 편하고 불쾌감이 들지 않았다.

왠지 언제나 텐션이 낮은 부분 등 나와 비슷한 면이 있어서일까.

"그런데…… 방금 제가 한 질문은 대답 언제 해주세요?"

"안 잊고 있었어?"

"똑똑히 기억하고 있죠."

의외로 과감한 구석도 있는 건지 아니면 나에게 세운 벽이 하나 허물어진 건지 야마무라가 그렇게 물었다.

"잘 화해할 거야. 약속도 잡아 놨어."

"그렇다면 다행이네요."

자신과는 상관없는 이야기이고 카루이자와와도 접점이 없을 텐데 어딘지 기뻐 보였다.

"이 일은 사카야나기한테 보고 안 해도 돼."

"약속은 못 하겠네요."

"가차 없네."

야마무라는 한 번 숨을 토한 후, 스마트폰을 꺼내 까만 화면을 쳐다보았다.

그리고 약간 망설이다가 나를 보았다.

"아까 류엔 군과 있었던 일…… 사실은 아직 보고하지 않았어요."

"들킨 거 말이야?"

"네…… 거짓말해서 죄송해요. 빨리 가주셨으면 하는 마음에……."

"그렇군."

"보고해야 한다는 건 저도 잘 알아요. 하지만…… 아마도 버림받는 게 무서웠던 것 같아요. 다른 장점이 없는 제가 유일하게 잘하던 일. 그조차 아니라는 게 알려지면…… 반에도 도움이 안 되니까."

학력이 어떻고, 신체 능력이 어떻고, 그런 문제가 아니리라.

야마무라는 자존감이 낮아서 주위를 잘 보지 못한다.

"내 탓으로 돌려도 상관없는데, 그런 문제가 아니지?"

야마무라의 책임이든 내 책임이든 간에 들켜버렸다는 사실이 중요하다고 사카야나기는 판단하겠지. 앞으로 밀정의 기능이 약해진다는 점은 변함없다.

"말 안 하면 안 되는 걸까요……."

"류엔의 말을 믿어?"

"거기에 매달리는 것밖에, 지금 제가 살아남을 방법이 없어요……."

"마음은 알겠지만 솔직하게 보고해야 한다고 봐."

"하지만── 들킬 때까지는 지금을 유지할 수 있잖아요. 아니면 정말로 입 다물어줄지도 모르고요. 류엔 군이 사카야나기 씨 손에 퇴학당하면 흐지부지 전부 묻힐지도…… 몰라요."

실패했다는 보고를 뒤로 미루는 것. 근거도 없이 살아남는 선택지를 혼자 상상하고 있었다.

"그건 최악의 선택일 거야. 류엔은 마음의 빈틈을 파고든 것뿐이지, 자기가 필요해지면 반드시 이 사실을 만천하에 공개할걸. 퇴학당하더라도 고별 선물로 밝히고 갈 위험도 있고."

류엔이 야마무라를 찾아낸 것 자체는 별로 수확이 크지 않다. 하지만 야마무라가 들켰다고 보고하지 않는다면 그 점을 이용해 전략을 세울 수 있다.

맡은 임무를 내려놓는 선에서 끝나지 않을 것이다.

"쉽게 이용당하지 마라."

"하지만……."

"난 네가 퇴학당하길 바라지 않아. 그래서 하는 조언으로 들어주면 좋겠다."

"어, 어째서? 저따위와는 아무런 상관도, 없잖아요."

"수학여행 때 같은 그룹 멤버였잖아. 그것만으로도 충분히 상관있는 사이 아닌가?"

"……저는……."

야마무라는 꽉 움켜쥔 두 손을 자기 눈에 닿을 만큼 가까이 가져갔다.

그리고 눈을 크게 부릅뜨더니, 스마트폰을 꺼내 메시지를 입력하기 시작했다.

『류엔 군과 카츠라기 군에게 미행을 들켜버렸습니다. 상세한 내용은 전화로 알려드리겠습니다.』

그렇게 입력한 문장을 내게 보여준 후 사카야나기에게 보냈다.

"망설였다간 또 도망치고 말 것 같아서."

이 자리에서 보고해 퇴로를 차단하는 쪽을 고른 듯했다.

"저, 저기. 그럼 저는 이만…… 갈게요……!"

갑자기 자신의 상황에 위화감을 느꼈는지, 야마무라는 서둘러 마무리하듯 말했다.

그리고 굳이 그럴 필요도 없는데 깊이 머리를 숙이고는 조심스럽게 걷기 시작했다.

"상상했던 것보다 대화하기 편하네."

그게 바로 헤어진 직후 내가 야마무라에게 느낀 점이었다.

본인에게도 말했지만, 퇴학당하지 않았으면 좋겠다고 솔직히 생각했다.

사카야나기도 솔직하게 보고한 야마무라를 벌하진 않겠지만, 혹시 모르니 앞으로도 주시하는 게 좋을 듯하다.

"아차…… 그렇지. 호리키타한테 일단 연락해둬야겠다."

전화는 귀찮으니까 요점만 정리해서 메시지를 보내는 게 가장 좋겠지.

그리고 케야키 몰에서는 케이와 사토가 재미있게 노는 중이다. 마주치지 않게 오늘은 이만 가는 게 상책이라고 판단하고 몰에서 나가기로 했다.

5

이날 저녁, 나는 통신 판매로 주문한 상품을 뜯었다.

3,000엔대에 구한 요거트 메이커였다.

얇은 설명서를 훑어본 다음 실제로 기계를 만져보면서 사용법을 익혔다.

그다음에 해야 할 일을 마치고 필요한 것—— 우유와 요거트를 사 왔다.

"좋아—— 해볼까."

깊이 생각하지도 않았지만, 요거트 만들기는 아주 간단하다.

먼저 1L짜리 우유팩에서 우유 100mL를 덜어낸다. 그 우유는 마셔도 되고 요리에 넣어도 좋다. 나는 이번엔 그냥 마시기로 했다.

이렇게 해서 팩에 생긴 공간에 요거트 100g을 넣는다.

이렇게 하면 우유팩 속은 우유 9 : 요거트 1의 비율이 되고, 이제 이걸 요거트 메이커에 넣기만 하면 끝.

타이머는 9시간으로 설정되어 있는데 시간이 지나면 우유팩 속이 전부 요거트가 되는 것이다.

그냥 사 먹으라고 할지도 모르겠지만, 이 요거트 메이커의 진가는 두 번째 이후 그리고 장기전으로 간다는 데 있다.

내일 아침이면 1,000g 생긴 요거트를 맛볼 수 있는데, 여기서 중요한 것은 100g을 남겨둬야 한다는 점.

새로 우유를 사서 거기에 섞기만 하면 계속 종균을 배양해 먹을 수 있다는 모양이다.

유산균의 힘, 어마어마하구만.

지식은 있었어도 이렇게 실제로 만들기 시작하니까 실

감이 난다.

이제 막 스위치를 켠 주제에 뭐라는 거냐 싶지만.

그런데 장점을 얘기했지만 이걸 영구적으로 반복할 수 있다면 누가 고생하겠는가.

우유를 유산균이 발효시켜 요거트로 바꿔주는 원리인데 아무래도 유산균의 작용은 시간이 지나면 점점 약해질 수밖에 없다.

그래서 요거트가 점점 묽어지게 되는데, 그걸 피하려면 더 오랜 시간 발효시키는 방법을 쓰게 되고 그러면서 종균의 힘이 더 약해져 버린다.

또 종균을 계속 배양하는 이상 위생적으로도 신경 써야 하는데, 공기 중에 떠다니는 잡균 등을 피할 수 없다는 문제가 아무래도 있어서 유산균의 작용이 약해지는 원인이 된다.

결국 만들어 먹는 게 이득이라고 해도 고작 세 번, 길어도 네 번 정도면 끝날까.

이 부분은 직접 만들고 경험하면서 감을 잡아야겠지.

그 과정을 즐기는 것 또한 수제 요거트의 즐거움이 아니겠는가.

타이머를 누른 시각은 밤 9시를 맞이했을 때.

즉, 아침 6시에는 완성되는 것이다.

"자, 그럼."

나는 침대에서 충전 중인 스마트폰을 손에 쥐었다.

이제 슬슬 케이에게 연락해볼까, 그런 생각이 들어서인데…….

통화 이력에서 케이를 찾아 전화하려는데 때마침 전화가 걸려 왔다.

애가 탄 케이가 먼저 걸었나 하는 생각이 순간 들었지만 그건 아니었다.

"여보세요."

『아—— 안, 안녕.』

"웬일이야, 사토가 먼저 전화를 다 걸고."

처음에 연락처를 교환했던 꽤 오래전, 작년 체육대회 후를 떠올렸다.

『저기, 있지. 아야노코지한테 꼭 좀 확인하고 싶은 게 있는데.』

"뭔데?"

『……케이 짱 말이야.』

친한 친구로서 걱정하는 건 모르는 바도 아니다.

아마 케이에게는 전하지 않은, 나의 감정을 알아내려는 목적이겠지.

"케이? 케이가 왜."

일부러 순순히 대답하지 않고 일단 견제했다.

『얼마 전에 다퉜……지?』

"그렇게 들었어?"

『응, 뭐. 뭐랄까, 이야기의 흐름으로 눈치챈 부분도 있다고 할까.』

　대놓고 상담했다고 대답하긴 어려웠는지 어디까지나 케이와 이야기를 나누다가 부자연스러운 부분을 눈치챘다는 식으로 말했다.

　『이제 곧 연말이고…… 꼭 화해, 할 거지?』

　만난다는 걸 의심한다기보다도 만나서 어떻게 할지를 마음 쓰고 있었다.

　불온한 느낌을 받아서 케이를 걱정하는 마음에 이러겠지.

　이 전화가 상대방에게 미치는 영향 등은 고려하지 못하고 있지만, 일단 절친을 생각하는 마음은 높이 평가하고 싶다.

　"그렇지 않아도 지금 케이한테 전화하려던 참이었어. 약속 잡으려고."

　『그, 그렇구나. 그럼── 화해할 거라는 말이지?』

　"물론 그럴 생각이야. 케이한테 일정이 있어서 거절당하지 않는 한에는, 말이지만."

　미리 약속했어도 재차 확인하지 않았으니까.

　당연히 내 상황만 밀어붙여서 억지로 만날 수는 없다.

　물론 개인적인 일이 생겼다는 연락을 아직 받지 않았으니까 약속은 이행될 거라고 봐도 되겠지만.

　수화기 너머로 마치 숨을 삼키듯, 밖으로 나오지 않은 소리가 귓가에 어렴풋이 닿았다.

　『다행, 이야! 그래그래, 그러는 게 좋아! 방해될 테니까 이만 전화 끊을게!』

　더 이상의 통화는 괜히 케이를 안절부절못하게 할 뿐이라고 판단하고 끊으려고 했다.

　"잠깐만. 사토 너한테 말하고 싶은 게 있어."

『뭔데, 뭔데?』

　이후에 케이와 통화할 예정임을 안 뒤부터 기분이 좋아진 사토.

　자신에 대한 것, 자기감정 따위는 제쳐두고 응원할 수 있다니 순수하게 마음이 강한 사람이다.

　그렇기에 좀 더 깊은 이야기를 꺼낼 수가 있다.

　"물론 난 남자친구로서 케이를 지키는 입장에 있어. 하지만 그것만으로 좋은 건 아니야."

『그게 무슨 말이야?』

　"언제 어디서 어떤 위기가 닥칠지 알 수 없어. 연애만 그런 건 아니잖아? 친구 사이에도 갈등이 생길 수 있고, 이 학교의 독자적 규칙에 따른 퇴학 위험도 있지. 사토가 나와 케이 일로 불안을 느낀 것처럼 인간관계는 언제 어디서 어떤 타이밍에 무너져버릴지 아무도 모른다는 뜻이야. 확실하게 안심할 수 있다고 생각해도 어떤 균열이 보이는 순간 불안으로 바뀌지."

『그건──.』

　사토도 부정할 수 없는 사실이리라.

　나와 케이의 관계가 구축되고 사이를 인정했을 때 사토

는 동시에 안심했을 것이다.

아야노코지라면 케이를 지킬 수 있다, 소중히 여길 것이다. 그런 근거 없는 자신감이 있었을 것이다.

그런데 하나의 예기치 못한 사태가 생기자 당황하고 불안을 느껴버렸다.

그래서 이렇게 위험까지 감수하고 직접 전화를 건 것이다.

"사토가 친구로서—— 아니 절친으로서 꼭 힘이 되어줘야 해. 물론 사토가 케이를 그런 존재로 인정하고 있다는 대전제가 있어야 하지만."

『그야 당연하지!』

사토는 망설임 없이 케이를 지키겠다고 대답했다.

"그럼 됐어. 그리고 그만큼 그 반대도 보장할게."

『……그 반대라니?』

"만약 사토가 케이를 지킬 수 없는 상황이 되면 내가 케이를 지킬게."

『믿어도—— 되는 거지?』

"물론이야."

나의 본의, 본질, 본심은 상관없다.

지금은 사토가 그렇게 생각하도록, 보이지 않는 계약을 맺어두는 게 좋다.

내가 케이를 버려도 사토는 헌신적으로 그녀를 계속 도울 확률이 올라간다.

만약 사토가 퇴학 등의 사태에 빠져도 그 뒤에 내가 케이를 계속 지키는지 어쩌는지 확인할 방법이 없다. 내가 약속을 어긴다고 해서 원망할 수도 없다.

아직 케이는 호리키타 반의 유지를 위한 중요한 퍼즐 조각이지만.

"오늘 케이한테서 사토를 만날 거라고 들었었어. 고마움을 표시하고 싶다면서."

『아, 그렇구나.』

"고맙다."

『앗, 그렇게 인사할 필요 없어. 둘이 사이좋게 지내면 그걸로 좋아.』

"그렇군. 그럼 내일 이야기는 케이한테서 들어."

『러브스토리, 각오해둬야겠네.』

통화를 마친 나는 공허한 방안에서 미세한 심경의 변화를 느꼈다.

내 발언으로 남을 조종하는 일.

그건 나에게 『즐거움』으로 분류되는 행동이라는 것.

그 발언이 진실이든 거짓이든 상관없다.

또 나를 조종하려 드는 상대의 발언조차 『즐거움』으로 느낀다는 것.

나도 모르게 속는 것조차도 오히려 환영하고 싶다.

사람을 알고, 사람을 배우는 일. 배우게 되는 일.

더 많은── 혹은 더 큰, 아직 만나보지 못한 거대한 상대들.

그런 사람을 조종하고 장악하면 더 즐겁겠다는 생각이 자꾸만 들었다.

그나저나 사토는 조금씩 발전하고 있군.

전화 통화 하나만으로도 성장하고 있다는 게 느껴진다.

"그럼——."

약속한 시각이 조금 지나고 말았지만, 케이에게 전화를 걸기로 했다.

○남겨진 시간

이치노세와 관련된 일로 케이와 다투었다.

의도적으로 연락을 최소한으로만 하고 거리를 둔 뒤로 시간이 꽤 흘렀다.

뜻밖의 독감에 걸린 케이와는 크리스마스에 만나지 못한 채 어느새 연말. 12월 29일을 맞이했다.

담담하게 정한 약속 시각은 조금 늦은 오후 3시.

그때까지 나는 할 일 없이 방에서 늘 그렇듯 휴일을 보냈다.

텔레비전을 보거나 책을 읽기도 하고, 인터넷을 하거나 음악을 듣기도 하고.

따분하기만 할 줄 알았는데, 평범하게 흐르는 시간이 오히려 더 충실감을 주었다.

드디어 약속 시간 20분 전이 되자 나는 기숙사를 나섰다.

케야키 몰 입구에서 만나기로 했지만, 나가자마자 바로 마주칠지도 모르겠다.

그렇게 생각했는데 기숙사 로비나 밖에서 케이의 모습을 찾진 못했다.

머릿속으로 다시금 생각해 보았다.

나에게 사귄다는 것은 무엇인가.

애당초 연애란 무엇인가.

'사귀다'라는 단어를 사전에서 찾으면 나오는 몇 가지 의미 중에 지금 우리에게 해당하는 것은 『연인으로서 교제하다』겠지.

이건 알기 쉽다. 문장 그대로 받아들일 수 있다.

반면 연애라는 단어를 사전에서 찾으면 『남녀가 사랑하고 그리워하는 일. 그 감정』이라고 나온다.

사랑하고 그리다. 그 감정. 나는 시간이 지나면서 연애를 좀 알게 되었을까.

먼저 생각할 것은 그 부분이다.

나는 이 학교에서 많은 감정을 배웠다.

수업, 친구와 나누는 담소, 교사와의 대화, 쇼핑, 놀이.

그때 느낄 수 있는 재미와 따분함, 즐거움과 무료함, 맛있는 음식과 맛없는 음식, 그 밖의 많은 것들도 알았다.

케이와 사귀면서 연인들이 하는 경험도 많이 했다.

연인만 할 수 있는 대화, 데이트 그리고 살을 맞대는 행위.

아마 모범답안일 행동은 다 했다고 봐도 되리라.

그렇다면── 사랑하고 그리는 감정을 알았다고 말해도 될까.

답은 분명 다를 것이다. 감정을 안 것은 아니니까.

내 마음은 케이와 사귀기 이전부터 바로 지금까지, 아무런 미동조차 없었다.

이건 평소 지내면서 계속 자문자답한 문제다.

명확한 답은 아직 찾지 못했지만, 짐작은 간다.

내가 연애를 배울 대상으로 케이를 봐왔다는 것. 요컨대 연인끼리만 할 수 있는 경험을 우선했다는 뜻이다. 케이와 뭔가를 하고 싶다는 심리가 작용하기도 전에 다음 단계를 밟으면서 감정을 놓고 와버린 셈.

물론 후회는 없다. 케이에게 많은 것을 배웠으니까.

다만 앞으로 언제까지 이 관계를 이어갈지, 그걸 결정할 순간은 다가오고 있다.

케이라는 사람은 호리키타 반에서도 가장 어두운 구석이 많은 학생이다.

그리고 강해지려 하고 있지만, 그와 동시에 의존적인 성격을 갖고 있다. 그런 점을 이용해 내 손아귀에 넣었다.

하지만 강한 의존성을 그대로 남겨둔다면 나의 목적을 이룰 수 없다.

내 방침이 크게 변해버린 지금, 반드시 의존성으로부터 탈피하게 해야 한다.

그렇게 함으로써 나는 새롭게 배울 권리를 얻는다.

케이와의 이별을 망설이게 될까 아닐까.

만약 놓아주는 게 아쉽게 느껴진다면 사랑이라고 부를 수 있을지도 모른다.

약속 시간까지 5분 가까이 남았는데 케이는 이미 와서 기다리고 있었다. 고개를 숙이고 있어서 아직 나를 알아보지 못했다.

시간을 생각해도 이제 슬슬 주변을 의식하지 않으면 이상한 때다.

얼굴을 들었을 때 내가 없을지도 모른다는 생각에 공포심을 느끼는 걸까.

아니면 얼굴을 마주하는 것에 저항감이 드는 걸까.

"일찍 왔네."

가까이 다가가도 놀라지 않도록 거리를 조금 두고 말을 걸었다.

"아——."

목소리에 반응해서 고개를 든 케이.

지금부터 둘이 크리스마스에 못 한 데이트를 하자, 그런 표정은 아니었다. 불안하고 또 불안해서 어쩔 줄 몰라 그러는 것일까.

적어도 나에 대한 미움, 실망이라든지 흥미를 잃어버린 감정은 보이지 않았다.

"오, 오랜만, 이야……."

"그러네. 이렇게 둘만 있는 건 3주만인가."

가벼운 대화가 한 번 오간 후 우리는 가까운 거리에서 서로 마주 보았다.

지금까지는 자연스럽게 서로가 닿을 만큼 가까이 있었던 케이와 나였는데, 삐걱거리는 상태로 3주가 지나면서 눈에 보이지 않는 거리감이 생겨버린 듯했다.

"몸은 이제 완전히 다 나았다며?"

"응. 누구한테 들었어?"

"어젯밤에 사토가 걱정하면서 전화했었거든. 그때 들었지."

"그랬구나."

아직 평소 같지 않고 어딘지 데면데면한 분위기.

친밀하게 둘만의 비밀을 많이 공유해왔는데도, 한번 불안을 느낀 것만으로 사람이 보여주는 모습이 이렇게 달라질 수 있구나.

"일단 안으로 들어갈까."

"응……."

겨울철 실외는 춥다. 나는 케이를 데리고 케야키 몰로 들어갔다.

"어떻게 할까?"

"그러게. 원래라면 여기서 일단 크리스마스트리부터 볼 계획이었는데 말이지."

"응……."

크리스마스트리는 이미 치워지고 넓은 공간만 남았다.

다음에 다시 떠들썩해지는 날이라면 내년에 있을 핼러윈과 크리스마스다.

"못 봐서 아쉽겠다."

"응……."

만나서 이동하기 시작한 뒤부터 케이는 계속 어색하게 응 하고만 대답할 뿐이었다.

당연하다면 당연한가.

원래 사이가 소원해진 계기는 나에게 있다.

연인이 있으면서 다른 이성과 나가는 행동에 반발하는 것은 이상한 일이 아니다.

게다가 내 행동을 객관적으로 봤을 때 바람을 피웠다고 생각해도 어쩔 수 없다.

위험한 냄새가 나는 문을 열 용기 따위, 케이는 도저히 낼 수 없으리라.

"일단 이치노세 일로 갈등이 일어나게 한 거, 사과하고 싶어."

케이를 앞에 세운 나는 두 손을 모으면서 깊이 머리를 숙였다.

"……키요타카……."

"케이가 화나고 불안해하는 건 당연해. 분명히 말하는데 너한테는 아무런 잘못도 없어."

"그, 그런…… 나도…… 심한 말, 엄청 했는데……."

"아니야. 오히려 잘 참아줬다고 생각해."

욕하고 비난하지 않고 당연한 권리인 불만만 토해냈었다.

"사실은 좀 더 일찍 사과하고 싶었는데, 결과적으로 늦어지고 말았네."

사과하면서 동시에 나는 미리 주머니에 넣어두었던 상자를 꺼냈다.

"이건……?"

"늦었지만 크리스마스 선물이야. 받아주면 좋겠어."

손을 천천히 내밀었다가 다시 거두는 케이.

아직 불안이 가시지 않은, 위축된 반응이었다.

경직된 그 손을 붙잡은 나는 다정하게 상자를 쥐여주었다.

그리고 코트를 대신 받아 들고, 상자를 열어보라고 했다.

"열어도 돼?"

"물론이지."

그러자 케이는 결심을 굳히고 왼손으로 상자 아래를 누르면서 뚜껑을 열었다.

상자에서 나온 것은 반짝이는 목걸이.

그것을 물끄러미 바라본 케이는 놀란 듯 고개를 들었다.

"나, 키요타카한테 이거 갖고 싶다고, 말했었나……?!"

"직접 듣지 않아도 알 수 있지. 몇 번이나 스마트폰으로 검색하는 걸 봤으니까. 그거 말고도 여러 가지 많이 봤지만, 이것만은 특별한 느낌이 들었어."

구경하던 귀금속 중에서는 이것보다 비싼 것도 있었지만, 학생이라는 입장과 나를 잘 아는 케이가 무턱대고 비싼 걸 원할 것 같지는 않았다.

틀림없이 이거면 좋아할 거라고 생각했는데…….

"………."

케이는 목걸이를 손에 든 채 그대로 굳어 있었다.

"혹시 이게 아닌가?"

그렇다면 혼자 마음대로 행동한 실수인 셈이다.

하지만 케이는 그 목걸이를 꼭 쥐고는 고개를 힘껏 가로저었다.

"아니야, 이거 맞아……!"

"그래? 다행이다."

"이거, 꿈…… 아니지?"

기뻐한 케이는 있을지도 모를 다른 사람의 눈도 전혀 의식하지 않고 그 자리에서 울음을 터트렸다.

나에 대한 의존성은 지금 완전히 정점을 찍었다고 봐도 좋겠다.

말로 할 수 없는 행동을 강요해도 얼마든지 실행에 옮겨주겠지.

하지만 여기서 이 관계를 끝내지는 않을 것이다.

만약 이 순간 케이를 떼어내도 근본적인 해결로 이어지지 않기 때문이다.

"키요타카?"

생각에 잠긴 나를 보고 이상해하며 젖은 눈으로 올려다보는 케이.

"오늘은 자고 가는 거지?"

환한 미소를 머금은 케이가 내 팔을 껴안았다.

"나, 나 이제는, 다 끝인 줄……!"

"받아줄 거야?"

"당연, 하잖아……!"

목걸이를 손에 쥔 케이의 눈에 눈물이 고이더니 이내 눈

물이 뚝뚝 떨어졌다.

"이제 정말, 원래 사이로…… 돌아가는 거지?"

"그래. 원래대로."

"정말 정말, 믿어도 되는 거지?"

"믿어도 돼."

거듭 확인을 구하는 케이를 끌어안은 나는 변함없는 대답을 했다.

"다행이야, 다행이야!"

"크리스마스는 같이 축하하지 못했지만, 케이의 생일은 꼭 함께 보내자."

"응, 응!"

케이의 생일은 3월 8일.

순조롭게 간다면 학년말 시험을 치르기 전이다.

그때까지는 아무것도 변하지 않는다.

지금까지 해왔던 대로, 옆에 있으면서 고난이 닥치면 힘이 되어 주고 지켜줄 것이다.

그것이 기생 당하는 숙주의 운명이기 때문이다.

목걸이를 한 케이가 조금 수줍어하며 팔짱을 꼈다.

"오랜만……이야."

"그러네. 이제 어디 갈까?"

"어디든 좋아. 키요타카랑 있으면 어디든 좋아."

그 이상은 아무것도 바라지 않는다. 그렇게 대답하고 몸을 더욱 밀착시켰다.

"오늘부터 다시 키요타카의 방에 가도 돼?"

"거절할 이유를 찾는 게 더 어렵겠다."

"목욕은? 같이 해도 돼?"

"물론이지."

"에헤헤."

기뻐하며 환하게 웃은 후, 또 눈물이 차올랐는지 손가락 끝으로 눈가를 훔쳤다.

여자친구와 관계 회복.

그것은 기뻐할 일.

그런데 왜 내 마음은 미동조차 없을까.

좀 더 환희에 젖고, 전율하고, 함께 좋아해야 하지 않나.

모르겠다.

"화해해서 다행이야."

만들어낸 말.

그 말에 케이는 기꺼이 기쁨을 느낀다.

하지만 몰라도 나는 슬프지도 않다.

모르면 알 때까지 반복하면 되니까.

케이로 안 되면 다른 사람으로 다시 시험해보면 된다.

그렇게 만남과 이별을 반복하다 보면 언젠가 연애를 배울 날도 오겠지.

버림받고 괴로워하며 눈물 흘리는 나를 만날 수 있을지도 모른다.

욕망이 끓어오른다.

한없는 탐구심이 뒤에서 등을 떠민다.

이걸 모른다는 사실.

아직 배울 것들이 무한하다는 사실.

"오랜만에 노래방에 갈까?"

우선은 지금까지 해왔던 대로 케이와의 관계를 구축하는 것만 생각해야 한다.

계속 침묵해서 불안을 느끼게 하지 않도록 그렇게 말을 꺼냈다.

"우와, 키요타카가 먼저 노래방 얘기를 꺼내다니 별일이다 있네?"

듣고 보니 노래방에 꽤 드나들기는 해도 먼저 나서서 노래 부르고 싶다고 생각한 적은 거의 없으니, 케이의 말처럼 드문 일일지도 모르겠다.

"요즘에 텔레비전에 나오는 인기곡들을 꽤 많이 들었거든."

앞으로 다른 학생과 노래방에 가도 창피하지 않을 수준이 됐는지 확인하기에 좋은 상대다.

찬성한다는 듯 케이가 손을 들고 웃으면서 대답해서, 둘이 함께 걷기 시작했다.

가는 도중에 휴게 공간에 있는 자판기가 눈에 들어왔다.

혹시 오늘도 그 자판기 사이에 야마무라가 쭈그려 앉아 있는 게 아닌지.

"……왜 그래?"

내가 걸음을 멈추자 케이가 고개를 갸우뚱거리며 내 시선을 따라 자판기 쪽을 응시했다.

"목말라?"

"그런 건 아니야."

야마무라는 사카야나기에게 보고한 후 어떤 말을 들었을까.

맡은 역할에서 손을 떼게 되었을까, 아니면 류엔과는 무관한 다른 누군가를 감시하게 되었을까.

"아, 그렇지. 마야 짱한테 잠깐만 연락하고 가도 될까?"

흔쾌히 받아들인 나는, 걸으면서 메시지 보내지 말라며 근처 벤치에 가서 앉게 했다.

"옆에 같이 앉을래?"

"아니, 난 잠깐 자판기 보고 올게. 궁금한 신제품이 있을지도 몰라서."

"알았어!"

케이는 기쁜 듯 몸을 흔들면서 사토와 채팅을 시작했다.

사이를 회복했다고 보고하고 다시 한번 고마움을 표시하려는 것 같다.

나는 그동안 구석에 있는 자판기 쪽에 가보기로 했다.

없겠지만 혹시 모르니까.

대수롭지 않은 투로 자판기 사이를 들여다보았는데…….

"으엣?!"

설마 했는데…… 있었다.

지난번과 똑같이 앉아 있었는데, 페트병을 한 손에 쥔 것까지 똑같았다. 저번과 다른 점은 안에 뭔가가 든 에코백이 바닥에 놓여 있다는 것 정도다.

"또 만나다니. 설마 늘 여기 있는 건가?"

"늘은 아니고…… 가끔이요."

그렇게 대답했지만, 시선을 피하는 까닭은 겸연쩍은 거짓말을 해서일까.

"그건?"

"네? 아, 이거요? 이건—— 저에게 주는 선물로 산 핸드타올이에요."

"선물이라니?"

"……신경 안 쓰셔도 돼요. 그보다도 카루이자와 씨와는 잘 화해한 모양이네요."

"다 들렸어?"

"그런 거, 전문이니까."

말투가 모호했지만 엿듣기가 전문이라는 뜻이다.

"빨리 돌아가 보는 게 좋을 듯한데. 궁금한 신제품이라는 것도, 냉정하게 생각해 보면 위화감이 좀 들잖아요."

아주 훌륭하게 대화를 싹 다 들은 모양이다.

사카야나기의 반응이 어땠는지 물어보고 싶었지만, 반의 내부 사정에 관한 일이니 쉽게 대답해주지 않겠지.

오히려 물어봤다가 괜히 곤란하게 만들어도 미안하니까.

"그럼 또 보자."

"……네."

누가 보면 자판기에 대고 혼자 말하는 것 같기도 한 환경에서 벗어났다.

벤치로 돌아오니 마침 케이도 사토와의 대화를 끝내서, 빨리 대화를 마친 것은 정답이었다.

"뭐가 있었어?"

"딱히 없네. 그럼 갈까?"

"응."

힘차게 일어난 케이가 다시 내 옆에 와서 팔짱을 꼈다.

케이의 기분은 믿기 힘들 만큼 완전히 평소대로 돌아왔다.

아니, 예전보다 의존성이 더 커진 느낌마저 들 정도다.

밥도, 목욕도, 잘 때마저 함께 있길 원한다.

손가락으로 단단히 휘감아 단 한 순간도 놓고 싶지 않다는 강한 마음을 거침없이 보냈다.

기생충은 스스로 빠져나갈 수 없는 곳까지 깊고 깊게.

잠식당하는 것을 겁내지 않고 파고든다.

이렇게 해서 올해가 가기 전에 전보다 더 깊은 사이가 된 우리는 연인으로서 새해를 맞이했다.

여담인데, 원래부터 잡혀 있던 친구들과의 연초 약속 때문에 콧노래를 부르며 기분 좋게 방에서 나가던 그녀의 모습이 아직도 눈에 선하다.

1

휴일이 되면 케야키 몰로 향한다. 친구, 연인, 또는 혼자서.

학교생활 유일한 오락거리가 모여 있는 시설은 질리지도 않고 우리를 즐겁게 해주지만, 아무래도 그 대가로 프라이빗 포인트를 소비하기 쉽다.

월회비를 내는 헬스장과 기숙사만 묵묵히 왕복한다면 효율적이겠지만, 그렇게만 할 수는 없는 노릇.

누군가와 밥을 먹거나 노래방에 가거나 끌리는 상품에 자기도 모르게 손을 뻗는 등 유혹과의 싸움이 이어진다.

그렇기에 가끔은 프라이빗 포인트를 쓰지 않고 지내고 싶다.

방에 틀어박히는 방법도 있지만 그건 생활이 어려울 때만 쓰고 싶은 법.

그렇게 생각했을 때 남은 선택지는 별로 많지 않다.

나는 열흘 만에 교복 소매에 팔을 꿰어 입고 기숙사에서 나왔다.

향하는 곳은 겨울방학에 들어간 학교. 목적지는 도서실이다.

겨울방학에 들어가기 조금 전, 책방에 갔을 때 순간 발견했던 어떤 인물의 뒷모습.

그 기억을 떠올린 게 도서실로 향하는 계기다.

그녀가 지금 그곳에 있을지 어떨지는 모르는 일이지만.

정초에 3일간은 학교 문이 닫히지만, 오늘 1월 4일부터 다시 열린다.

아직 아침 11시 전으로 이른 시간임에도 불구하고 학교를 찾은 사람은 나만이 아니고, 동아리 활동으로 땀을 흘리는 학생들도 마찬가지였다.

교내에 들어가니 어디서랄 것도 없이 학생들의 활기 넘치는 목소리가 들려왔다.

도서실로 향하는 길에 사카가미 선생님과 마주쳤다.

"새해 복 많이 받으세요."

지나가는데 모른 척할 수도 없기에 고개를 꾸벅 숙이고 인사했다.

"아아, 그래. 너도 새해 복 많이 받아라."

동아리를 하지 않는 나에게 약간의 위화감을 느끼면서도 사카가미 선생님 역시 화답했다. 그대로 지나가려는데 등 뒤에서 나를 불러세웠다.

"요즘 들어 학력이 꽤 많이 올라온 것 같더구나. 너도 그렇지만 특히 스도의 성장이 아주 눈부시더군."

"스도는 정말 많이 노력하고 있어요."

"입학하고 계속 문제를 일으켰을 때를 생각하면 믿어지지 않는 성장률이야. 교사들 사이에서도 좋은 화젯거리가 되고 있다."

그거 아주 좋은 일이네.

스도는 나쁜 쪽으로 튀었던 만큼 선생님들이 늘 주목하고 있겠지.

그런데 왜 지금 그런 이야기를 꺼내는 걸까.

"지금은 D반에서 B반까지 올라왔지. 그것도 모자라 A반도 노려볼 수 있는 위치까지 와 있어."

안경테를 살짝 만진 사카가미 선생님.

류엔 반 담임으로 처음 알았을 때와는 분위기가 어딘지 달라져 있었다.

남들에게 비호감을 잘 사던 태도가 예전에 비해 많이 사라졌다.

여름에 치렀던 무인도 시험 때까지는 꼭 그렇지도 않았던 것 같은데…….

차바시라 선생님을 비롯해서 마시마 선생님, 호시노미야 선생님은 같은 학교 출신이라는 점도 있어서인지 이상하게 이야기 나눌 기회가 많았다.

반면 사카가미 선생님과는 접점이 거의 없었던 만큼, 오래 못 봐서 인상이 달라진 듯 느껴지는 것뿐일까.

"솔직히 말해서 아야노코지의 반이 이 정도로 성장할 줄은 몰랐다."

그냥 하는 말은 아닌 듯한 사카가미 선생님의 칭찬.

그 직후, 안경 렌즈 너머로 사카가미 선생님의 눈빛이

날카로워졌다.

"아야노코지 네가 그 불량품이라 불리던 반을 바꾼 거 겠지."

"설마요. 저는 아무것도 한 게 없는데요. 리더 호리키타를 비롯해 반 아이들 모두가 노력한 결과가 아닐까요."

겸손이 아니라 강하게 부정했지만, 사카가미 선생님에게 어디까지 닿았는지는 모를 일이다.

같은 학년 담임 중 세 사람은 내가 특수한 환경에 있는 학생임을 어느 정도 인지하고 있다.

그걸 사카가미 선생님이 공유하고 있어도 자연스럽고, 공유하지 않았더라도 분위기라든지 피부로 느껴서 알고 있다고 해도 이상한 일은 아니다.

"물론 스도가 공부에 임하는 자세와 그 성과 같은 건 억지로 강요한다고 해서 되는 게 아니지만……. 뭐, 좋아. 개개인의 실력과는 별개로, 반이 정말로 실력을 쌓는 중이라면 머지않은 날에는 너도 협력해야 하겠지. 싫어도 말이야."

그때 실력을 확인하면 그만이다, 그런 생각일까.

"도서실에 가는 길인가?"

"어떻게 아세요."

"이 시기에 동아리 활동도 하지 않는 학생이 드나드는 곳이란 한정되어 있으니까. 그리고 네가 도서실에 자주 가는 학생이란 건 잘 알고 있지."

물론 굳이 따지자면 도서실을 잘 이용하는 편이긴 하지

만, 사카가미 선생님이 그걸 알고 있다니.

사카가미 선생님을 도서실에서 본 적은 한 번도 없었던 것 같은데.

그렇다면 간접적으로 알았다고 생각해야 할 터.

"교사가 학생의 대출 이력을 열람할 수 있나요?"

"대출 이력 열람? 그건 사서만 가능하지. 교사가 멋대로 열람하는 것은 사생활 침해야."

"그럼 제가 도서실에 잘 가는 학생이란 걸 어떻게 아셨어요?"

"그건—— 도서실에 가면 알 수 있을지도 모르겠네. 그럼 난 3학기에 대비한 직원회의가 있어서 이만."

직접적인 대답을 피한 사카가미 선생님은 그렇게 말하고 가버렸다.

의미심장한 말투가 신경 쓰였지만, 서두르는 교사를 불러세우기도 힘든 일이라 그냥 원래 계획대로 도서실로 향했다.

도서실 문을 열고 안으로 들어가니 실내에 정적이 감돌고 있었다.

원래 이곳은 기본적으로 조용히 해야 하는 장소지만 사람이 있을 때의 정적과는 또 다른 느낌.

아무도 없는 완전한 무음이었다.

보통은 데스크에 앉아 있는 사서도 보이지 않았다.

무슨 잡무가 있어서 잠시 자리를 비운 걸까.

문단속을 한 것은 아니므로 들어가도 괜찮겠지만 왠지 내키지 않았다.

입구에서 기다려볼까도 생각했는데, 조만간 돌아오겠지.

나는 아무도 없는 공간에 고개를 꾸벅 숙여 인사한 다음 책을 둘러보기로 했다.

읽고 싶거나 빌리려는 책이 정해진 것은 아니고, 일단은 손에 들었다가 느낌이 오면 그걸로 고르자는 가벼운 마음으로.

"새해 복 많이 받으세요, 아야노코지 군."

뭘 빌릴지 책을 물색하고 있는데 책장 맞은편에서 그런 목소리가 들렸다.

그쪽으로 돌아가자 그 사람도 똑같이 돌았는지 반대로 엇갈리고 말았다. 그때 순간 본 옆얼굴.

상대도 위치가 뒤바뀌었다는 것을 바로 깨닫고 원래 위치로 돌아왔다.

"반대가 됐네요."

"그러니까."

문화제 때 조금 대화를 나눈 뒤로 얼마간 마주친 적 없던 시이나 히요리였다.

꽤 잦은 빈도로 도서실에 드나드는 책벌레인데 한동안 모습이 보이지 않았었다.

최근에 와서 다시 예전처럼 돌아왔다더니 그 말이 맞는 모양이다.

"새해 복 많이 받아. 도서실에서 만나는 거 오랜만이네."

"그러네요. 그동안 별일 없으셨나요?"

"응. 너는?"

"연말에 감기 걸렸었어요. 다행히 유행하던 독감은 아니어서 이틀 정도 만에 다 나았지만요."

서로의 근황을 가볍게 알린 뒤 화제는 책으로 넘어갔다.

"모처럼 만났으니까 혹시 괜찮다면 책을 히요리한테 추천받아서 빌려 갈까."

"정말요? 그거 기쁘네요."

남이 읽을 책을 대신 골라줘도 아무 이익이 없지만 받아들여 주었다.

"히요리가 골라주는 책은 보장되어 있다는 걸 잘 아니까."

"그럼 꼭 추천해 드려야겠네요."

일방적인 부탁에도 불편해하기는커녕 오히려 기뻐하며 두 손을 모았다.

"그럼 바로, 어떤 장르를 읽고 싶으세요?"

"음. 휴일 내내 멍 때릴 때가 많으니까 머리를 좀 쓰는 의미로도 추리물 같은 게 좋으려나."

"추리물이요."

히요리는 별로 난감해하지 않고 손짓하면서 걸음을 뗐다. 그쪽 장르도 다 꿰고 있는 모양이었다.

"『유리 열쇠』는 읽어보셨어요?"

도서실 안을 함께 걷다가 바로 눈에 들어왔는지 책 한

권을 꺼내며 물었다.

대실 해밋인가. 역사상 최고의 추리소설 100권 안에도 포함된 명작이지.

"미안하지만 2년 정도 전에 읽었어."

"하나도 미안해하실 것 없어요. 오히려 역시다 싶네요. 찾아내는 보람이 있겠어요."

그렇게 말하고 몇 번 계속해서 왕년의 명작 추리소설을 권했다.

일단은 유명한 작품부터 공략하는 히요리의 방향성이 엿보였다.

"그런데…… 추리소설이랑은 관련 없지만…… 혹시 작가『카미나 이츠시』가 쓴 작품은 읽어보신 적 있나요?"

"카미나 이츠시? 아니, 작가 이름도 처음 들어보니까 읽은 적 없는 것 같아."

책에 대해 비교적 잘 아는 편이지만, 당연히 모르는 작가가 훨씬 더 많다.

그래도 읽어본 적 있는 책이라면 작가의 이름 정도는 기억한다.

"무리도 아니에요. 완전 무명이고 예나 지금이나 안 팔리는 작가라."

어딘지 재미있다는 듯 웃으면서 그렇게 대답하는 히요리.

그 책도 추천하는 건가 생각했는데, 사실을 확인한 것만으로 만족했는지 말을 더 잇지 않고 추리소설로 화제를 되돌렸다.

"『이륜마차의 비밀』은 읽어보셨어요? 퍼거스 흄의 데뷔작인데."

"안 읽었어."

"그럼 이번에 빌려 간 사람도 없으니까 딱 좋을지 모르겠네요."

그 책까지 포함해서 세 권 정도 더 골라 히요리와 함께 데스크로 가자 사서가 돌아와 앉아 있었다.

새해 인사를 나눈 후, 사서가 익숙한 손놀림으로 대출 처리를 해주었다.

"그럼 아야노코지 군, 괜찮으시면 또 놀러 오세요."

"3학기까지 자주 올 것 같아. 히요리는 도서실에 더 있다 갈 거야?"

"쉬는 날만 잔뜩 있어 봐야 별로 할 것도 없어서요."

"친구랑 케야키 몰에 놀러 가지는 않고?"

"그런 건, 별로."

문득 생각해 보면 평소 학교에서 히요리가 친구와 노는 모습을 본 기억이 없다. 물론 어떤 이유가 있어서 반 아이들과 함께 행동하는 건 봤지만……

어쩌면 내가 생각하는 것 이상으로 친구가 적은 걸까.

류엔의 반은 문예 쪽에 심취한 학생도 별로 없어 보였고.

히요리는 손을 흔들며 환송해주는 것도 모자라 도서실 문까지 손수 닫아 주었다.

2

그런데 복도로 나오고 얼마 지나지 않아 히요리가 황급하게 뒤를 쫓아 나왔다.

얼마 되지 않는 거리인데도 숨을 살짝 헐떡였다.

"이거——."

호흡을 가다듬은 히요리가 종이봉투를 보여주었다.

형태상 그게 책이라는 사실은 흐름과 상관없이 추측할 수 있다.

하지만 도서실 책은 아니겠지.

히요리는 가느다란 손가락으로 책을 꺼내 다시 내게 내밀었다.

"제가 좋아하는 책인데 괜찮으면 한 번 읽어봐 주시겠어요?"

북 커버로 싸여 있었지만, 짐작 가는 구석이 있었다.

"혹시 아까 말했던 작가의 책?"

"역시 아셨어요?"

장르와 상관도 없는데 갑자기 얘기했던 무명작가의 책.

상황상 추측하기란 비교적 쉽다.

"혹시라도 읽으셨으면 쉽게 선물 못 할 것 같아서."

아직 읽지 않은 책과 이미 읽은 책을 선물하는 것은 상대방이 좋아하는 정도에 큰 차이가 나니까.

그런 부분을 고려해서 하는 말이겠지.

"그냥 읽는 거면 도서실에서 얼마든지 빌려 볼 수 있죠. 하지만 정말 좋아하는 작품, 마음에 드는 작품은 소장하고 싶잖아요."

"그래서 일부러 직접 샀다는 거야?"

"그런 것도 있고…… 이 책은 도서실에 없어서."

빌리고 싶어도 못 빌린다는 뜻이다.

사서에게 들여와 달라고 신청할 수도 있겠지만, 히요리의 태도를 보건대 이건 만인이 두루 좋아할 책이 아니라는 것을 알 수 있다.

개인적으로는 좋아하지만 널리 알려질 정도는 아니라고 생각하는 걸까.

"정말 괜찮아? 내가 받아도."

한 권이라지만 이런 문고본은 학생에게 그리 싸지 않다.

"그럼요. 사실 이 책은 세 번째로 산 거예요. 첫 번째는 중학교 때인데 지금도 집에 있어요. 두 번째는 이 학교에 입학하고 바로 샀고요."

그리고 세 번째로 산 건 나에게 선물하기 위해서.

"아야노코지 군의 취향은 대충 파악했다고 생각하니까, 기뻐하실 거라고 자신해요."

"일부러 미안하네."

계속 내민 채로 둘 수도 없기에 손을 내밀어 받았다.

그런데 여기서 어떤 의문 하나가 생겼다.

"혹시 나 만날 때까지 계속 가지고 다녔던 거야?"

오늘 여기 온다고 히요리에게 당연히 말하지 않았으니, 필연적이겠지만.

"말했으면 바로 만나러 왔을 텐데."

"네, 뭐. 하지만…… 불과 얼마 전에 산 거라 그렇게 힘들진 않았어요."

"그럼── 다음에 또."

어딘지 아쉬워하는 얼굴 같다는 건 나의 지나친 느낌일까.

3

도서실로 돌아가는 히요리의 뒷모습을 바라본 후 학교에서 나가려고 현관 쪽으로 향했다.

마침 점심시간이라 그런지 동아리 부원들도 드문드문 볼 수 있었다.

현관에 도착했을 때, 대화를 나누는 중인 반 아이 두 명을 마침 발견했다.

"앗, 아야노코지? 너 왜 학교에 있어?"

먼저 알아본 사람은 스도. 농구복을 입고 있었다.

다른 한 명인 요스케도 축구복 차림이었다.

"새해 복 많이 받아. 스도랑은 아까 우연히 만났어. 점심

같이 먹자고 얘기가 돼서."

"그나저나 보기 드문 조합이네."

"그런가? 요새 와서는 꽤 자주 만났는데."

"아."

원래는 친한 사이가 아니었던 것 같은데 어느새 두 사람이 같이 점심을 먹을 정도로 가까워진 모양이다. 스도가 성장하면서 요스케와도 마음이 맞게 된 건지도 모른다.

"그런데 오늘 오노데라는?"

"어제 감기 걸렸나 보더라고, 오늘도 동아리 쉬었어."

이 둘만이 아니라 오노데라까지 같이 있는 패턴도 많은 모양이다.

동아리 활동을 하는 학생들이어서 가능한 관계 구축.

"아야노코지는 도서실에 다녀오는 거야?"

손에 든 몇 권의 책을 보고 짐작했는지 요스케가 물었다.

그렇다고 대답한 후, 우리는 자연스레 걸음을 떼기 시작해서 스도의 주도로 편의점에 갔다.

"역시 겨울방학에는 식당도 문을 안 여네."

"응. 기본적으로는 도시락을 싸 오거나 편의점을 이용하는 패턴이 많지."

편의점에서 사서 다시 교내로 돌아와 먹는 모양이다.

봄이나 가을에는 교외 벤치에 앉아 먹는 경우도 많지만, 이 계절에는 어쩔 수 없다.

그래도 이야기를 들어보니, 동아리 부원들이 먹을 장소

를 찾아 헤매지 않도록 난방이 잘 되어 있는 식당 등 몇 군데 장소를 개방해주는 모양이었다.

"그나저나 눈이 내렸다 그쳤다 하네."

"우울하다. 벌써 2주나 날씨가 계속 불안정하잖아?"

"이렇게 추우면 몸도 잘 안 움직여지는데, 빨리 날씨가 따뜻해지면 좋겠다."

귀가부인 나는 낄 수 없는 그들만의 대화가 이어졌다.

그래도 소외감은 들지 않는달까, 어울리지 않는 조합의 두 사람이 이렇게 자연스레 대화하는 것을 듣고만 있어도 마음이 편안해졌다.

"그런데 키요타카, 카루이자와랑은 좀 괜찮아졌어? 꽤 애먹는 것 같던데."

"역시. 소문이 거기까지 들어간 거야?"

"겨울방학 전부터 좀 이상했었으니까. 교실에서 보고 있으면 싫어도 알 수 있지."

"뭐야, 뭐가 괜찮아졌냐는 거야? 아, 혹시 마침내 헤어졌다거나?"

혹 들어오는 스도를 향해 살짝 쓴웃음 짓는 요스케였는데, 사실과 다르므로 바로 부정했다.

"그건 아닐 거야. 그냥 사소한 갈등이 좀 있는 거지?"

역시 요스케도 크리스마스 전후의 정보에서 멈춰 있는 듯했다.

"문제는 다 해결됐어. 연말부터 평소 사이로 돌아왔어."

"아, 그렇구나. 다행이다."

"뭐야, 헤어진 게 아니고?"

스도가 아쉬워하면서 깍지 낀 두 손으로 뒤통수를 받쳤다.

"헤어지길 바랐어?"

"그, 그건 아니지만. 그냥 살짝 농담한 거지. 아직 여친도 없는 내 질투라고, 질투. 미안하다고."

남의 불행을 비는 듯한 발언을 부인하고 바로 사과했다.

스도에게는 아직 봄이 오지 않았지만 그럴 조짐은 있을 것이다.

"오노데라랑은 아무 진전도 없어?"

"야, 야, 쓸데없는 소리 하지 마라. 히라타가 오해하잖아."

이름을 말하자마자 스도가 당황했는데, 그 모습을 요스케가 따뜻한 눈으로 지켜보았다.

"요스케도 이미 알고 있는 눈치인데."

"……진짜로?"

미묘한 관계를 전혀 눈치채지 못하고 있는 줄 알았나.

"오노데라가 얼마 전부터 스도를 의식하고 있다는 것 정도는 알지."

같은 반 아이들의 시선과 행동에는 남들보다 배로 민감하니까.

괜한 말은 하지 않겠지만, 파악하고 있다는 건 놀랄 일이 아니다.

"그래서 어떻게 할 거야?"

"난 딱히…… 오노데라랑은 그냥 친구니까."

아직 직접적으로 감정이 생긴 건 아닌지, 아니면 생기긴 했는데 본인이 자각하지 못한 건지 입술을 삐죽거리며 부인했다.

아직 호리키타에게 미련이 남아 있는가도 생각했지만, 그게 전면에 나와 있는 느낌은 아니다.

어디까지나 남자로서 오노데라의 마음에 편승하는 짓만은 하지 않겠다, 계속 그렇게 생각해도 될 듯한 태도였다.

편의점에 들른 우리 세 사람은 추위를 피부로 느끼며 다시 교내로 돌아왔다.

식당으로 가니 꽤 붐볐는데, 선후배 할 것 없이 동아리 소속 학생들을 여기저기서 볼 수 있었다.

나처럼 동아리를 하지 않아도 드나들 수 있으니, 아마도 그냥 친구와 점심 먹으려고 온 학생도 있겠지.

이따금 후배들이 스도와 요스케에게 인사하면서 식당에 들어왔다.

"두 사람도 이제 완전히 선배 느낌이 나네."

"어쨌든 2학년도 이제 끝나가고 있으니까. 3학기가 지나면 드디어 3학년이고. 실감은 하나도 안 나지만."

주먹밥을 덥석 베어 문 스도. 김과 흰밥 사이로 연어가 모습을 드러냈다.

"그리고 보니 저번에 좀 이상한 일이 있었어. 같은 학년 여자애가 갑자기 이상한 걸 꼬치꼬치 캐묻는 거야."

새로 인사하러 온 여학생을 보면서 뭔가 생각났는지 스도가 중얼거렸다.

　"이상한 거라니?"

　"언제부터 공부하기 시작했는지, 지금까지 공부를 안 한건 무슨 이유 때문인지 그런 거. OAA 상의 학력이 오른이유가 궁금한 눈치였어."

　"스도가 학력 성장률이 제일 높잖아. 이상하게 생각한것 아닐까?"

　같은 반인 우리조차도 놀라서 눈이 휘둥그레질 정도니까.

　다른 반 입장에서는 무슨 마법이라도 본 기분이겠지.

　"여학생의 질문 공세라면 썩 나쁜 느낌도 아니었겠는데?"

　"아니, 꼭 그렇지도 않더라. 외모는 귀여웠지만, 애가 좀호전적이었달까, 콧대 높은 느낌이어서. 난 동아리 가는 길이기도 해서 빨리 놔주면 좋겠다는 생각밖에 안 들었다고."

　새로운 설렘으로 발전하긴 힘들 듯하군.

　"그런데 그게 누구였는데?"

　"이름이 뭐였더라…… 여학생들 이름을 다 기억하는 건아니라서."

　세 번 만에 주먹밥을 해치운 스도가 입을 오물거리면서대답했다.

　"일단 혹시 모르니까 누군지 확인해둘까? 또 만날지도모르는데."

　스마트폰을 꺼내려 하는 요스케는 아마도 OAA를 켤 생각이겠지.

하지만 스도가 손을 휘저으며 말렸다.

"딱히 관심 없대도. 나를 좋아한다고 했으면 얘기가 달라지겠지만, 그건 절대 아니야."

스도에게 꽤 힘든 시간이었는지 이름을 알아볼 생각도 없어 보였다.

"어쨌든 스도도 운동 신경 말고 다른 쪽으로도 주목을 모으게 됐다는 얘기네."

"쫀 거면 기분 나쁘지 않지만."

스도는 자만하지 않고 주먹을 꽉 움켜쥐면서 기합을 넣었다.

"이제부터 진짜 시작이라고."

현재에 만족하지 않고 주위를 더 놀라게 해줄 생각으로 가득해 보였다.

4

"잠깐 화장실 좀."

종이컵에 든 물을 다 마시고 일어난 스도가 두 주머니에 손을 찔러넣은 채 나갔다.

그런 그를 지켜본 후 요스케가 근황을 들려주기 시작했다.

"농구부 1학년한테 들은 얘긴데, 엄하긴 해도 남녀 가리지 않고 세심하게 챙겨주는 좋은 선배라면서 애들이 좋아한다나 봐. 작년에 입부했을 때는 자기만 잘하면 그만이라는 태도였었으니까, 3학년들이 태도 변화에 깜짝 놀랐대."

교우관계가 넓은 요스케이기에 스도의 보이지 않는 일면까지 알고 있었다.

"농구를 잘하면서 공부까지 잘하게 되다니, 앞으로 여자들이 가만히 안 내버려 둘지도 모르겠는걸."

"여기서만 하는 얘긴데, 여자 후배들이 스도의 연락처를 물어볼 때도 있어."

"그거, 스도가 울면서 기뻐할 얘기 아니야?"

인기는 스도에게 간절한 소원 중 하나일 텐데.

하지만 요스케는 살짝 복잡한 듯 쓴웃음을 지었다.

"스도의 허락을 구해야 할 것 같아서 혹시나 하고 물어봤더니 어차피 놀리는 것뿐이라면서 거절해 달라더라고. 별로 신경 쓰지 않는 것 같아."

아무래도 스도는 오노데라를 비롯해서 자신에게 인기 있는 시기가 온 것을 알아차리지 못한 듯했다.

지금까지 그런 경험이 없으니 실감이 전혀 안 나겠지.

"봄은 좀 더 나중에 찾아올지도 모르겠어."

"그러게."

그런 상황을 흐뭇하게 느끼면서 대답한 요스케는 내가 들고 있던 책을 쳐다보았다.

"좀 궁금했는데, 한 권만 북 커버가 씌워져 있네?"

도서실 책 중에는 보호 차원에서 투명 보호 필름이 씌워져 있는 것도 있지만, 이 한 권은 명백히 다른 책과 달랐다.

그래서 요스케가 조금 마음에 걸렸던 것 같다.

"이건 아까 선물 받은 거야. 류엔 반에 시이나 히요리라고 있잖아?"

"응. 그러고 보니 몇 번인가 아야노코지랑 있는 걸 본 것 같아…… 그 애가 준 거야?"

"책을 너무 좋아하니까 취향에 맞고 재미있을 거라면서 추천해줬어."

"그렇구나……."

시종일관 부드러운 태도였던 요스케가 아주 조금 인상을 찌푸리면서 불만스러운 기색을 풍겼다.

"왜 그래?"

"아니. 아무것도 아니야."

대답은 그렇게 했지만, 마음에 걸려 하는 표정은 여전했다.

여기서 대화가 뚝 끊기면서 침묵이 찾아왔다.

화제를 바꾸는 게 좋을까…… 그런 생각이 들었다.

"그런데 동아리는 언제까지 계속할 수 있는 거야? 3학년이 되면 입시도 생각해야 하잖아?"

화제를 확 바꾸자, 요스케는 당황하면서도 대답해주었다.

"음…… 언제까지라고 딱 명확하게 정해진 건 아닌데 대체로 6월쯤에는 그만두는 사람이 많지 않을까? 공부에 집

중한다면 그때부터라고 생각해. 하지만 동아리에 중점을
둔 사람은 여름이나 좀 더 뒤까지 계속하기도 해."

대학에 진학할지 말지, 입시 준비 기간을 얼마나 잡을지
에 따라 결정한다는 건 나도 아는데 6월부터라니 생각했
던 것보다 빠르군.

"요스케는 어떻게 할 계획이야?"

"글쎄. A반으로 졸업한다는 보장도 없고, 부모님은 내가
대학에 가길 바라실 테니까 그것까지 확인하고 나서 아마
도 6월 전후가 되지 않을까?"

이 학교에서는 기본적으로 부지 밖에 있는 사람과의 연
락이 금지되어 있다.

단, 몇 가지 예외도 있다.

그중 하나가 진학 및 취직에 관련된 문제. 진학하겠다고
간단히 말해도 어느 대학에 갈 것인지, 전문학교인지, 비
용은 얼마나 들지 등 학생의 의사만으로는 결정할 수 없는
문제가 많다. 취업 또한 부모와 상의하고 싶은 사람이 적
지 않고.

그럴 때는 학교 측의 입회 아래, 진로에 관한 논의를 할
수 있다.

나와는 연이 없는 제도지만 진학을 희망하는 학생에게
는 피할 수 없는 과정이다.

다만 그 제도를 이용할 수 있는 건 앞으로 다가올 2학년
3학기 이후부터다.

그 이유는, 지망 학교 등을 미리 정해버리면 3학년에 올라가기 전에 쓸데없는 공부를 하지 않아도 되기 때문이다. 시험 칠 학교의 수준과 학과를 정하면 목표를 세울 수 있으니까.

예컨대 수준 높은 대학에 지원할 경우, 일반 입시는 2월부터 3월 사이에 합격 발표가 있다. 이 학교 졸업 전에 정해지는 셈이다.

여기서 의문점은 A반 졸업의 혜택이다.

희망하는 진학처, 취업처에 들어가게 해주는 이 학교는 만약 지원한 대학에 떨어져도 입학을 희망한다면 힘을 써서 합격으로 바꿔준다. 다만 입학만 이뤄줄 뿐이지, 무사히 졸업하는 것은 개인의 역량에 달렸다. 극단적으로 말해서 중학교 수준의 학력인 학생이 도쿄대에 들어간들 다음 학년으로 쉽게 올라갈 수 없겠지.

입학 후의 문제는 있지만, 이건 아주 알기 쉬운 예시다.

반면 A반으로 졸업했는데도 자기 능력으로 지망 대학에 합격했을 경우.

물론 이것도 충분히 예상해 볼 수 있다. 그럴 때 학교의 혜택은 여러 가지가 있지만 크게는 두 가지로 나뉜다. 하나는 대학 등록금의 대신 납부다. 대학에 합격할 실력은 있지만, 학비를 낼 수 없을 때. 학자금 대출을 받고 싶지 않거나 받을 수 없는 사정이 있지만 진학하고 싶을 때 해주는 조치다. 단, 학비만 대신 내줄 뿐 생활비는 학생이 알아서 해결해야 하고, 또 유급했으니 학비를 더 내달라고 하는 것도 불가능하다. 어디까지나 그 대학을 졸업할 때까지 드는 기준 기간에 따라 도와주는 것이다. 또 다른 하나는 대학 졸업 후의 혜택이다. A반으로 졸업한 실적을 그때 추가해서 압력을 넣는 것도 가능하다.

다시 말해서 대학 진학 때는 A반의 특권을 일부러 쓰지 않는 전략도 취할 수 있다는 것이다.

극단적인 예로 수준 낮은 대학에 진학하고 졸업 후로 특권을 미루면, 대졸이 조건인 일류 기업에 우격다짐으로 들어갈 수도 있다. 다만 그건 취업에 성공하는 것일 뿐. 그 기업에서 일할 수 있는 능력을 갖췄는지는 또 별개의 문제다. 제일 아슬아슬한 외줄 타기인 것이다. 아무리 고도 육성 고등학교가 밀어줘도 원하는 대로 되지 않고, 1%의 불합격을 빼면 후회만 남겠지.

"아야노코지는? 대학에 갈 거야?"

"글쎄. 늦었다고 생각할지도 모르겠지만 아직 진로를 정하지 않았어. 진학할 수도 있고 취업할 수도 있고. 신만이 안다고 할까."

"급하게 굴 필요는 없겠지. 아야노코지라면 대체로 다 잘하니까."

그렇게 평가해주는 것은 기쁘지만 공교롭게도 나에게는 애초에 선택지가 없거든.

진로 이야기를 나누는 동안에도 요스케의 상태가 어딘

지 이상했다.

그리고 이야기가 끊기자, 이번에는 요스케가 말을 꺼냈다.

"······시이나랑은 친해?"

자기가 한번 화제를 중단했었는데도, 마음에 걸리는 부분이 아직 남아 있는 모양이었다.

"히요리? 글쎄. 적어도 독서 친구라는 점에서는 친할지도 모르겠다. 뭐 궁금한 거라도 있어?"

자세히 물어보니 요스케가 무엇을 신경 쓰고 있었는지 드러났다.

"아야노코지가 성 말고 이름을 편하게 부르니까 궁금해서. 우리 반 이외에는 처음 봤거든."

하긴 흔치 않은 일이기는 하다.

"언제부터였어?"

"글쎄. 그 부분은 잘 기억이 안 나."

어느 순간부터 나도 모르게 히요리라고 이름을 부르고 있었다.

돌이켜 생각해 보면 만난 지 얼마 안 됐을 때부터 그렇게 불렀던 것 같다.

하지만 사소한 일상 중 한 단편이라 뇌가 구체적인 시기를 파악하지 못하고 있었다.

"큰 계기가 있었던 건 아니라는 뜻이구나."

"그렇지, 특별한 이유는 없어. 그냥 나도 모르게 그렇게 된 것 같아."

"그래……."

"별론가?"

"아니, 그렇진 않은데. 친한 사람이 많은 건 기본적으로 좋은 일이지."

기본적. 그러니까 기본적이지 않은 경우는 별개.

하지만 요스케는 더 이상 그 이야기를 계속하려고 하지 않았고 나도 더 캐묻지 않기로 했다.

우리는 둘이 얌전하게 스도가 돌아오기만을 기다렸다.

5

스도, 요스케 둘 다 1학년 초반부터 동아리 활동에 집중해서 계속 결과를 남기고 있다.

그런 두 사람도 내년 이맘때쯤에는 은퇴하게 되니, 시간의 흐름이란 참으로 신기하다.

연말에 키류인과 나눴던 대화를 잠시 떠올렸다.

지금까지 지낸 학교생활에서 크게 후회가 남는 일은 하나도 없지만, 만약 내가 동아리에 들어갔더라면 하는 또 다른 미래에 대해 이따금 생각한다.

진지하게 임하고 말고의 문제는 둘째치고, 농구 혹은 축구에 뜻을 같이하는 사람들과 함께 활동했다면 학교생활이 좀 더 다채로웠을지도 모른다고.

상상하기야 쉽지만 현실적으로 그런 미래를 걸을 확률은 없는 거나 다름없었지.

사람 사귀는 방법을 몰라서 짧은 기간 안에 친구를 만들지 못하는 나에게 동아리라는 세계는 진입 장벽이 너무 높다.

돌아가서 빌린 책 그리고 히요리에게 받은 책이나 읽자.

그렇게 학교에서 돌아오는 길이었다.

"잠깐만요."

"응?"

한 여학생이, 말 자체는 정중하지만 어딘지 고압적인 톤이 느껴지는 목소리로 나를 불러 세웠다.

뒤돌아보니 긴 목도리를 바람에 조금 휘날리면서 나를 보며 서 있었다.

"잠깐 할 얘기가 있는데요."

원래 아무 접점도 없는 사람이 말을 걸면 당황하게 되는 법.

실제로 작년에 그런 일을 몇 번인가 겪었었다.

이럴 때는 나구모의 발안으로 생긴 OAA 시스템이 정말 고마워진다.

얼굴과 이름을 매치하기 편하고 표면적인 능력도 파악할 수 있으니까 말이다.

내 앞에 나타난 사람은 사카야나기가 있는 2학년 A반 학생.

이름은 모리시타 아이. OAA는 아래와 같다.

학력 B+

신체 능력 C+

기지 사고력 B+

사회 공헌도 B

종합 능력 B

그러니까, 쉽게 말해 틀림없는 우등생.

모든 요소에서 남들 이상으로 해내는 사람임을 데이터로 확인할 수 있다.

얼마 전 알게 된 사나다와 비슷한데, A반에는 이런 학생이 많다.

"아야노코지 키요타카 맞죠?"

"그런데."

말을 건 모리시타는 당연하다면 당연하지만 나를 이미 알고 있는 눈치였다.

음? 그런데 방금 '씨' 떼고 이름만 불렀나?

딱히 나이가 어떻든 편하게 이름만 불러도 저항감은 없지만, 말투가 정중한 인상이었던 만큼 조금 깨는데──.

내가 뭐라고 하기도 전에 모리시타가 계속 말을 이었다.

"여긴 좀 눈에 띄네요. 장소를 바꾸죠."

학교, 기숙사, 케야키 몰. 어디로 향하든 반드시 지나게 되어 있는 이곳은 과연 남들 눈에 띈다.

찾는 사람이 있다면 마주칠 때까지 기다리기에 효율적인 위치이기도 하다.

"장소, 바꾸죠."

뭐라고 말할 기회도 주지 않고 모리시타가 바로 뒤돌아 걷기 시작했다.

나는 따라가겠다고도 따라가지 않겠다고도 대답한 기억이 없는데, 뭐, 됐다.

겨울방학이니까 이런 예상치 못한 만남도 즐길 만큼의 여유가 있다.

"그런데 우리, 처음 보는 거지?"

"네. 얘기 나눈 적 없지요."

돌아보지도 않고 대답한 모리시타는 말투는 정중한데 아무리 생각해도 고압적이다.

기숙사 쪽으로 가다가 샛길로 빠지는 지점에서 걸음을 멈추었다.

이 부근은 춥기도 해서 주위에 개미 새끼 한 마리 보이지 않는다.

"그런데? 장소까지 바꿔가면서 무슨 이야기를?"

정초부터 어떤 이야기를 꺼내려나.

"안 정했어요."

"안 정했다고?"

각 잡고 들어줄 생각이었던 나로서는 살짝 김이 빠졌다.

"내용은 정하지 않았지만, 아야노코지 키요타카와 예전

부터 대화를 나눠보고 싶었거든요.”

……역시 기분 탓이 아니었나.

풀네임으로 부르면서 무슨 영문인지 '씨'를 뗐다.

그런데 그 이외에는 말투가 정중해서 고압적인 태도가
더 강조되는 인상이다.

나한테만 이러는 건지, 아니면 다른 학생한테도 똑같이
대하는지는 모르겠지만 어쨌든 그 부분은 물어보기 꺼려
지니까 그냥 넘어가자.

요즘 들어 유독 다른 반 학생들과 묘한 인연이 생기는
것 같다.

“이상한가요. 제가 말을 건 게.”

“뭐, 그렇지. 모리시타와는 지금까지 아무 접점도 없었
으니까.”

“그렇죠.”

“게다가 성별이 달라서 이런저런 이상한 예상도 해보
게 돼.”

일부러 이성 관계를 암시하는 발언을 해서 모리시타가
어떤 반응을 보이는지 알아보았다.

동요하지 않을까 싶었는데, 모리시타는 조금 고민하는
것 같긴 했어도 이성적이었다.

곧바로 이야기의 방향성을 정하고 입을 열었다.

“이렇게 친하지도 않은 사람한테 말을 건 게 처음은 아
니에요.”

"응?"

"그저께는 스도 켄. 어제는 코엔지 로쿠스케에게 말을 걸었으니까요."

오해하지 말아요. 그렇게 말하기라도 하듯 손바닥을 세워 내게 들이댔다.

"남녀가 단둘이 얘기하면 오해가 생길 수 있다는 걸 아니까 말해두는 거예요."

확실하게 말로 해주니 그런 쪽은 명확하게 제외할 수 있다. 고마운 일이다.

또 나만 풀네임으로 '씨'를 떼고 부르는 게 아니라는 사실도 알았다.

한편 스도 이름이 나오면서 아까 했던 대화와 맞아떨어졌다.

『같은 학년 여자애가 갑자기 이상한 걸 꼬치꼬치 캐묻는 거야.』

곤혹스러워하면서 그렇게 말했던 스도. 그 여자애의 정체는 A반 모리시타겠지.

과연 들은 대로 외모는 귀여운 느낌이지만, 연애와 관련된 얘기가 아니라고 부정했던 까닭도 잘 알겠다.

나를 보는 눈빛이 분명 이질적이었다.

"겨울방학 동안에 그쪽 반에 대해 파악하고 싶은. 그런 욕구에 사로잡혀 있답니다."

좀 더 쉽게 말하면 라이벌 반을 염탐하고 있다는 건가?

297

숨기려고도 하지 않아서 어떻게 판단해야 할지 모르겠다.

사카야나기가 내린 지시라고 생각하긴 어렵다.

스도 등 다른 학생에게 접근할 때야 누군가를 보낼 수 있겠지만 굳이 나에게 이렇게 특이한 모리시타를 보내서 얻을 이익이 없겠지.

아니면 그녀처럼 성깔 있어 보이는 인물을 보내는 것이 야말로 목적인가?

이래저래 머리를 굴려보았지만 도출한 결론은 달랐다.

모리시타의 독자적인 판단, 혼자만의 생각.

지금은 그렇게 결론 내리는 게 가장 비슷할 것 같다.

"코엔지 로쿠스케에게도 받은 질문이라서 대답하겠는데, 이건 전부 제 독단입니다."

그 직후 모리시타도 자기 입으로 혼자만의 판단이라는 사실을 덧붙였다.

"그렇군. A반은 사카야나기의 지시에 따라 움직이는 학생들만 있다고 생각했었어."

지금은 일단 모리시타의 발언을 믿고 얘기하기로 한다.

"그건 저는 모르죠. 다른 사람이랑 생각을 공유하지 않아서."

독특하게 표현하며 모리시타가 이야기를 계속 이어갔다.

"순위가 올라간 아야노코지 키요타카의 반이 호시탐탐 A반을 노리듯이, 우리 A반도 많은 학생이 B반을 경계하고 있는 건 분명해요. 거기서 흥미를 느끼게 되었죠."

"B반도 꽤 평가가 좋아졌네. 자세히 알고 싶으면 리더 호리키타를 만나는 게 좋지 않을까? 필요하다면 연락처를 알려줄 수도 있어."

스마트폰을 꺼내 호리키타를 검색했다.

그런데 모리시타가 손으로 막아 거부하더니, 잘 알 수 없는 방향을 응시하며 입을 열었다.

"처음엔 그렇게 생각했었죠. 하지만 주변의 평가가 달라지고 있어요. 지금은 당신이 B반의 향상과 관련 있다고 보는 사람도 나오고 있어서."

그래서 혼자 움직여 접촉까지 해왔다는 말인가.

"OAA와 괴리가 있는 학생은 그것만으로도 눈에 띄죠."

2학기 마지막 특별시험에서 정답과 오답이 공개되었던 부분이 크군.

사나다도 그렇고 여기 있는 모리시타도 그렇고 능력이 높은 학생이 새로 주목하게 되었다.

내 OAA를 비교했을 때 그 모순을 무시할 수 없는 건 명백하다.

적당히 답을 골랐는데 정답이었다고 말해도 믿어주지 않겠지.

이게 사카야나기의 지시라고 하기에는 너무 조잡하달까 대충이랄까, 목적을 정확하게 정하지 못했다는 느낌이 지나치게 강하다.

"그래서? 직접 움직이면 성과를 얻을 수 있을 것 같아?

대답한 쪽에게 좋은 점은?"

질문을 환영한다는 식으로 나와 보았지만, 그것도 손으로 거부를 표시했다.

"다소 수확은 있었어요. 아야노코지 키요타카는 역시 그에 상응하는 위협적인 인물일 것 같네요."

"……그렇게 생각하게 할 만한 부분이 있었어?"

"저 나름의 분석으로는."

아무래도 이 시점에서 꽤 수긍이 간 모양인지 모리시타가 만족스럽게 고개를 끄덕였다.

그런 그녀를 보며 내가 받은 첫인상은 상당한 『괴짜』였다.

"그럼 이만 가볼게요. 아직 조사해야 할 사람이 많이 남아서."

호리키타 반에 신경 쓰이는 인물이 많은가 보다.

"그래? 열심히 해봐."

이런 식으로 스도 무리에게도 접근했겠지.

현장을 본 것도 아닌데 그 장면이 너무 쉽게 그려진다.

모리시타는 기숙사 쪽으로 돌아갔는데, 괜히 뒤를 따라가서 오해를 사도 곤란하다.

나는 차가운 공기를 들이마시면서 어느 정도 시간을 번 후에 돌아가야겠다.

6

그 후 방으로 돌아온 나는 차갑게 언 손으로 책을 바로 펼쳤다.

뭐부터 읽어볼까…….

잠시 고민했는데, 내일 이후 도서실에 가서 이야기를 나누려면 역시 선물 받은 책이 좋지 않을까.

그래서 히요리가 선물한 책부터 읽어보기로 했다.

책 자체는 오래되지 않았고 15년 정도 전에 출간된 것 같았다.

히요리가 좋아하는 이유가 궁금해서 저자 약력부터 훑었는데, 무명에 가까운 무수히 많은 작가 중 한 사람이라는 느낌이었다. 평가와 관련해서는 적어도 팬이 생길 만한 흥미로운 작품도 쓰는 듯했다.

책을 좋아하는 히요리니까 알아본 숨은 명작인지도 모른다.

똑같은 책을 가까이 두고 싶어서 또 살 정도니까.

지금도 3년에 한 번 정도의 주기로 신간을 발매하는 모양이었다.

만약 취향에 맞으면 다음에 또 다른 작품도 읽어봐야겠다.

"음……?"

본격적으로 읽으려고 펼치니 책갈피가 꽂혀 있었다.

그 자체는 대수롭지 않지만, 마음에 걸린 부분은 책갈피의 모양이었다.

케야키 몰에서 쇼핑하면 이따금 캠페인으로 무료 책갈피를 나눠주곤 하는데, 시기에 따라 한정 일러스트 또는 무늬가 그려져 있다.

내가 손에 든 책갈피는 전나무와 눈으로 크리스마스를 표현한 것.

크리스마스 전에 서점에서 책을 몇 권 샀을 때 끼워져 있던 것과 똑같았다.

크리스마스가 지나고 바로 다른 책갈피였던 것을 생각하면 크리스마스 전에 샀다고 짐작할 수 있다.

그때부터 매일 가지고 다닌 거라면 좀 미안한데.

나를 배려해서 며칠 전이라고 말했지만 실은 좀 더 전에 샀을 가능성이 높다.

"꽤 의미 깊은 걸 받아버린 건가."

물론 지레짐작은 할 수 없다.

단순히 책을 좋아하는 사람으로서 선물한 것뿐인지도 모른다.

지금은 깊이 생각하지 않겠지만, 친하다고 여겨주면 기분이 나쁘지 않은 건 사람으로서 당연한 일.

지금 내가 할 수 있는 보답은 뭘까.

무엇이 히요리를 위하는 일일까.

책을 읽기 전에 침대에 앉은 나는 그것에 대해 생각해보기로 했다.

○변해가는 관계

겨울방학도 앞으로 이틀 뒤면 끝.

케이와의 관계도 예전처럼—— 아니 케이를 봤을 땐 예전보다 더 깊은 관계가 되었다.

같은 반 스도는 처음에는 일방적으로 요스케를 싫어했지만, 좋은 의미로 변화가 찾아온 것도 확인했고 생각지 못했던 사카야나기의 일면과 그녀의 반 아이들과의 만남으로도 이어졌다.

또 류엔과 카츠라기가 벌써 3학기 개막 준비에 들어갔다는 사실이나, 변하기 시작한 이치노세의 정신적인 안정 등 불안을 느끼는 반에 좋은 재료가 될 정보도 얻을 수 있었다.

전체적으로 만족스러운 겨울방학이었다, 그렇게 정리해도 될 듯하다.

다만 한 가지.

이번 겨울방학 동안에 내가 다 하지 못한 일이 있다고 생각했다.

히요리에게 선물 받은 책.

그녀에게 내가 해줄 수 있는 보답.

며칠 고민한 끝에 한 가지 결론에 도달했다.

하지만 그 결론을 실행하려면 사전 준비가 필요하다.

최근 이치노세의 일로 큰 불안을 끼치기만 했으니까.

여기서 또 묘한 분위기를 불러일으키는 건 나도 원하는 바가 아니니까.

오해를 낳지 않고 원만하게 보답해야 한다.

그 보답이란 뭘까.

그건 옛날에 입학한 지 얼마 되지 않았을 때 내가 느꼈던 것에 힌트가 있다.

"키요타카! 알겠지? 진짜 오늘만이야!"

방에서 나올 때 파자마 차림의 케이가 뒤에서 껴안으며 소리쳤다.

"알아. 그래서 빠짐없이 다 보고했잖아?"

"그건 그렇지만…… 이유도 다 들었지만…… 그래도 불안하단 말이야!"

이만 보내달라며 몸을 돌리자 케이가 이번에는 앞에서 껴안았다.

"해지기 전에 돌아와야 해."

"그렇게 불안하면 내가 건 조건을 해내지 그랬어?"

"그런 거 난 절대 무리야. 글 읽는 건 교과서만으로도 벅찬걸. 그리고 분명히 대화도 안 될 거고."

그건 뭐 그렇겠지.

억지로 말해봐야 분명 둘 다 기뻐할 결과로 이어지지 않을 것이다.

"그럼 키스해!"

"그럼, 은 왜 붙이는데?"

그렇게 되물었지만, 이미 케이는 눈을 감고 내게 입술을 쭉 내밀고 있었다.

그 희망에 순순히 따라주자 케이가 헤헤 웃으며 귀엽게 손을 흔들었다.

"다녀와."

5초 전까지 뾰로통했던 게 거짓말인 듯 기쁜 미소를 짓고 있었다.

그런 케이의 배웅을 받아 나는 방을 빠져나왔다.

1

바로 엘리베이터를 타고 내려와 기숙사 밖으로 나가자마자 스마트폰을 꺼냈다.

아마 이제 슬슬 그쪽에서 연락이 올 시간이다.

방에서 나가기 전에 확인하면 수월했겠지만, 옆에 있는 케이가 조금이라도 걱정하지 않게 배려한 것이다.

역시 착신 기록이 하나 있었는데 내가 받지 않아서 메시지가 와 있었다.

아무래도 약속했던 시각보다 일찍 나와 산책하고 있는 모양이었다.

역시 그 아이답다고 감탄하면서 쫓아가기로 했다.

케야키 몰에서 떨어진, 정문에 가까운 위치.

뭔가 목적지가 있는 게 아니라 그저 정처 없이 걷고 있는 소녀의 뒷모습을 발견했다.

"어떤 발견은 있었어?"

"안녕하세요. 아쉽지만 특별한 건 하나도 없었어요. 하지만 기분 좋은 날씨네요."

기온은 아직 낮지만, 오늘은 날씨가 맑고 쌓여 있던 눈도 거의 다 녹았다.

"오늘 불러내 주셔서 감사해요."

"매일 도서실에만 틀어박혀 있으면 모처럼의 겨울방학이 아깝잖아."

친구와 잘 놀지 않는 히요리는 도서실이 개방 중인 날에는 문 닫을 때까지 도서실에 틀어박혀 있다고 사서한테 들었다.

종일 혼자 학교 문이 닫힐 때까지 쭉 머물러 있는다고.

이대로 혼자서 3학기를 맞이하면 쓸쓸할 것 같아서 불러냈다.

물론 그게 히요리에게는 충분히 만족스러운 루틴이라는 걸 이해한다. 괜한 오지랖이라며 도리어 화낼지도 모른다.

이렇게 불러내는 것은 그녀에게 쓸데없는 압…… 쉽게 말해 친구로서 놀아준다는 강요로 느껴질 수도 있겠지.

"그런데 왜 저를 부르신 거예요?"

그러니까 솔직해야 한다.

"그냥 그러고 싶어서."

그냥 한 인간으로서 같이 놀고 싶었다, 그뿐인 이야기.

말할 것도 없이 히요리는, 나로 역부족이라고 생각한다면 거절할 권리를 갖고 있었다.

"책에 대한 보답을 하고 싶었던 게 발단이야. 하지만 선물을 하거나 말로만 고마움을 전하는 걸로는 납득이 안 될 것 같았어. 히요리가 기뻐할 만한 하루를 함께 보냈으면 해."

이성에게 하는 말로는 좀 수상한 면도 있지만, 내가 하고 싶은 말이 뭔지 잘 이해했으리라.

"그렇게 말해주시니 기쁘네요."

부드러운 말씨에서 느껴지는 것은 감사와 미안함.

현명한 히요리는 자신의 처지를 가엾게 여긴 내가 불러낸 것으로 해석하는 듯하다.

이걸 아무리 말로 부정해봐야 선입견이란 쉽게 지워지지 않는다.

그래도 거절하지 않았으니까 이렇게 밖에 나와 있다.

그러니 이제 실제 행동으로 보여주면 그만이다.

보통 둘 이상 함께 있을 때 자발적으로 행동하는 경우는 별로 없다.

대체로 다른 학생에게 주도권을 넘겨주고 따라다니면서 다양한 경험을 한다.

하지만 오늘은 아니다.

어디까지나 내가 주체가 되어 히요리를 에스코트하기로 했다.

그래도 학교 부지 안인 만큼 장소가 제한적이지만.

"저기, 카루이자와 씨는── 괜찮으셨어요? 이렇게 여자랑 둘이 만나는 거, 여자친구 입장에서는 달갑지 않을 텐데."

다른 이성과 이야기할 때는 상황이 어쨌든 간에 일정 수가 그 부분을 걱정한다.

이건 꼭 나에게만 해당하는 게 아니라 연인이 있는 사람이라면 듣는 상투적인 말.

만약 케이가 다른 이성과 단둘이 만난다면 아야노코지 너는 괜찮아? 하는.

물론 꼭 확인을 구해야 하는 것은 아니다.

상대와 시간을 보내서 영향이 있을지 걱정하는 사람만 그렇게 말하는 법이다.

히요리가 그런 사람이라는 건 이미 잘 알고 있다.

"처음에는 자기도 같이 가겠다면서 받아들이지 않았어. 그렇게 했어도 됐겠지만 나를 감시하기 위한 목적으로 여기 나와봐야 즐거운 시간일 수 없으니까. 히요리한테도 실례고."

"어떻게 설득했어요?"

"그럼 적어도 공통 화제를 만들게 책을 읽으라고 했지."

그렇게 말하자, 히요리가 눈을 동그랗게 뜨고 환영의 미소를 지었다.

"여기 없는 걸로 짐작해주라."

"아…… 네. 하긴 정말 그렇군요."

어제, 책을 펼치고 한 페이지 읽자마자 백기를 들고 그 자리에 쓰러졌었지.

"그래서 허락은 틀림없이 받았어. 물론 나오기 직전까지 불만을 줄줄 늘어놓았지만."

말 안 한 건 아니라는 사실을 알고 히요리가 웃으면서 안도했다.

2

"새해가 되자마자 요란하게 다니시네?"

얼마 지나지 않아 케야키 몰에 도착할 때쯤, 도서실에 관한 공감 대화를 나누던 우리를 알아본 한 여학생이 말을 걸었다. 평소 접점이 별로 없는 카무로 마스미였다.

왜 그런지 나를 노골적으로 싫어하는 표정으로 보고 있 었다.

카무로가 다가오자 히요리가 살짝 고개 숙여 인사했지 만 그걸 무시하고 나에게 일방적으로 말했다.

"바로 연말에 카루이자와랑 데이트하는 걸 봤는데, 새해 가 되자마자 다른 여자랑 사귀기 시작한 거야?"

아무래도 나를 향한 시선은 경멸의 눈빛에 해당하는 모 양이었다.

하긴 이 장면만 보면 그렇게 받아들여도 어쩔 수 없을지 모르지.

"타입도 완전히 다르고. 무슨 생각이야?"

"저기, 안녕하세요. 카무로 씨."

"시이나 맞지? 너랑 아야노코지가 이런 사이인 줄은 몰랐네."

이유를 제대로 말하지 않으면 계속 오해할 것 같다.

"오늘은 친구로 놀자고 해서 온 거예요."

"케이한테도 허락 제대로 받았어."

이걸로 조금은 받아들여 줄까 싶었는데, 표정이 여전히 험악했다.

"그 말이 사실이라도 남들 눈에 이상한 광경인 건 달라지지 않아."

남들은 사정을 모를 테니 그 말도 일리가 있다.

"하지만 그렇게 치면 남녀끼리 나오는 것 자체가 성립이 안 되지 않나?"

"분위기라는 게 있잖아. 멀리서 봐도 예사롭지 않다는 것 정도는 느껴지고."

그건 카무로가 자기 마음대로 하는 해석이지만, 꼭 아니라고 단언할 수는 없을지도 모르겠다.

여학생 중에서도 히요리는 내가 개인적으로 높이 평가하는 위치에 있으니까.

평소에는 느낄 만한 일이 별로 없지만, 박식하고 똑같이

독서 취미를 가진 데다 말수도 많은 편이 아니다. 말하자면 나와 잘 맞는 사람 중 하나니까.

히요리 역시 나를 비슷하게 여긴다는 것을 느낄 수 있다.

그렇게 치면 보통의 친구 사이보다 가깝다고 남들이 판단해도 무리가 아닌 이야기.

"최대한 오해 안 사게 조심할게."

"그러는 게 현명할 거야."

"그거 충고하려고 일부러 온 거야?"

"본론은 지금부터야. 너한테 확인하고 싶은 게 있어서."

새해 인사도 제대로 하지 않은 카무로가 나와 거리를 조금 더 좁혔다.

"좀 진지한 얘기를 할 건데, 괜찮아?"

히요리가 같이 있어도 괜찮은지 눈으로 확인부터 구했다.

히요리도 신경 쓰는 것 같지는 않으니 말해보라고 해야겠다.

"괜찮아. 하고 싶은 말이 있으면 해."

"그럼 사양 안 하고 말할게. 요즘에 왜 그렇게 행동해?"

"행동? 뭘 말이야?"

"시치미 떼지 마. 요즘에 네가 A반에 대해 캐고 다니는 거 다 알아."

"내가 A반을?"

전혀 그런 기억이 없다. A반을 캐고 다니다니?

순수하게 의문을 느꼈지만, 딱 하나 그렇게 받아들일 수도 있을 법한 행동이 생각났다.

"혹시 모리시타를 말하는 거야?"

"역시 아네? 너랑 모리시타가 얘기 나누는 걸 본 애가 있다고."

그렇다면 딱 나에게 말을 걸던 장면인가.

멀리서 누가 봤어도 이상하지는 않다.

"모리시타 씨?"

처음 듣는 이름인지 히요리가 옆에서 이상하다는 듯 중 얼거렸다.

어쩌면 같은 학년이라는 사실조차 모르고 있을 수도 있다.

"몰라? A반에 모리시타 아이라는 애가 있는데."

"그렇게 말씀하시니까 왠지 들어본 것 같기도 한데, 얘 기 나눠본 적은 없어요."

"그 애는 평소에 자기 반이 아니면 말을 섞지 않아. 이상 하지."

"그래? 그렇게는 안 보이던데……."

본인 입으로도 스도, 코엔지에게 이야기를 물어봤다고 했을 정도니까.

풀네임으로 부르면서 '씨'는 안 붙이던 게 다소 마음에 걸리긴 했었지만, 말주변이 없는 느낌은 아니었다.

"그럼 A반의 정보를 캐내려고 한 건 아니라는 말이지?"

"그럴 생각 없어. 말로 아니라고 해봐야 믿고 안 믿고는 네 자유지만."

카무로는 쉽게는 못 믿겠다고 대놓고 말했다.

"카무로 네가 A반을 생각하고 행동하는 타입인 줄은 몰랐는데."

"네가 아니었으면 아마 이 정도로 신경 쓰이진 않았겠지."

"아하?"

"넌 사카야나기에게 영향을 미치는 유일한 존재니까."

"처음 카무로를 만났을 때였다면 상상도 못 할 말이네. 사카야나기를 정말 싫어하는 줄 알았는데."

절도 행각을 알아내, 그걸 반쯤 협박 재료로 삼아 카무로를 자기 수족처럼 부렸었다.

그런 사카야나기의 방식을 처음에는 질색했을 텐데.

품었던 이미지와의 차이.

"1년 동안 한솥밥을 먹으면 상황도 달라지는 건가."

"마음대로 판단하고 마음대로 납득하지 마. 딱히 지금도 사카야나기를 좋아하는 거 아니니까. 다만 반을 최소한으로는 생각해. 네 존재가 좋은 쪽으로 작용한다면야 가만히 내버려 두겠지만 그게 아니면 대응할 필요가 있다고."

적어도 같은 반 아이들을 생각하는 마음은 싹텄다. 그렇게 판단해도 되겠군.

"그런데—— 너도 이것저것 아는 게 있나 봐, 시이나."

"뭘 말인가요?"

"나랑 아야노코지의 대화를 듣고도 얼굴색 하나 안 바뀌잖아. 아니야?"

"뭐라고 할까요. 죄송해요. 별로 귀담아듣고 있지 않았어요."

"……뭐라고?"

"아야노코지 군과 카무로 씨끼리 하는 얘기니까 전 그냥 아무 생각 없이 풍경만 구경했는데. 무슨 특별한 이야기라도 나누셨던 건가요?"

이상하다는 듯 고개를 갸우뚱거리는 히요리에게 카무로는 어이없어하며 한숨을 내쉬었다.

"딱히. 아무것도 아니야."

과도한 반응, 지나친 생각이라고 판단했으리라.

사실 옆에 있는 히요리는 이야기를 놓치지 않고 들었고 상황을 이해하고 있을 것이다.

하지만 그걸 들키지 않게, 아무것도 모르는 척할 수 있는 사람이다.

"네가 보통이 아니란 거 알아."

"말이 너무 거치네."

"사실이잖아. 아니면 사쿠라라는 애를 태연한 얼굴로 퇴학시키진 못하지."

아무래도 만장일치 특별시험 때를 포함해서 말하는 모양이다.

우리 반 애들만 아는 정보를 카무로도 입수한 듯했다.

"오늘은 너한테——."

그렇게 말하다가 카무로의 시선이 순간 내게서 벗어났다.

"어라. 두 사람, 보기 드문 조합인데~."

집요한 취조가 시작되려는 순간, 시원시원한 태도의 하시모토 그리고 그 옆에 나란히 서 있는 키토가 모습을 드러냈다. 순간 카무로의 표정이 확 바뀐 것을 나는 놓치지 않았다. 싫은 녀석을 맞닥뜨리고 말았다, 그런 표정인가.

하지만 이런 길에서 계속 막고 있으면 하시모토를 마주치는 것도 예상할 수 있었을 터다.

그렇다면 순간 보인 그 표정 변화에 다른 의미가 들어 있는 건지도 모르는데, 그보다 더 눈이 가는 것은 키토의 기발한 센스가 돋보이는 복장이었다.

패션 디자이너를 꿈꾼다고 공공연히 말하고 다니는 만큼 일반적인 감성과는 결이 달랐다.

그게 좋은지 나쁜지는 패션 감각에 자신 없는 나야 모른다.

"이야, 미녀들한테 에워싸인 아야노코지를 보니까 확 질투가 나지 뭐야."

"장난쳐?"

누가 봐도 화난 카무로가 하시모토에게 따졌다.

"시이나 짱에 카무로 짱까지, 아야노코지도 눈이 높구만. 안 그래? 키토."

키토에게 동의를 구했지만, 전혀 반응을 보이지 않았다.

"지금 남자 둘이 쓸쓸하게 나가던 참인데, 같이 가자."

"누가? 난 이만 돌아갈래."

기분 나빠 하며 자리를 뜨려는 카무로였는데, 하시모토 가 팔을 붙잡더니 귀에 대고 뭐라고 속삭였다. 바로 들이받아서 이내 거리가 벌어지긴 했지만 걸음은 여전히 멈춘 상태.

"둘이 데이트하는 건 아니지? 아야노코지는 여자친구가 있고."

처음에 접근했던 카무로와 비슷하게 이야기가 전개되어도 어쩔 수 없다고 생각하며 고개를 끄덕였다.

"그럼 우리 둘도 합류해서 다섯이서 놀아도 문제없겠지?"

"히요리가 괜찮다면 난 반대할 이유가 딱히 없어."

"재미있을 것 같고 좋네요. 카무로 씨 쪽 분들과는 얘기도 거의 해본 적 없어서."

히요리가 조금도 꺼리지 않고 그렇게 대답했다.

먼저 적극적으로 말 거는 일은 거의 없는 성격이라도, 이렇게 많이 모여 노는 것은 싫지 않은 건지도 모르겠다.

하시모토 일행과 나도 특별히 친한 사이는 아니지만, 독특한 멤버와 친목을 도모해도 괜찮겠지.

"우리는 딱히 하려던 게 없었으니까 계획은 하시모토한 테 맡겨도 될까?"

"맡겨준다면 내가 정해도 되고."

여러 사람을 이끄는 일에 익숙한지 하시모토가 망설임 없이 받아들였다.

3

최근에는 류엔과 카츠라기, 이치노세와 시라나미 같은 다른 반 애들과 얽히는 기회도 적잖이 늘어났다.

그리고 오늘은 카무로를 비롯한 A반 학생들과 함께 있다.

심지어 그냥 애들이 아니다.

다들 사카야나기와 가까운 간부 위치에 있는 학생들이다.

"안녕하세요, 하시모토 선배, 카무로 선배, 키토 선배."

"안녕하세요."

"아, 안녕!"

케야키 몰에 가까워질수록 인사하는 1학년들이 어찌나 많던지.

"존경받는구나."

"딱히 이 정도는 아무것도 아닌데, 우리 A반 입장에서는."

후배인 1학년과도 몰래 연대해서 얼굴과 이름을 잘 알고 있다는 걸 엿볼 수 있었다.

"사카야나기가 있을 때는 말 거는 이미지가 없었는데."

"공주님은 격이 다르니까. 후배들도 쉽게 말을 못 걸지. 높은 산봉우리에 핀 한 떨기 꽃이랄까."

항상 후배들로부터 선망의 눈빛을 받고는 있다는 건가.

"그런데 어디 갈 생각이야?"

"응? 글쎄. 아야노코지는 눈에 띄는 곳을 피하는 쪽? 안

피해도 되는 쪽?"

"아무 의미도 없이 눈에 띄는 데는 좋아하지 않지."

"그렇지? 그럼 무난한 건 노래방 같은 덴데——."

힐끔 표정을 확인하는 하시모토에게 카무로가 강렬한 시선을 보냈다.

"패스."

"아, 역시?"

그 말 한마디에 노래방을 포기했는지 하시모토가 다른 곳을 생각하기 시작했다.

"카무로 씨는 노래방을 안 좋아하세요?"

"딱히 뭐든 어때. 일일이 이유 묻지 마."

카무로의 옆을 따라가던 히요리가 물어도 대답하지 않고 무뚝뚝하게 말했다.

그런 가운데, 뒤에서 걷는 나와 키토.

"——음치."

"키토!"

슬쩍 중얼거렸을 뿐인데 그런 키토의 목소리를 들어버린 카무로가 무시무시한 얼굴로 뒤돌아보았다.

"뭐야, 음치였어?"

하긴 자기가 음치라는 것을 아는 사람은 노래방을 질색하는 경향이 있는 듯하다.

그렇다면 카무로가 이유를 말하기 싫어하는 것도 수긍이 간다.

"시끄러워."

"……카무로는 귀도 엄청 밝아."

반성하는 건지 안 하는 건지, 키토가 좀 더 작은 목소리로 또다시 화를 부추기는 발언을 했다.

"그 말도 들리거든. 아니 자꾸 아야노코지한테 쓸데없는 소리 하지 말라고."

"문제 안 되는 범위인데."

사이가 좋은 거야 나쁜 거야.

판단하기 어려운 구석은 있어도, 허물없는 사이이긴 한 것 같다.

"자자, 기분 좋게 가자고, 카무로 짱. 노래방은 안 갈 거니까."

키토가 내 어깨에 손을 얹고 걸음 속도를 조금 줄이자고 했다.

그렇게 카무로가 들을 수 없는 거리까지 벌어지자 다시 입을 열었다.

"하시모토랑 카무로가 너한테 민폐 끼치고 있네."

"아니야, 난 딱히 상관없어. 시이나도 즐겁게 웃고 있고."

"그럼 다행이고."

기본적으로는 인상이 무서운 키토지만, 수학여행 때 평소 볼 수 없는 일면을 봤기 때문에 이제는 놀랍지 않다. 오히려 생각이 제대로 박힌 학생이기도 했다.

"류엔 때랑은 태도가 다르네. 나를 아직 적으로 인식하지 않아서인가?"

"난 아무한테나 공격적이지 않아. 설령 적이라도 마찬가지야. 응분의 태도로 나오는 한 나도 최소한의 예의는 갖추지."

적이 되었다고 해도 반드시 거칠게 나오지는 않는다고 한다.

"시이나 쨩. 뭐 하나 물어봐도 돼?"

"네, 어떤?"

"아야노코지랑은 무슨 사이인지 궁금해서."

"카무로 씨께도 말씀드렸지만 친한 친구예요."

"그럼 지금은 프리하다고 받아들여도 되는 거지?"

"프리요?"

"남자친구 없냐고 묻는 거야."

"너 이런 상황에서도 추근거릴 생각이 들어?"

"둘 다 프리하면 문제 될 것 없으니 괜찮잖아? 아니면 카무로 쨩이 나랑 사귀어 줄 거야?"

그런 식으로 가볍게 나오는 그에게 카무로가 성큼성큼 다가가 힘 조절도 하지 않고 엉덩이를 발로 걷어찼다.

"아얏!"

펄쩍 뛰며 엉덩이를 누르고는, 연신 잘못했다며 두 손모아 사과하는 하시모토.

"추한 모습 보여서 미안하게 됐다."

그런 모습을 뒤에서 지켜보던 키토가 사과했는데, 내게

사과할 필요는 전혀 없다.

"솔직히 A반은 좀 더 딱딱한 학생이 많은 인상이었는데. 꼭 그렇지도 않네."

"하시모토는 좋은 쪽으로도 나쁜 쪽으로도 분위기 메이커거든."

칭찬하는 건지 아닌지, 여전히 무서운 얼굴로 미묘하게 말했다.

4

하시모토에게 에스코트를 맡기면서 새로 배운 것이 있다.

결국 멤버들이 받아들이지 않으면 그 어떤 기발한 제안도 실현할 수 없다는 사실.

하시모토는 노래방 이외에도 몇 가지 장소를 제시했지만, 그때마다 카무로가 거절했다.

끝에 가서 카무로가 받아들인 것은 카페에서 이야기 나누기.

더는 할 게 없는 그룹이 마지막으로 찾는 플랜이다.

"이걸로 진짜 만족하냐, 카무로 짱. 모처럼 흔치 않은 두 사람도 같이 있는데?"

"그럼 나 빼고 가든지? 몇 번을 말해?"

하긴, 제안을 계속 거절하면서 자기 빼고 가면 그만이라고 여러 번 말했었다.

"그건 안 되지, 빼고 가다니."

"저기, 전 여기도 좋아요. 오히려 마음이 차분해져서 좋아해요."

"우와. 시이나 짱은 진짜 좋은 애구나. 귀엽고."

시이나가 마음에 들었는지 하시모토가 먼저 나서서 그녀의 옆에 앉았다.

한편 나는 키토와 나란히 앉았다.

"그나저나 아야노코지도 좀 하네? 키토 옆자리에 앉는 애는 보통 쪼는데."

"좋은 애라는 걸 아니까."

역시 수학여행의 경험 때문인지 오히려 안심마저 될 정도다.

"저도 아야노코지 군의 말에 동의해요. 키토 군은 나쁜 사람으로 보이지 않아요."

"너희, 대체 어떤 점을 본 거야?"

"진짜. 꽤 독특한 부류라니까, 두 사람."

"그런가요?"

키토 쪽을 물끄러미 바라보며 확인하는 히요리.

그런 히요리를 (노려)보는 키토였지만, 히요리는 조금도 겁먹지 않는 모습이었다.

오히려 히요리의 눈을 계속 못 쳐다보겠는지 키토가 먼저 시선을 피했다.

"역시 좋은 녀석이네."

"잘못 생각한 거야. 난 좋은 사람이 아니야."

눈동자만 굴려서 나를 (노려)보았다.

착각하지 말라고 자기 입으로 못 박았다.

"그럼 이제 슬슬 들려줄래? 아야노코지."

지금까지 계속 익살맞게 굴던 하시모토가 테이블에 팔꿈치를 대고 컵을 마이크 삼아 내 쪽으로 내밀었다.

먼 곳을 보며 딴청 부리던 카무로도 그 말에 자세를 고쳤다.

내게 듣고 싶은 얘기가 있어서 접근한 것이다.

그럴 거라고 짐작은 했지만, 무엇이 알고 싶을까.

"──단도직입적으로 말해서 카루이자와를 버리고 시이나로 갈아탈 예정은? 시이나랑 데이트한다는 건 역시 그런 거겠지? 응?"

기자가 연예인에게 캐묻듯 하시모토가 컵을 점점 더 가까이 들이댔다.

그렇게 뻗어오는 팔을 막은 것은 카무로였다.

"하시모토."

"앙? 뭐야, 카무로 쨩. 지금부터 내가 다 물어볼 테니까."

"자꾸 빙빙 돌리기만 할 거면 내가 개입할게."

더 이상 쓸데없는 말만 늘어놓지 말라고 강한 어조로 못 박았다.

"무서워, 카무로 쨩. 뭐, 그런 점이 매력이지만── 으윽!"

갑자기 기절할 듯 고통스러운 표정을 짓는 하시모토.

황급히 주저앉아 다리를 눌렀다. 테이블 밑으로 다리를 걷어차인 모양이다.

"정강이는 너무했잖아……!"

"어쩌다가 그렇게 됐네."

카무로는 걱정하지도 않고 시선을 피하며 그렇게 대답했다.

한바탕 통증이 휩쓸고 지나갈 때까지 참았다가 하시모토가 다시 운을 뗐다.

"난, 아니 우리 A반은 네가 너무 신경 쓰여."

"왜?"

"말 안 해도 알잖아? 공부도 잘하지, 운동도 잘하는 것 같지, 이치노세가 푹 빠져 있는 것 같지? 천하의 류엔한테도 겁먹지 않고 할 말 하지? 급기야 공주님과도 꽤 사이가 좋아 보이지? ——예사롭지 않잖아."

겨울방학 때만 해도 나와 주변 관계를 목격한 사람이 많다.

지금까지 염탐한 것과 조합해보면 하시모토의 그런 질문은 당연하다고도 할 수 있겠지.

"B반의 약진. 호리키타의 뒤에서 몰래 활약한 진짜 리더는 너—— 맞지?"

카무로도 키토도 움직임을 멈추고 나를 쳐다보았다.

조금 전에 했던 카무로의 말과 행동까지 포함해서, 이

자리는 우연히 만들어진 게 아니다.

카무로의 반응을 생각하면, 하시모토가 주도해 휘젓고 있는 듯 보여도 실은 전부 미리 계산하고 계획한 것이라고 봐도 되리라.

내가 뿌린 씨앗에 낚여서 정찰, 억측, 돌아다니는 정보를 통해 소문이 퍼졌다. 사실과 사실이 아닌 일이 이렇게 유포되면서 새로운 일면을 볼 수 있었다.

좀 더 나중일 줄 알았지만, 이런 질문은 예상했던 일이다.

그럼 이제부터는 뿌린 씨앗에 물을 줘야겠군.

"진짜 리더라. 만약 그렇다고 대답한다면?"

"호오. 바로 시치미 떼거나 부인할 줄 알았는데, 인정하는 거야?"

"인정하는 거 아닌데. 그냥 만약에 진짜 그렇다면 어떻게 할 건지 궁금해서."

"그걸 말해주는 건 확증을 얻고 나서야."

"확증이라. 그럼 하시모토가 바라는 대로 내가 진짜 리더라고 인정하는 게 좋겠네."

그렇게 대답하자 하시모토의 얼굴에서 웃음기가 사라지는 대신 쓴웃음이 올라왔다.

"성가신 대답이네."

하시모토의 추궁에 허를 찔렸다고 동요하거나 반대로 위풍당당하게 사실을 인정하거나. 혹은 최선을 다해 부정하거나. 그 어떤 선택지를 고르든 의문이 확신으로 바뀔 거라고 자신했었으리라.

그렇다면 그 어느 쪽도 아닌 태도를 취했을 때 곤란한 쪽은 하시모토다.

긍정도 부정도 하지 않는 것. 말하자면 인정해도 상관없다는 식의 태도.

이렇게 하면 확증을 얻기 어려워진다.

실제로 나는 지금 호리키타의 등 뒤에서 벗어나려 하는 상황에 있다.

마음대로 진짜 리더라고 단정 짓고 움직였다간 앞으로 있을 대결에서 발목 잡힐 수 있다.

"카무로 짱은 어떻게 생각해?"

"확증은 없지만 유력하다?"

"키토는?"

곧바로 대답한 카무로와 달리 키토는 아무 말도 하지 않았지만, 내게서 시선을 떼지 않았다.

"말을 조금 정정할까. 진짜 리더라는 말은 과할지도 몰라. 하지만 난 네가 B반을 이끈 숨은 일등 공신인 건 틀림없다고 본다."

"어떻게 판단하든 하시모토 그리고 A반의 자유야."

"시이나 짱, 넌 아야노코지에 대해 어떻게 생각해?"

"저요?"

"그래. 시이나 짱도 이 이야기를 어떻게 생각하는지 의견을 꼭 듣고 싶어."

"하시모토 군은 이 이야기를 통해서 뭘 어떻게 하고 싶으신 걸까, 하고 생각하긴 했어요."

"어? 어떻게라니?"

"아야노코지 군의 존재를 신경 쓰시는—— 그다음이요."

"……좋은 지적이네."

외모만 좋게 평가했던 시이나인데, 하시모토는 그 한마디에 인식을 새로 고친 듯했다.

"하시모토, 무슨 말이야?"

시이나가 한 질문의 의미를 이해하지 못한 카무로가 묻자, 하시모토는 입을 다물었다.

"얼마 전에 카무로 짱이랑 얘기했었지. A반으로 졸업하려면 어떻게 해야 하는지. 제일 확실한 방법은 개인이 2,000만을 모아서 위로 올라가는 건데, 그건 쉽지 않지. 그렇다고 반 이동 티켓이라는 새로운 시스템에 기대보려고 해도, 쓸 수 있는 기한이 짧으면 이득 보기 힘들고."

"그렇지."

"이길 것 같은 반에 잘 보이는 것도 중요하지. 아부 좀 떨어 두면 구제받을 가능성도 있으니까. 하지만 한두 번 은혜 좀 입었다고 그 반이 나한테 2,000만을 써서 끌어 올려줄지 묻는다면—— 과연?"

"안 도와주겠죠. 계약으로 확실하게 묶지 않는 한."

"바로 그거야. 그럼 A반으로 졸업할 확률을 높이려면 어떻게 해야 좋을 것 같아? 반에서 서로 도와가며 열심히 한다? 라이벌을 떨어트린다? 아니, 틀렸어."

"다른 반에서 강한 사람을 빼 오는 것, 맞죠?"

하시모토가 대답하기 전에 히요리가 먼저 답을 찾아 중얼거렸다.

"와. 시이나 짱, 좀 하네."

칭찬하는 하시모토와 상관없이, 돌아본 카무로와 키토의 시선이 마주쳤다. 그렇게 무의식적인 행동이 나온 까닭은 시이나 히요리라는 사람이 얼마나 영리한지 깨달아서였으리라.

OAA에서 학력이 높은 학생은 얼마든지 있다.

하지만 공부와 다른 부분에서 유능한지 어떤지는 직접 접해봐야 알 수 있다.

"직접 2,000만 포인트를 못 모아도 반 전체의 뜻이라면 통할 수 있죠. 류엔 군이 카츠라기 군을 빼 왔듯 A반도 다른 반에서 뛰어난 인재를 빼 오면 A반은 더 탄탄해지고 라이벌들의 힘을 꺾을 수도 있으니까요."

칭찬의 박수를 아낌없이 보낸 하시모토는 반복해서 정답이라고 말했다.

"보여주라, 아야노코지. 네가 우리 A반에 능력을 증명해준다면 반 포인트를 써서 영입할게. 그럼 넌 지금보다 우위에 설 수 있어. 안 그래?"

완전한 거짓말이라고 단정 지을 수 없는 하시모토의 권유.

하지만 진심이라고 판단할 수 없는 이유도 몇 가지 있다.

"헤드헌팅……이네. 하지만 사카야나기가 아야노코지를 환영할 것 같아?"

그중 하나. 사카야나기가 환영하지 않으리라는 부분을 카무로가 확인했다.

"공주님에게 생각이 있다는 것도 알지만, 난 충분히 기회가 있다고 봤어."

"근거가 뭔데."

"근거를 제시해도 되지만, 일단은 아야노코지의 생각이 중요해."

하시모토는 카무로의 질문에 대답하지 않고 내 마음부터 확인했다.

"A반이 영입해준다면야 나야 더할 나위 없지."

"바로 그거야. 다른 반이 아니라 A반이 권유하면 받아들이는 거야? 가정이어도 좋으니까 대답해줘."

"지금 당장 A반으로 데려가 주겠다면 긍정적으로 검토하고 싶지."

내가 제안을 받아들이는 자세를 보이자 이번에는 하시모토가 흥미로워하면서 뒤로 물러났다.

"오케이. 의사 확인은 문제없는 걸로. 그러면 다음 단계로 넘어갈 수 있겠다."

아직 이야기가 더 남았는지 하시모토가 여기 있는 그 누구보다도 즐겁게 웃었다.

그때 같은 반의 한 사람이 의자를 빼고 일어섰다.

"멋대로 이야기를 진행하는데 난 네 폭주에 관여 안 할 거야. 그럼 이만."

"앗, 야, 카무로 짱, 돌아가려고?"

"내가 무슨 소리를 해도 안 들을 거잖아."

"저번 약속 얘기를 하는 거라면 내가 미안하다니까."

허둥지둥 붙잡으려고 했지만, 카무로는 서둘러 떠나버렸다.

"아차~…… 내가 좀 심했나?"

조용히 지켜보던 키토에게 확인을 구하자 조용히 고개를 끄덕였다.

"다시 불러올 테니까 잠시만 기다려줘."

머리를 긁적이면서 하시모토가 얼른 카무로의 뒤를 쫓아갔다.

"다들 재미있는 분들이시네요. 아주 즐거워요."

지켜보던 히요리가 눈을 가늘게 뜨며 웃었다.

"……그런가?"

설마 즐거워할 줄은 전혀 몰라서 의외였는지 키토가 지적했다.

그리고 언짢아 보이는 카무로를 데리고 하시모토가 돌아온 이후부터는 화제가 다시 나로 돌아오지 않고, 별로 중요하지 않은 잡담으로 옮겨갔다.

히요리는 혼자 동떨어지기는커녕 오히려 화제의 중심에 서서 대화에 참여했고, 하시모토도 분위기를 띄우면서 지루하지 않은 시간이 계속되었다.

5

하시모토를 비롯한 A반 세 명과는 카페에서 나와 서점에 가기 전에 헤어졌다.

그들의 분주한 모습으로 미루어 짐작하건대 사카야나기가 소집했는지도 모르겠다.

시이나와 함께 서점에 들렀다가 여러 의견을 교환하며 돌아오는 길.

"굉장히 재미있는 하루였어요."

해 질 무렵, 조금 앞서 걷던 히요리가 아까 일을 떠올렸는지 피식 웃었다.

"키토 군이 그렇게 말이 많은 분인 줄 몰랐어요."

"그렇게?"

다시 떠올려봐도 대여섯 번 중얼거린 게 전부였던 것 같은데…….

"그리고 카무로 씨랑 하시모토 군도, 잘 알게 되었어요."

"히요리가 좋게 받아 들여줘서 다행이야. 결국 난 거의 아무것도 못 했지만."

"그렇지 않아요. 같이 서점에도 가주셨잖아요. 그것만으로도 무척 즐거웠답니다."

"그래? 뭐, 즐거웠다면 다행이지만."

아직 상대방을 생각해서 계획을 짜는 데에 서툴다.

이런 부분은 남녀 불문하고 함께 시간을 보내면서 경험 치를 쌓는 수밖에 없겠지.

말수가 점점 줄어들더니 어느새 둘 다 침묵했다.

히요리는 아까보다 걸음이 느렸는데, 무슨 생각이라도 하는 걸까.

가로수길을 걸어서 이제 반쯤 더 가면 기숙사에 도착할 때쯤.

"저기…… 아야노코지 군. 화내지 말고 들어주실 수 있 어요?"

조금 전까지만 해도 즐겁게 웃던 히요리에게서 약간 긴 장하는 기색이 느껴졌다.

"화낼 일은 전혀 없겠지만, 어쨌든 화 안 내고 들을게."

"저번에 제가 선물했던 책. 그거…… 실은 저희 아버지 가 쓰신 책이에요."

"히요리의? ──아아, 그렇구나. 그럼 저자 이름은 혹시 본명을?"

"굉장하시네요. 어떻게 아셨어요?"

"가족이라고 하면, 좀 특이한 저자 이름을 보고 감이 확 와도 이상하지 않지."

"시이나 카츠미. 아버지의 이름이에요."

"책 좋아하는 건 아버지의 영향 때문이었구나."

문학소녀가 탄생한 배경을 언뜻 엿본 것 같기도 하다.

"지금까지는 아버지가 작가라는 걸 밝힌 적이 없었어요. 같은 취미를 가진 친구가 없었기 때문이기도 하지만……그 이유만은 아니에요. 그런데 아야노코지 군에게는, 말하고 싶었어요."

그렇게 전한 히요리.

숨긴 것은 아니지만 일부러 밝히지는 않았던 것일 터.

그런데 왜 지금 이런 이야기를 하는 걸까.

"앞으로 있을 대결이 어떨 것 같으세요? 물론 예상하기 어렵다는 건 알지만, 괜찮다면 아야노코지 군의 의견을 들을 수 있을까요?"

"역시 류엔과 사카야나기의 대결이 앞으로의 향방을 크게 좌우하겠지. 학년말까지 똑같은 반 포인트 추이라고 가정했을 때, 사카야나기가 이긴다면 A반은 상당히 우위에 설 거야. 하지만 만약 류엔이 이긴다면 그 우위가 다 날아가 버릴지도 몰라. 호리키타의 반과 이치노세의 반의 동향보다 더 주목해야 할 부분이야."

여기까지는 누구나 할 수 있는 예상이다.

요구한 의견을 들려주는 이상, 그다음 미래를 생각할 필요가 있다.

"아마 많은 학생이 사카야나기 반이 우위에 설 거라고 생각하겠지."

"그렇죠. 지금까지 A반을 2년 가까이 유지하고 있고, 반 포인트를 크게 잃은 적이 한 번도 없으니까요. 저희 반은 벌써 학년말에 있을 특별시험을 두려워하는 사람도 많아요."

만약 진다면 류엔 반의 A반 졸업 가능성은 희박해진다.

"특별시험 내용을 모르는 이상 현재까지는 리더와 반 아이들의 전력과 합으로 판단하는 수밖에 없지만, 류엔한테도 충분히 승산이 있다고 봐."

오히려 나는 그것이 가장 이상적이라고 본다.

호리키타와 이치노세의 대결 행방은 어느 쪽으로 굴러가든 상관없지만, 류엔이 지면 히요리의 반은 단숨에 승기를 잃고 탈락하겠지.

"──그렇군요."

반의 일원으로서 히요리도 강하게 실감하고 있으리라.

사카야나기의 반은 강하다. 그렇기에 졌을 때 잃는 것도 헤아릴 수 없다.

"죄송해요, 이런 걸 물어봐서."

"괜찮아. 히요리도 너희 반에 마음 쓰고 있다는 걸 알아서 좋았어."

그렇게 전하자, 살짝 수줍어하며 볼을 붉혔다.

"반도 다르고 경쟁 관계지만. 그래도⋯⋯ 꼭 같이 졸업해요."

히요리가 평소답지 않게 달려서 내 앞까지 왔다.

그리고 부끄러워하면서도 뒤돌아보며 그렇게 말했다.

어느 반이 A반으로 졸업을 맞이할지는 아무도 모른다.

하지만 그렇다고 꼭 다른 반과 서로 으르렁거리고 미워할 필요는 없다.

C반으로 졸업하든 D반으로 졸업하든 친구, 절친, 연인과 함께 웃으면서 졸업하고 싶은 법이다.

"응, 그래."

내가 동감을 표시하자 히요리가 기쁜 듯 부드러운 미소를 지었다.

겨울방학이 끝나간다.

차가운 바람이 분다.

앞으로 월말까지 한층 더 추워지겠지.

──그리고 3학기가, 찾아온다.

작가 후기

완전히 따뜻한 계절이 되었습니다. '그럼 그렇지' 키누가 사입니다.

사람은 때때로 다양한 취미에 눈뜰 때가 있는 듯합니다. 얼마 전부터 요리를 시작하게 된 저는 레퍼토리를 점점 늘려 맛있게 만들기 위해 시행착오를 거치고, 신나서 개인 식칼을 사기도 했습니다. 옛날에는 야구 관람 같은 취미밖에 없었으면서.

이 나이가 되어서도 새로운 취미가 생길 수 있다니 하고 감탄했는데, 그러다가 저의 취미에 더 큰 이변이…….

아이의 성장과 더불어 큰 블록과 인형을 사주다 보니 필연적으로 장난감 가게에 갈 기회가 늘어났는데, 어리석게 저도 흥미가 생겨서 건드려버린 것이 프라레일. 기차에 대해 아무것도 모르지만 어라? 그냥 움직이는 것뿐인데 의외로 재미있네? 하면서 장난감을 사는 계기가 되어버려서, 레일을 모아 오리지널 코스를 만들기도 하고 병렬로 달리게 하기도 하고 무선 조종이 되는 기차도 사고……. 그 밖에도 미니 사륜구동, 너프건, 보드게임 등에도 관심이 생겨서…… 망했어요. 궁금한 게 너무 많아요.

분명 애 때문에 사던 장난감인데, 언제부턴가 제가 놀려고 사고 있습니다.

요즘 마음에 드는 것은 보틀맨이라고 해서 페트병 뚜껑을 날리는 장난감입니다. 옛날에 비드맨이라는 장난감(보틀맨의 전신?)에 푹 빠졌던 기억이 되살아나 모으기 시작했지요. 굳이 따지자면 미니멀리스트로 수집벽이 거의 없던 제가 이렇게 될 줄이야……. 그런데 비드맨 쪽이 훨씬 더 재미있다고 생각하는 건 제가 어른이 되어버려서일까요.

개인적으로는 어렸을 때 동경하던 레고에 손대보고 싶지만 그걸 시작했다간 마침내 돌이킬 수 없을 듯하여 마지막 한 발만큼은 내딛지 않고 있습니다.

누가 저를 좀 말려줘요! (등을 밀어줘요!)

네. 저의 근황 보고는 이 정도로 하고 작품 이야기를 조금 하겠습니다.

드디어 2학기와 겨울방학도 끝나고 다음 권부터 3학기 편에 돌입합니다.

꽤 장편이 된 2학기와 달리 3학기는 1학년 편 3학기와 비슷하거나 조금 더 적은 권수로 끝날 것 같다고 현재까지는 예상합니다.

그럼 여러분, 무더운 계절, 열사병 등에 걸리지 않게 조심하면서 잘 지내시길 바랍니다.

우리는 날씨가 선선해질 무렵에 다시 만납시다.

YOUKOSO JITSURYOKUSHIJOUSHUGI NO KYOUSHITSU E 2NENSEIHEN Vol.9.5
©Syougo Kinugasa 2023
First published in Japan in 2023 by KADOKAWA CORPORATION, Tokyo.
Korean translation rights arranged with KADOKAWA CORPORATION, Tokyo.

어서 오세요 실력지상주의 교실에 2학년 편 9.5

2023년 10월 15일 1판 1쇄 발행
2024년　6월 15일 1판 2쇄 발행

저　　　　자	키누가사 쇼고
일 러 스 트	토모세슌사쿠
옮　긴　이	조민정
발　행　인	유재옥
부　사　장	이왕호
이　　　　사	조병권
출판본부장	박광운
편 집　1 팀	최서영
편 집　2 팀	정영길 박치우 정지원 조찬희
편 집　3 팀	오준영 권진영 이소의
디자인랩팀	김보라 박민솔
디지털사업팀	박상섭 김지연 윤희진
라이츠사업팀	김정미 맹미영 이윤서
영업마케팅팀	최원석 박수진 이다은
물　류　팀	허석용 백철기
경영지원팀	최정연
인쇄제작처	㈜코리아피엔피
발　행　처	㈜소미미디어
등　　　　록	제2015-000008호
주　　　　소	서울시 마포구 토정로222, 502호 (신수동, 한국출판콘텐츠센터)
판매 및 마케팅	(070) 8822-2301

ISBN 979-11-384-8045-1
ISBN 979-11-6611-455-7 (세트)